KB239330

아베 일족

이 도서의 국립중앙도서관 출판시도서목록(CIP)은 서지정보유통지원시스템 홈페이지(http://seoji.nl.go.kr)와
국가자료공동목록시스템(http://www.nl.go.kr/kolisnet)에서 이용하실 수 있습니다.
(CIP제어번호: CIP2011005267)

세계문학전집
085

森鷗外 : 阿部一族

아베 일족

모리 오가이 소설

권태민 옮김

문학동네

차례 ∎

아베 일족　7

무희　61

기러기　93

다카세부네　219

해설 | 모리 오가이와 근대적 자아　237

모리 오가이 연보　253

아베 일족

　종4위 하좌근위소장 겸 엣츄의 수령인 호소카와 다다토시(細川忠利)*는 간에이(寬永) 18년(1641) 봄, 다른 지역보다 일찍 꽃이 핀 영지(領地) 히고 지방의 벚꽃을 뒤로하고, 54만 석 다이묘**의 위세에 어울리게 앞뒤 행렬의 호위를 받으며 남쪽에서 북쪽으로 옮겨가는 봄바람과 같이 산킨***의 임무를 수행하기 위해 에도를 향해 출발하려고 할 즈음 뜻하지 않게 병이 들었다. 전의(典醫)가 온갖 처방을 해보았으나 아무런 효력이 없었다. 오히려 병세는 점점 위독해질 뿐이어

---

* 히고의 초대 번주(藩主)로 54만 석의 영주였다. 간에이 3년(1626) 종4위(從四位) 하좌근위소장(下左近衛少將)에 봉해졌다.

** 에도 시대, 넓은 영지를 소유했던 녹봉(祿俸) 1만 석 이상의 무사.

*** 전국의 안정을 위해 격년으로 영주들을 영지에서 떠나 에도의 쇼군(將軍) 곁에서 봉사하게 한 제도로서 일종의 인질 제도였다.

서, 에도에는 출발 날짜를 연기한다는 급보를 띄웠다. 도쿠가와 막부의 쇼군은 명군(名君)으로 이름난 제3대 이에미쓰(家光)였다. 이에미쓰는 시마바라 반란*이 일어났을 때 반란군의 적장이었던 아마쿠사 지로 도키사다를 토벌하는 데 큰 공을 세운 다다토시의 신병을 염려하여, 3월 20일에 마쓰다이라 이즈의 수령, 아베 분고의 수령, 아베 쓰시마의 수령 이름으로 지시문을 쓰게 해, 교토에서 침술사를 내려보냈다. 이어 22일에는 앞에서 언급한 집정** 세 사람이 서명한 공문을 소가 마타자에몬이라는 무사를 파견해 전달했다. 다이묘에 대한 막부의 처우로는 지극한 예우였다. 시마바라 반란이 진압된 것은 3년 전, 간에이 15년(1638) 봄이었다. 이후 다다토시가 머무는 에도의 저택에 토지를 하사하고 매사냥으로 잡은 학을 선물로 내리는 등 항상 다다토시에게 최고의 은혜를 베풀었던 쇼군이었기에, 이번에 다다토시가 큰 병이 들었다는 소식을 듣고 막부로서 할 수 있는 최고의 위로를 전한 것은 당연한 조치라고 할 수 있었다.

그러나 쇼군의 이러한 배려가 행해지기 전에, 구마모토에 있는 하나바다케 저택에서는 다다토시의 병세가 점점 악화되어 결국 다다토시는 3월 17일 신시(申時)에 56세로 사망했다. 그의 부인은 오가사와라 지역의 병부대보(兵部大輔)인 히데마사의 딸을 쇼군이 양녀로 맞아들여 다다토시에게 시집보낸 사람으로 금년에 45세이다. 이름은 센이다. 적자 로쿠마루는 6년 전 성인식을 치르고, 쇼군에게 쇼군의 끝

---

* 간에이 14년(1637) 10월, 아마쿠사와 시마바라의 천주교도들이 기독교 탄압에 저항하여 봉기한 내란.

** 에도 시대, 쇼군에 직속되어 정무를 총괄하고 다이묘를 감독하던 직책.

10

이름자인 미쓰(光)라는 글자를 받아 미쓰사다(光貞)라는 이름으로 종4위 시종(侍從) 겸 히고의 영주로 봉해져 있었다. 금년 17세였다. 에도에서 산킨의 임무를 수행하는 중 도토미노쿠니 하마마쓰까지 갔다가, 부친의 부고를 듣고 되돌아갔다. 미쓰사다는 나중에 미쓰히사(光尚)로 개명했다. 차남 쓰루치요는 어릴 때 다쓰다산에 있는 다이쇼사에 출가했다. 그곳에서 교토 묘신사 출신의 다이엔 화상(和尚)의 제자가 되어 법명을 소겐이라고 했다. 3남 마쓰노스케는 호소카와 가문과 오랫동안 인연을 맺어온 나가오카 가문에서 키우고 있다. 4남 가쓰치요는 가신(家臣)인 난조 다이젠의 양자로 가 있다. 딸은 둘이 있었다. 장녀 후지히메는 마쓰다이라 스오의 수령 다다히로의 부인이 되었다. 차녀 다케히메는 나중에 아리요시타노모 히데나가의 부인이 되는 사람이다. 산사이*의 셋째 아들로 태어난 다다토시에게는 남동생 세 명이 있는데, 넷째 중무대보(中務大輔) 다쓰타카, 다섯째 형부(刑部) 오키타카, 여섯째 나가오카시키부(長岡式部) 요리유키이다. 여동생은 이나바 가즈미치에게 시집을 간 다라히메와 가라스마루주나곤(烏丸中納言) 미쓰카타와 결혼한 만히메가 있다. 이 만히메가 낳은 네네히메가 다다토시의 적자인 미쓰히사의 부인으로 오게 된다. 다다토시의 손위로는 나가오카 가문을 이은 형님이 둘 있고, 마에노와 나가오카로 각각 시집간 누이가 둘 있다. 은거하고 있는 산사이 소류도 아직 살아 있어 올해 79세이다. 가족 중에는 적자인 미쓰사다처럼 에도에 있는 사람도 있었고, 교토 또는 먼 지방에 있는 사람도 있

---

* 호소카와 다다토시의 부친인 호소카와 다다오키의 호.

었다. 그런 사람들이 나중에 부고를 받고 슬픔에 젖은 것과는 달리, 구마모토의 저택에서 다다토시의 죽음을 직접 접한 사람들의 슬픔은 이루 말할 수 없을 정도였다. 다다토시의 죽음을 에도에 보고하기 위해 무쓰시마 쇼키치와 스다 로쿠자에몬이 출발했다.

3월 24일에는 죽은 지 이레를 맞아 불공을 드리는 제사가 있었다. 4월 28일에는 그때까지 저택 거실 바닥을 떼어내고 흙 속에 안치해두었던 시신을 꺼내, 에도 막부의 지시에 따라 아키다군 가쓰가촌 슈운원에서 유골을 다비* 해 고라이문 외곽의 산에 장사를 지냈다. 이 영묘 아래쪽으로 이듬해 겨울 고코쿠산 묘게사가 세워져, 에도 시나가와의 도카이사에서 다쿠안 화상의 동문인 게이시쓰 화상이 내려와 주지가 되었다. 게이시쓰 화상이 절 내에 있는 린류암에 은거하고부터는 출가해 있던 다다토시의 차남, 소겐이 덴간 화상이라는 이름으로 그 뒤를 잇는다. 다다토시의 법명은 묘게인덴다이운소고(妙解院殿台雲宗伍) 대거사(大居士)라고 했다.

슈운원에서 다비식을 치른 것은 다다토시의 유언에 따른 것이었다. 언젠가 다다토시가 매사냥을 나왔다가 이곳 슈운원에서 차를 마신 적이 있었다. 그때 다다토시는 문득 자신의 턱수염이 길다는 생각이 들어 주지에게 면도하는 칼이 있는지 물었다. 주지는 대야에 물을 담아서 면도칼과 같이 주었다. 다다토시는 기분 좋게 시종에게 턱수염을 깎게 하면서 주지에게 말했다. "어떤가? 이 면도칼로 시신들의 머리를 많이 밀었겠지?" 주지는 이 물음에 어떻게 대답해야 할지 몰라서

---

* 불교식 장례로 화장하는 것.

매우 곤란했다. 이때부터 다다토시는 슈운원 주지와 마음을 터놓는 사이가 되어 다비식 장소를 이 사찰로 정해두었던 것이다. 다비식이 한창 거행될 무렵이었다. 다다토시의 시신을 운구하기 위해 같이 온 가신들 무리에서 "어어! 저건 매 아냐?"라는 소리가 들려왔다. 삼나무 숲으로 울창한 사찰 경내, 원형으로 돌을 쌓아 만든 우물가, 잎들이 우산같이 펼쳐진 벗나무 위로 엷은 푸른빛을 띤 하늘에서 매 두 마리가 원을 그리며 날고 있었다. 사람들이 신기해하면서 그 모습을 바라보고 있는데, 두 마리의 매가 서로 어느 것이 먼저랄 것도 없이 휙 하고 내리꽂히듯 벗나무 아래의 우물 속으로 들어가버렸다. 사찰 문 앞에서 아까부터 무슨 문제인가로 논쟁을 벌이고 있던 대여섯 명의 남자 중 두 사람이 달려가 원형으로 쌓아 올린 우물의 돌에 손을 의지해 안을 살펴보았다. 이미 매는 물속 깊숙이 잠긴 상태였다. 이끼가 무성한 우물 안, 마치 거울처럼 빛을 발하는 수면은 벌써 원래의 모습대로 돌아와 평온했다. 이 두 사내는 사냥에 쓰는 매를 훈련시키는 자들이었다. 우물 밑으로 곤두박질해서 죽은 매는 생전에 다다토시가 사랑했던 아리아케와 아카시라는 이름의 매였다. 이 사실이 알려지자 사람들 사이에 "그렇다면 매도 순사(殉死)* 했다는 말인가?"라고 속삭이는 소리가 들렸다. 주군 다다토시가 죽은 날부터 그저께까지 순사한 가신은 십여 명에 달했다. 그중에서도 그저께 여덟 명이 한꺼번에 할복했고 어제도 한 사람이 할복했기 때문에, 주변 사람들 중 순사에 관해 생각하지 않는 사람은 아무도 없었다. 매 두 마리가 어떻게 사육

---

* 주군의 죽음에 그 가신들이 뒤를 따라 죽는 것을 말한다. 무사들은 주로 할복을 했다.

사들의 손을 벗어났는지, 무슨 이유로 눈에 보이지도 않는 포획물을 쫓듯 우물 속으로 뛰어들었는지는 모르지만 그것을 따져 묻는 사람은 아무도 없었다. 우물에 빠진 매는 주군의 총애를 받았고, 다비식이 치러지는 당일, 더구나 다비 장소인 슈운원의 우물에 들어가 빠져 죽었다. 이 사실만으로도 매가 순사했다고 판단하기에는 충분했다. 이외에 다른 이유를 찾을 수 있는 여지는 없었다.

중음(中陰)* 49재가 5월 5일로 끝났다. 지금까지 소겐을 필두로 기세이당, 곤료당, 덴쥬암, 초쇼원, 후지암 등의 승려들이 고인을 위해 불공을 드렸다. 그런데 5월 6일에도 여전히 순사를 결행하는 사람들이 이곳저곳에서 나타났다. 순사하는 본인이나 형제, 가족들은 말할 것도 없고, 순사와 아무 연관이 없는 사람도 교토에서 온 침술사나 에도에서 내려온 사절단을 접대하는 일에는 신경을 쓰지 않고 오로지 순사만을 생각하는 듯했다. 예년같이 단오날을 위해 처마 밑에 이어 놓을 창포도 뜯지 않았다. 남자아이가 태어나고 첫 명절을 맞이한 집에서도 아이가 태어난 것조차 잊은 듯 조용할 뿐이었다.**
순사에 대해서는 언제 어떻게라고 할 것도 없이 자연스럽게 규칙이 정해져 있었다. 아무리 주군을 소중히 섬겼다고 해도 아무나 함부로 순사를 할 수 있는 건 아니었다. 태평한 시대에 산킨의 임무를 위해

---

* 사람이 죽으면 49일 안에 내생이 정해진다는 불교 용어. 49일째 되는 날 극락왕생을 빌어주는 제사를 지낸다. 순사를 할 수 있는 기간은 중음 전까지이다.
** 일본에서는 단오날 창포, 쑥 등을 처마에 매달거나, 남자아이가 있는 집은 깃대에 잉어 모양을 장식해 아이의 성장을 축하했다.

주군과 함께 에도로 길을 떠나는 것이나, 전쟁이 일어났을 때 주군과 같이 종군을 할 수 있는 것도, 주군과 같이 황천길에 길동무를 할 수 있는 것도 반드시 주군의 허락을 받지 않으면 안 되었다. 만약 허락 없이 죽는다면 그것은 개죽음일 뿐이다. 무사는 명분을 소중히 여기기 때문에 개죽음은 하지 않는다. 적진에 뛰어들어 장렬한 최후를 맞이하는 것은 훌륭한 일이긴 하지만, 군령에 따르지 않고 멋대로 행했다면 공으로 인정되지 못한다. 그것은 개죽음과도 같다. 주군의 허락 없이 순사하는 것도 개죽음이다. 가끔 그런 사람들 중에 개죽음이 되지 않는 경우는 누구나 인정할 수 있는 군신 간의 묵계가 맺어진, 주군이 직접 허락한 것은 아니지만 허락한 것이나 다를 바 없는 경우이다. 부처님이 열반에 든 후 생겨난 대승불교에서는 그 가르침을, 부처님 당시에는 그런 말씀이 없었지만 시공을 초월해 모르는 것이 없는 부처님이, 가르침이 생겨날 것을 이미 알고 허락해놓은 것이라고 말한다. 주군의 허락 없이 순사를 할 수 있는 것은 이와 같이 석가모니의 말씀과 대승불교의 가르침이 같다고 보는 것이다.

그렇다면 어떻게 주군의 허락을 받는가? 이번에 순사한 사람 중에 나이토 초주로모토쓰구가 행한 방법이 좋은 예이다. 초주로는 평생 다다토시 곁에서 음식 시중을 들며 각별히 총애를 받은 사람이다. 이번에도 다다토시의 병상을 떠나지 않고 간호했다. 다다토시는 자신의 최후가 멀지 않았음을 알고 초주로에게 "내가 목숨이 다할 때가 되면 큰 글씨로 '불이(不二)'라고 쓴 족자를 머리맡에 걸어라" 하고 분부했다. 3월 17일 다다토시는 자신의 상태가 점점 위중해지자 초주로에게 "족자를 걸어라" 하고 말했다. 초주로는 주군의 명령대로 족자를 걸었다. 다다토시는 그 족자를 한 번 바라본 후 잠시 눈을 감고 있었다. 그러고는 "발이 나른하다"라고 말했다. 초주로는 솜으로 만든 잠옷 소매를 조심스레 걷고서 다다토시의 발을 주무르며 다다토시의 얼굴을 가만히 바라보았다. 다다토시도 그런 초주로에게 눈을 주었다.

"초주로가 주군께 드릴 말씀이 있습니다."

"무엇이냐?"

"주군의 병환이 상당히 중한 듯합니다. 그러나 신불(神佛)의 가호로 약에 효험이 있어 하루 빨리 쾌차하시길 간절히 바라고 있습니다. 그래도 만일의 경우가 있습니다. 만약 무슨 일이 생기신다면 부디 저 초주로에게 주군과 함께하도록 허락해주십시오."

이 말을 하면서 초주로는 다다토시의 발을 살짝 들어 올려 자신의 이마에 댔다. 눈에는 눈물이 가득 고여 있었다.

"그것은 안 될 말이다." 다다토시는 초주로와 맞대고 있던 시선을 옆으로 돌리며 반쯤 돌아누웠다.

"부디 그렇게 말씀하시지 마시고……" 초주로는 다시 주군의 발을 잡으며 간절한 표정으로 말했다.

"안 된다, 그것은 안 될 말이다!" 다다토시는 얼굴을 돌린 채로 말했다.

주변에 늘어선 사람들 중 누군가가 "젊은 놈이 무례하구나. 물러서는 게 좋을 게다"라고 말했다. 초주로는 올해 17세였다.

"제발 허락해주십시오." 목이 메는 듯한 간절한 목소리였다. 초주로는 세번째로 다다토시의 발을 들어 올려 자신의 이마에 댄 채 간절한 표정을 지었다.

"정말 고집이 센 놈이로군." 목소리는 화가 나서 꾸짖는 듯했지만 다다토시는 이 말과 함께 고개를 두 번 끄덕였다.

초주로는 "예!"라고 대답하면서 두 손으로 다다토시의 발을 끌어안고 병상 아래 엎드려 한동안 움직이지 않았다. 그때 초주로의 마음속에는 어려운 난관을 통과해서 도저히 다다를 수 없을 것만 같았던 곳에라도 도달한 양, 힘이 차오르고 안도감이 몰려왔다. 그 밖에는 아무것도 의식할 수 없었다. 그는 다다미 위에 눈물이 떨어지는 것조차 알지 못했다.

초주로는 아직 신출내기로, 이렇다 할 공을 세우지는 못했으나 다다토시는 이런 초주로를 항상 곁에 두었다. 초주로는 술을 좋아했다. 다른 사람이라면 문책을 받을 만한 실책을 범해도 "그건 초주로가 한 짓이 아니야, 술이 한 짓이지"라고 하면서 다다토시는 크게 웃고는 별로 책망하지 않았다. 초주로는 항상 다다토시의 그런 은혜에 보답해야 하며 자기가 저지른 실책을 용서받아야 된다는 생각에 사로잡혀 있었다. 초주로는 다다토시의 병이 깊어지자 은혜를 갚을 길은 순사 외에는 없다고 생각했다. 그러나 좀 더 세밀하게 이 사내의 내면을 들여다보면, 순사해야 한다는 스스로의 결의가 있기도 했지만, 다른 사람들이 자신을 당연히 순사할 대상으로 여기고 있을 것이기 때문에 자신은 순사를 할 수밖에 없다는 생각도 있었다. 사람들에게 떠밀려 죽음의 길로 점점 나아가고 있다는 생각이 거의 같은 힘으로 존재했던 것이다. 바꾸어 말하면 만약에 자신이 순사하지 않고 살고자 한다면 주변으로부터 무서운 비판을 받게 되리라 걱정했다. 이런 연약한 구석이 있는 초주로이기는 하지만 전혀 죽음을 두려워하지 않았다.

그렇기 때문에 주군에게 순사를 허락해달라고 한 마음은 조금도 거리낌이 없는 순수한 간청이었다.

잠시 후, 초주로는 자신이 두 손으로 쥐고 있던 주군의 다리에 힘이 들어가 조금 펴지는 듯한 느낌이 들었다. 다리가 다시 저린 게 아닌가 해서 초주로는 다시 주군의 다리를 주무르기 시작했다. 이때 초주로의 뇌리에 노모와 아내의 얼굴이 떠올랐다. 순사자의 유족은 주군 가문으로부터 특별한 보살핌을 받는다. 초주로는 자신의 죽음이 가족을 편안한 위치로 올려놓을 수 있을 거라고 생각했다. 그 생각과 동시에 초주로의 얼굴은 밝아졌다.

4월 17일 아침, 초주로는 옷을 갈아입고 어머니 앞에 가서 순사에 대해 말씀드리고 작별인사를 드렸다. 어머니는 조금도 놀라지 않았다. 서로 말은 하지 않았지만 오늘이 바로 자식이 할복하는 날이라고 어머니 역시 생각하고 있었기 때문이다. 만일 초주로가 순사를 하지 않는다고 말했다면 오히려 놀랐을 것이다.

어머니는 부엌에 있던 갓 시집온 며느리를 자리에 불러 준비가 되었는지 물었다. 며느리는 곧 일어나 부엌에 미리 준비해둔 술잔을 가지고 나왔다. 며느리도 어머니와 마찬가지로 남편이 오늘 순사하는 것을 알고 있었다. 오늘은 머리를 곱게 다듬고 단정하게 옷을 갈아입었다. 어머니도 며느리도 격식을 차렸다. 세 사람 모두 진지한 표정이었지만 단지 며느리의 눈자위가 붉게 물들어 있어 부엌에서 울고 있었음을 알 수 있었다. 술잔이 나오자 초주로는 동생 사헤지를 불렀다.

네 사람은 잠자코 술잔을 나누었다. 술잔이 한 순배 돌자 어머니가 말했다.

"초주로야, 네가 좋아하는 술이다. 좀 더 마시려무나."

"네, 그렇게 하지요." 초주로는 미소를 지으며 기분 좋게 술을 연달아 들이켰다.

잠시 후 초주로가 어머니에게 말했다. "기분 좋게 마셨습니다. 며칠 동안 이것저것 신경을 좀 써서 그런지 다른 때보다 취하는 것 같군요. 죄송하지만 좀 쉬겠습니다."

초주로는 이 말을 마치고 거실로 갔는데, 어느 틈에 방 한가운데로 굴러가 코를 골기 시작했다. 아내가 초주로를 따라 들어와 베개를 꺼내 받쳐주었지만 초주로는 그저 "음, 음" 하고 돌아누워서 다시 코를 골았다. 아내는 잠자코 남편의 얼굴을 내려다보았다. 그러다가 당황한 듯이 자리에서 일어나 방으로 돌아갔다. 눈물을 보여서는 안 된다고 생각했기 때문이었다.

집 안은 정적에 휩싸였다. 집주인이 처한 상황을 말하지 않아도 어머니나 아내가 알고 있었듯 하인들도 알고 있었기에 부엌에서도 마구간에서도 웃음소리 따위는 들리지 않았다.

어머니는 어머니의 방에서, 며느리는 며느리의 방에서, 동생은 동생의 방에서 잠자코 생각에 잠겼다. 주인은 방에서 코를 골며 잠들어 있다. 열어둔 거실 창문 아래쪽에 풍경을 매단 넉줄고사리가 달려 있다.* 풍경은 이따금 생각이라도 난 듯 은은하게 소리를 냈다. 그 아래

---

* 일본에서는 여름에 시원해 보이도록 넉줄고사리의 뿌리줄기를 여러 모양으로 엮어 처마 끝에 달아놓는다.

로는 키가 큰 돌덩이 위를 움푹 파서 만든 손 씻는 물받이가 있고, 그 옆에 엎어놓은 나무 주박 위에 왕잠자리 한 마리가 산 모양으로 날개를 늘어뜨리고 조용히 앉아 있다.

한 시각*이 지났다. 두 시각이 지났다. 벌써 점심때를 넘겼다. 하녀에게 점심 준비를 하도록 일러두었지만 시어머니가 드시려는지 알 수가 없어 며느리는 여쭈어보려고 하면서도 망설였다. 혹시 자신만 점심 같은 데 마음을 둔다고 여겨질까 싶었기 때문이다.

그때 세키 고헤이지가 왔다. 초주로가 할복한 후 뒷마무리를 해달라고 전에 부탁해둔 사람이었다.** 시어머니는 며느리를 불렀다. 며느리는 아무 말 없이 다가와 방바닥에 손을 모으고 시어머니의 분부를 기다렸다. 시어머니가 입을 열었다.

"초주로는 잠시 휴식을 취한다고 했는데 의외로 시간이 많이 지난 것 같구나. 마침 세키 님도 오셨으니, 이제 깨워야 되지 않을까?"

"예, 그렇습니다. 너무 늦지 않는 편이 좋겠지요."

며느리는 대답을 하고 일어나 남편을 깨우러 갔다.

남편이 자는 방으로 간 아내는 아까 베개를 받쳐주었을 때처럼 남편의 얼굴을 잠자코 바라보았다. 죽으러 가는 남편을 깨우는 것이기에 말을 꺼내기가 잠시 망설여졌다.

깊은 잠에 빠져 있어도 남편은 대낮의 햇빛이 눈부셨는지 창문 쪽

---

* 하루 24시간을 열두 등분하고 12지(支)의 이름을 따서 자시, 축시 등으로 표시했던 시간 표현법. 한 시각은 두 시간을 말한다.
** 무사들이 할복을 하면 그 고통을 줄여주기 위해 부탁받은 무사가 옆에서 칼을 들고 준비하고 있다가 목을 베어 목숨을 끊어주었다.

에 등을 지고 얼굴은 이쪽을 향하고 있었다.

"여보!" 아내가 남편을 불렀다.

초주로는 눈을 뜨지 않았다.

아내는 남편 가까이 다가가 불거진 어깨에 손을 얹었다. 초주로는 "아아" 하는 소리를 내고 팔을 뻗으며 눈을 떴다. 그러고는 벌떡 일어났다.

"잘 주무셨습니까? 어머님께서 너무 오래 주무시는 게 아닌가 말씀하셔서 깨우러 왔어요. 세키 님도 와 계시고요."

"그런가? 그럼 벌써 점심때가 되었겠군. 잠시 휴식을 취하려고 한 건데. 아마 술과 피로 때문이겠지. 시간 가는 줄도 몰랐네. 그 대신 기분은 정말 좋아졌어. 간단히 점심을 들고 이제 도코원에 가봐야지. 어머니께 말씀드려줘."

무사는 할복을 앞두고 배부르게 먹지 않는다. 그렇다고 빈속으로 중대한 순간에 임하지도 않는다. 초주로는 실제로 조금만 자고 일어날 생각이었는데 뜻밖에 깊이 잠들었다가 깨어났고, 점심때가 되었다는 말을 들었기 때문에 식사를 한다고 말했다. 이후 형식적이기는 하지만 네 사람은 평소와 다름없이 상에 둘러앉아 점심을 먹었다.

초주로는 마음을 차분히 하고 세키와 함께 보다이쇼 도코원으로 할복을 하러 갔다.

초주로가 다다토시의 발을 잡고 순사를 간청한 것처럼, 평생 다다토시의 은혜를 입은 가신 중에서 초주로와 비슷한 시기에 순사를 간청하고 허락받은 사람은 초주로를 포함하여 열여덟 명이었다. 모두 다다토시가 깊이 신뢰하는 무사들이었다. 그래서 다다토시의 마음속에는 후계자인 아들 미쓰히사를 위해서 그들이 살아남아주었으면 하는 생각이 절실했다. 또 이런 사람들을 자신을 따라 죽게 하는 게 얼마나 잔혹한 일인지를 생각했다. 그러나 몸이 찢기는 듯한 아픔을 느끼면서도 그들 한 사람 한 사람에게 "허락한다"는 말을 한 것은, 달리 도리가 없기 때문이기도 했다.

다다토시는 자신이 중용했던 그들이 자신을 위해서는 목숨도 아끼지 않는다는 것을 믿고 있었다. 따라서 순사를 고통스럽게 여기지 않는다는 것도 알고 있었다. 그럼에도 만약 순사를 허락하지 않아서 살아남는다면 어떻게 될 것인가! 가문의 사람들은 죽어야 할 때 죽지 않은 자라고, 은혜를 모르는 비겁한 자라고 그들을 몰아붙일 것이다. 만일 그 정도에서 사태가 마무리된다면 그들은 주변 사람들이 어떤 말을 하든 참아내면서 미쓰히사에게 목숨을 바칠 기회를 기다릴지도 모른다. 그러나 은혜도 모르는 비겁한 놈을 선대 주군이 중용했다고 말하는 사람이 생긴다면 그들은 참을 수 없을 것이다. 얼마나 분하고 억울할 것인가! 이렇게 생각하니 다다토시는 "허락한다"는 말을 할 수밖에 없었다. 그래서 병으로 아픈 고통보다 더 아프고 괴로운 마음으로 "허락한다"고 말했던 것이다.

순사를 허락한 가신의 숫자가 열여덟 명이 되었을 때, 오십여 년의 오랜 전란 속을 살아오는 동안 온갖 세상사를 경험한 다다토시는 자신과 열여덟 명 가신들의 죽음에 관해 생각해보았다. 생명이 있는 것은 반드시 멸한다. 노목이 시들어가는 옆에서 어린 묘목은 점점 커간다. 적자 미쓰히사를 보필하는 젊은 무사들 입장에서 본다면 다다토시가 임용했던 가신들은 이제 없어도 상관없는 존재일 것이다. 장애물로 생각할지도 모른다. 자신은 그들이 살아서 자신에게 봉사했던 것과 같이 미쓰히사를 돕게 하고 싶지만 이미 미쓰히사를 도와서 전면에 나설 사람들이 때를 기다리고 있는지도 모른다. 자신이 임용했던 인물들은 오랫동안 직분을 수행하면서, 사람들에게 미움받는 짓도 했을지 모른다. 적어도 질투의 대상이 되었을 가능성이 높다. 이렇게 생각하면 굳이 살아남으라고 하는 것이 그리 좋은 방법이 아닐 것이다. 오히려 순사를 허락하는 것이 그들에게 자비로운 일일지 모른다. 이런 생각을 하자 다다토시는 다소 위안이 되었다.

순사를 간청해서 허락을 받은 열여덟 명은 데라모토 하치자에몬나오쓰구, 오쓰카 기헤에타네쓰구, 나이토 초주로모토쓰구, 오타 고주로마사노부, 하라다 주지로유키나오, 무나카타 가헤에카게사다, 동(同) 기치다유카게요시, 하시타니 이치조시게쓰구, 이하라 주사부로요시마사, 다나카 이토쿠, 혼조 기스케시게마사, 이토 다자에몬마사타카, 미기타 이나바무네야스, 노다 기헤에시게쓰나, 쓰자키 고스케나가스에, 고바야시 리에몬유키히데, 하야시 요자에몬마사사다, 미야나가 가쓰자에몬무네스케이다.

데라모토의 선조는 오와리 지방의 데라모토에 살았던 데라모토 다로라는 사람이다. 다로의 아들이었던 나이젠노쇼는 이마카와 가문에 봉사했다. 나이젠노쇼의 아들이 사헤에이고 사헤에의 아들이 우에몬노스케이다. 또 우에몬노스케의 아들이 요자에몬인데 그는 조선 정벌 때 가토 요시아키 부대에 속해 공을 세웠다. 요자에몬의 아들이 하치자에몬인데 그는 오사카 전투* 때 고토 모토쓰구 밑에서 일한 적이 있다. 호소카와 가문의 부름을 받고 녹봉 1000석에, 철포 부대 50정의 조장을 맡고 있었다.** 4월 29일 안요사에서 할복했다. 53세였다. 후지모토 이자에몬이 뒷마무리를 담당했다.

오쓰카는 녹봉 150석을 받는 경찰이었다. 4월 26일에 할복했다. 이케다 하치자에몬이 뒷마무리를 담당했다.

나이토에 관해서는 이미 앞에서 언급했다.

오타의 조부 덴자에몬은 가토 기요마사의 부대에 소속되어 있었다. 가토 기요마사의 아들 다다히로***가 녹봉을 받지 못하자, 덴자에몬과 그의 아들 겐자에몬은 모두 유랑할 수밖에 없었다. 고주로는 겐자에몬의 차남으로 어릴 때 시동으로 보내어졌다. 녹봉 150석을 받았다. 이 인물이 순사의 시작이었다. 그는 3월 17일 가스가사에서 할복했다. 18세였다. 모지 겐베에가 뒷마무리를 담당했다.

하라다는 녹봉 150석을 받고 주군을 옆에서 지키는 소임을 담당하고 있었다. 4월 26일 할복했다. 가마다 겐다유가 뒷마무리를 담당했다.

무나카타 가헤에, 기치다유 형제는 주나곤(中納言)이었던 무나카타 우지사다의 후예로, 선대인 세이베에 카게노부 때 호소카와 가문의 부름을 받았다. 두 사람 모두 녹봉 200석을 받고 있었다. 5월 2일에 형은 류쵸원, 동생은 렌쇼사에서 할복했다. 형의 뒷마무리는 다카

---

* 도쿠가와 막부가 도요토미 히데요시 가문을 공격하여 멸망시킨 전투.
** 녹봉 1000석은 쌀 1000석분의 토지를 받는다는 뜻이고, 철포 부대 50정은 철포 50정으로 무장한 부대를 의미한다.
*** 친 도요토미 히데요시 세력이던 가토 가문은 도쿠가와 막부에 의해 2대 만에 숙청당했다.

다 주베에, 동생의 뒷마무리는 무라카미 이치에몬이 맡았다.

하시타니는 이즈모 사람으로 아마코 가문의 자손이다. 14세 때 다다토시의 부름을 받아 녹봉 100석을 받았고, 주군의 옆에서 시중들며 주로 음식의 독을 감시했다. 다다토시는 병이 깊어지고 나서는 하시타니의 무릎을 베고 잠들 때도 있었다. 4월 26일 세이간사에서 할복했다. 할복을 하려고 할 때 마침 성 안에서 때를 알리는 북소리가 희미하게 들렸다. 하시타니는 자신을 따라온 노비에게 밖에 나가서 몇 시인지 알아보고 오라고 말했다. 노비는 돌아와 "마지막 네 번의 소리는 들었습니다만, 전부 몇 번 울렸는지는 모르겠습니다"라고 말했다. 하시타니를 비롯해 주변에 늘어선 사람들이 모두 미소를 지었다. 하시타니는 노비에게 "마지막 가는 길에 내게 웃음을 선사했구나"라고 말하고 자신이 입고 있던 겉옷을 벗어주고 할복했다. 요시무라 진다유가 뒷마무리를 담당했다.

이하라는 토지를 가지지 않은 중하급 무사로, 세 사람분의 급여로 10석을 받았다.* 그가 할복했을 때 아베 야이치에몬의 노비인 하야시 사헤에가 뒷마무리를 담당했다.

다나카는 「오기쿠 이야기」**를 남긴 기쿠의 조부이다. 다다토시가 아타고산으로 학문을 닦으러 갔을 때 사귄 어린 시절 친구였다. 당시 다다토시가 출가하려 하자 조용히 충고를 해주었다. 나중에 다나카는 녹봉 200석을 받으면서 다다토시의 측근으로 일했다. 특히 산술(算

---

* 토지를 못 받는 하급무사는 녹미(祿米)로 급여를 받았다.
** 오사카 전투 때 오사카 성이 함락되던 상황을 성 안에 있던 젊은 여성이 기록한 이야기.

術)이 뛰어나 쓸모가 많았다. 노년이 된 후에는 머리에 두건을 쓴 채 주군 앞에 앉는 것이 허용되었다. 주군의 뒤를 따라 할복하겠다고 했는데 허락받지 못하자, 6월 19일 차고 있던 단도로 배를 찌르면서 간청해 마침내 허락을 받았다. 가토 야스다유가 뒷마무리를 담당했다.

혼조는 단고 출신으로, 유랑하던 시절 산사이 공의 집사인 혼조 규에몬이 불러들였다. 나카쓰에서 부랑자들을 붙잡은 공으로, 다섯 사람분의 급여로 15석을 받았다. 혼조라는 이름으로 불린 것도 그 무렵부터였다. 4월 26일에 할복했다.

이토는 여주인의 의복과 도구의 출납을 맡고 있던 사람이다. 4월 26일에 할복했다. 뒷마무리는 가와키타 하치스케가 맡았다.

미기타는 오토모 가문이 멸망하면서 떠돌이 무사가 되었는데 녹봉 100석을 받고 다다토시의 부름에 응했다. 4월 27일 자택에서 할복했다. 64세였다. 마쓰노 우쿄의 노비 다하라 간베에가 뒷마무리를 담당했다.

노다는 아마쿠사 성주의 가로(家老)[*]인 노다 미노의 아들이다. 한 사람분의 급여를 받았다. 4월 26일 겐카쿠사에서 할복했다. 에라 한에몬이 뒷마무리를 담당했다.

쓰자키는 별도로 기록하겠다.

고바야시는 두 사람분의 급여로 10석을 받았다. 할복 후 다카노 간에몬이 뒷마무리를 담당했다.

하야시는 원래 난교 시모다촌의 평민이었는데, 다다토시가 열 사람

---

* 가신들의 우두머리.

분의 급여로 15석을 주고 하나바다케 저택을 관리하게 했다. 4월 26일 부쓰간사에서 할복했다. 나카미쓰 한스케가 뒷마무리를 담당했다.

미야나가는 두 사람분의 급여 10석을 받는 요리 관리인이었다. 그는 다다토시에게 순사를 간청한 첫번째 사람이었다. 4월 26일 조쇼사에서 할복했다. 요시무라 가에몬이 뒷마무리를 담당했다.

할복한 사람 중에는 자기 집안의 묘지에 장사 지낸 사람도 있었지만, 고라이문 밖의 산속에 있는 주군가의 사당 옆에 장사 지낸 사람도 있었다.

순사한 사람들 중에는 급여를 받는 하급무사가 비교적 많았다. 그 중에서도 쓰자키 고스케의 행적은 특별하고 재미있어서 별도로 적기로 한다.

고스케는 두 사람분의 급여로 6석을 받았다. 그는 다다토시의 사냥개를 담당했다. 언제나 주군과 함께 매사냥에 나가 다다토시의 사랑을 받았다. 주군에게 조르다시피 하여 순사의 허락을 얻었으나 가로들은 말했다. "다른 사람들은 높은 녹봉을 받으며 영화를 누렸으나 그대는 고작 주군의 사냥개 담당이 아닌가? 그대의 뜻이 가상해서 주군이 허락을 했겠지. 그걸로도 굉장한 영예야. 그 정도로 충분하니 부디 죽지 말고 새 주군에게 봉사해라."

고스케는 아무리 말려도 듣지 않았다. 그는 5월 7일, 항상 같이 붙어 다니던 사냥개를 데리고 논밭이 있는 고린사로 갔다. 고스케의 아내는 대문까지 나와 남편을 배웅하며 말했다. "당신도 사나이예요! 그 누구에게도 지지 않을 만한 모습을 보여줘요."

쓰자키의 집에서는 오죠원을 묘지로 생각하고 있었는데, 오죠원이 주군의 유서 깊은 사찰이라는 말을 듣고 왠지 꺼려져서 고린사로 정했다. 고스케가 묘지에 들어가 보니 전부터 자신의 뒷마무리를 부탁해둔 마쓰노 누이노스케가 먼저 와 있었다. 고스케는 어깨에 걸친 연두색 자루를 내린 다음, 그 속에서 대나무로 만든 도시락을 꺼냈다. 뚜껑을 열자 주먹밥 두 개가 들어 있었다. 고스케는 주먹밥을 꺼내 개 앞에 놓았다. 개는 바로 먹으려 하지 않고 꼬리를 흔들면서 고스케의 눈치를 살폈다. 고스케는 마치 사람에게 말하듯 개에게 말했다.

"너는 짐승이기 때문에 모를 수도 있겠다. 네 머리를 쓰다듬어주시던 주군은 이미 이 세상을 떠나셨다. 주군의 보살핌을 받던 사람들이 오늘 모두 할복을 하고 주군의 뒤를 따라간다. 나는 아주 신분이 낮은 사람이지만 주군의 은전(恩典)으로 연명하고 있는 목숨이라는 것은 다른 사람들과 다르지 않다. 주군의 사랑에 감사하는 마음도 다른 사람들과 다르지 않을 것이다. 그래서 나는 지금 죽어서 주군의 뒤를 따르고자 한다. 내가 죽고 나면 너는 임자 없는 들개 처지가 될 것이다. 나는 그 점이 몹시 마음에 걸린다. 주군과 함께 사냥을 나서던 매는 슈운원 우물에 몸을 던져 죽었다. 어떠냐? 너도 나와 함께 죽을 생각은 없느냐? 만일 들개가 돼서라도 살아 있고 싶으면 이 주먹밥을 먹어라. 나와 죽기를 원한다면 먹지 말고."

고스케는 말을 마치고 개의 얼굴을 보았다. 개는 고스케만을 바라볼 뿐 주먹밥을 먹으려 하지 않았다.

"너도 죽기를 바라고 있구나." 고스케는 굳은 표정으로 개를 보았다.

개는 한 번 크게 짖고 꼬리를 흔들었다.

"좋다. 그렇다면 딱하지만 죽을 수밖에 없구나!" 고스케는 개를 끌어안으며 허리에 찬 작은 칼을 빼어 한칼에 찔렀다.

고스케는 개의 사체를 자신의 옆에 두었다. 그리고 품에서 종이 한 장을 꺼내어 앞에 펼쳐놓고 작은 돌을 주워 위에 올려놓았다. 누군가의 저택에서 시를 짓는 모임이 열렸을 때 보았던 대로, 반지(半紙)를 옆으로 두 번 접어서 "가로들은 부디 그만두라고 만류하시지만 그만둘 수 없는 나 고스케로세"라고 시가의 초고같이 적어두었다. 서명은 하지 않았다. 시 내용 속에 고스케라는 이름이 있기 때문에 이중으로 적지 않아도 되리라는 순수한 생각이 자연스럽게 형식에 어우러졌다.

그것으로 빠짐없이 준비를 끝냈다고 생각한 고스케는 "마쓰노 님, 부탁합니다"라고 말하고 편안히 앉아서 몸의 긴장을 풀었다. 그리고 먼저 죽은 개의 피가 묻어 있는 칼을 거꾸로 잡고 "매를 돌보던 사람들은 어떻게 하셨는가. 개를 돌보던 고스케는 지금 갑니다!"라고 크게 외쳤다. 한 번 호쾌하게 웃고는 복부를 열십자로 갈랐다. 그 순간 마쓰노가 뒤에서 목을 내리쳐 마무리를 했다.

고스케는 신분이 낮기는 했으나, 나중에 순사자 유족 수당을 받았다. 아들이 어릴 때 출가했기 때문에 남겨진 부인이 수당을 받았다. 부인은 다섯 사람분의 급여와 새로운 집을 받고 다다토시의 33주기까지 생존했다. 고스케의 조카가 2대 고스케가 되어 가문을 이어받았고, 그 후로는 예비직*으로 대대로 봉사했다.

다다토시의 허락을 받아 순사한 열여덟 명 이외에 아베 야이치에몬

---

* 결원 보충을 위해 직무가 없이 대기하는 직.

미치노부라는 사람이 있었다. 원래 성은 아카시이고 어릴 때 이름은 이노스케였다. 일찍부터 다다토시의 측근으로 봉사했으며 녹봉은 1100여 석에 이르렀다. 시마바라 반란을 평정했을 때 다섯 아들 중 셋이 군공을 세워 새롭게 녹봉 200석씩을 받았다. 집안에서도 당연히 야이치에몬이 순사할 것이라 생각했고, 본인도 야간에 병간호를 하는 순번이 올 때마다 주군에게 순사하고 싶다는 말씀을 드렸다. 그러나 다다토시는 아무리 간청해도 순사를 허락해주지 않았다.

"그대의 뜻은 충분히 알겠노라! 하지만 살아남아 미쓰히사를 돌보아라." 아무리 간청을 해도 똑같은 대답만 되풀이할 뿐이었다.

다다토시는 야이치에몬의 말을 듣지 않는 버릇이 있었다. 꽤 오래 전부터였다. 야이치에몬이 이노스케라는 이름으로 시동(侍童)으로 일할 때부터 "무언가 드실 것이라도 가지고 올까요?"라고 물으면 "아직 배고프지 않다"고 말했다. 그런데 다른 시동이 물어보면 "그래, 가지고 오너라" 하고 말하곤 했다. 다다토시는 이 사내의 얼굴을 보면 왠지 반대로 말하고 싶어졌다. 그렇다고 이 사내를 혼내느냐 하면 그렇지도 않았다. 이 사람만큼 자신의 일에 열심인 사람은 없었다. 모든 일에 주의가 깊어서 실수가 없기 때문에 혼을 내려고 해도 혼낼 일이 없었던 것이다.

야이치에몬은 다른 사람들이라면 시켜야 하는 일을 시키지 않아도 했다. 다른 사람들이 주군에게 말씀드리고 할 일을 말씀드리지 않고 했다. 그러나 할 일은 정확하게 해서 비난할 여지가 없었다. 야이치에몬은 스스로의 의지로 주군에게 충성을 다했다. 처음 다다토시는 그저 그에게 반대하고 싶은 마음이 드는 것뿐이었는데, 나중에 그가 스스로의 의지로 일한다는 것을 알고는 미워졌다. 그러나 현명한 다다토시는 야이치에몬을 미워하면서도, 그가 왜 그렇게 행동하게 된 건지 생각해보고, 결국 자신이 그렇게 만들었음을 깨달았다. 그래서 반대하는 버릇을 고쳐보려고 했지만 달이 흐르고 해가 지남에 따라 점차 고치기 어려워졌다.

인간에게는 누구나 좋아하는 사람, 싫어하는 사람이 있다. 그러나 왜 좋아하는지 혹은 싫어하는지 탐구해보면 웬일인지 이렇다 할 근거를 찾기 어렵다. 다다토시가 야이치에몬을 좋아하지 않는 이유도 바로 그런 경우였다. 야이치에몬이라는 남자에게 어딘지 다른 사람들과 친해지기 어려운 면이 있는 것은 틀림없었다. 그에게 친한 친구가 거의 없다는 점으로도 알 수 있다. 누구나 야이치에몬을 훌륭한 무사라고 존경했다. 그러나 그에게 쉽게 다가가는 사람은 없었다. 어쩌다 가까이 다가가려는 사람이 나타나도 잠시 동안일 뿐 그 노력이 지속되지 못하고 급기야 멀어지고 만다. 야이치에몬이 이노스케로 불리던 소년 시절, 가끔 말을 걸거나 어떤 일에 손을 빌리던 선배가 "왠지 아베에게는 가까이 다가갈 수가 없다"며 마음을 접은 일이 있었다. 이런 점들을 생각하면 다다토시가 자신의 버릇을 고쳐보려 했지만 그렇게 하지 못했던 것도 이상한 일이 아니다.

어쨌든 야이치에몬이 아무리 간청해도 순사를 허락받지 못하고 있던 중에 다다토시가 임종했다. 야이치에몬은 다다토시가 죽기 바로 직전 "저 야이치에몬은 생전 주군에게 한 번도 부탁을 드린 적이 없습니다. 이것이 제 생애에서 유일한 부탁입니다"라고 마지막 간청을 하고 잠자코 다다토시의 얼굴을 응시하면서 대답을 기다렸다. 다다토시도 잠자코 야이치에몬의 얼굴을 바라보다가 "안 된다. 부디 미쓰히사를 돌보거라"라고 대답했다.

야이치에몬은 고심 끝에 결심했다. 자신 같은 신분이 순사하지 않고 살아서 영내의 사람들과 얼굴을 대한다면, 누구나 그런 일은 있을 수 없다고 생각할 것이다. 개죽음이라는 것을 알면서도 할복을 하든지, 아니면 구마모토를 떠나 떠돌이 무사가 되든지 그 외에는 방법이 없다. 그렇지만 나는 무사다. 좋다! 무사는 첩과는 다르다. 주군이 좋아하지 않았다고 해서 입장이 달라지지는 않는다. 그런 마음으로 그는 하루하루를 평상시와 다름없이 일했다.

그러는 사이 5월 6일이 되어 허락을 받은 열여덟 명이 모두 순사했다. 구마모토 지역은 오직 순사에 대한 소문으로만 시끄러웠다. 누구는 무슨 말을 하고 죽었다라든가, 누구의 죽는 모습이 누구보다 훌륭했다라는 등의 말 외에는 이야깃거리가 되지 못했다. 야이치에몬은 원래부터 일 이외의 문제로 다른 사람들과 대화를 나누는 경우가 거의 없었다. 그러나 5월 7일이 지나 주군의 집무실에 나가니 한층 외로웠다. 그는 동료들이 자신의 얼굴을 흘깃흘깃 훔쳐보는 것을 알 수 있었다. 몰래 곁눈질해 보거나 뒤에서 보았다. 불쾌해서 참을 수 없었다. 그래도 자신은 목숨이 아까워서 살아 있는 게 아니다, 자신을 아무리 나쁘게 생각하는 사람일지라도 자신이 목숨을 아까워하는 인물이라고는 절대 말할 수 없을 것이다, 지금 당장이라도 죽으라면 죽어 보이겠다는 심정으로 의연하게 고개를 들고 주군의 집무실에 나갔다가 의연하게 주군의 집무실을 나왔다.

2, 3일이 지나자 야이치에몬의 귀에 당찮은 소문이 들려왔다. 누가

시작했는지 모르지만 "아베는 주군이 순사를 허락하지 않은 것을 다행으로 여기고 살아 있는 듯이 보인다. 허락이 없다 하더라도 주군의 뒤를 따르지 않을 이유가 없다. 아베의 뱃가죽은 다른 사람과는 다른가보다. 표주박에 기름이라도 발라서 배를 가르면 될 텐데*"라는 말이 들려온 것이다. 야이치에몬은 이 소문을 듣고 의외의 일을 생각했다. 험담을 하고 싶으면 무슨 말을 해도 괜찮다. 그러나 이 야이치에몬이라는 사람이, 이쪽에서 봐도 저쪽에서 봐도 목숨을 아까워하는 사내로 보인단 말이지? 정말 그렇게 보인단 말인가? 좋다! 그렇다면 이 뱃가죽을 갈라서 보여주겠다.

야이치에몬은 그날 일을 마치고 집무실에서 돌아오자 전령을 보내 분가한 셋째 아들과 다섯째 아들을 야마자키 저택으로 불렀다. 거실과 객실 사이의 창호 문을 떼어내고 적자 곤베에, 둘째 아들 야고베에 그리고 아직 어린 다섯째 아들 시치노조, 셋을 옆에 앉히고 위의를 갖춰 기다렸다. 곤베에는 원래 곤주로라는 이름으로 불렸는데 시마바라 정벌 때 당당히 공을 세워 주군으로부터 녹봉 200석을 받고 있었다. 아버지에게 뒤지지 않는 젊은이였다. 곤베에는 이번 일에 관해서 딱 한 번 "허락이 떨어지지 않는지요?"라고 물었다. 아버지는 "음, 떨어지지 않는군" 하고 대답했다. 이 말 외에 두 사람 사이에는 무슨 말도 오간 적이 없었다. 부자는 서로의 마음 밑바닥까지 알고 있었기 때문에 굳이 말로 표현할 필요가 없었던 것이다.

잠시 후, 두 개의 제등이 문 안으로 들어왔다. 셋째 이치다유, 넷째

---

* 표주박에 기름을 바르면 단단해진다는 속설이 있다. 칼로 할복할 수 없다면 표주박에 기름을 발라 배를 가르라는, 할복을 하지 않는다고 조롱하는 말이다.

고다유 두 사람이 거의 동시에 현관에 들어와서 비옷을 벗고 자리에 앉았다. 중음이 끝난 다음 날부터 구질구질한 비가 내리기 시작해 5월의 하늘이 우중충했다.

창문은 활짝 열려 있었지만 무덥고 바람도 없었다. 그런데도 촛대의 타오르는 불은 흔들리고 있었다. 반딧불 한 마리가 정원의 나무들을 지나 날아갔다.

자리를 한번 둘러보고 아버지가 입을 열었다. "밤늦게 불렀는데 모두 와주어 고맙다. 영내에 떠도는 소문인지라 너희들도 모두 들었을 것이다. 이 야이치에몬의 배는 기름을 바른 표주박으로 베어야 한다는 가당찮은 소문 말이다. 그래서 나는 지금 표주박에 기름을 발라 할복하려고 한다. 모두 잘 봐두어라."

이치다유도 고다유도 시마바라 정벌 때 나란히 공을 세워 녹봉 200석을 받고 각각 다른 집에서 살고 있었다. 그중에서도 이치다유는 일찍부터 미쓰히사를 시중들었기 때문에 새 주군 미쓰히사의 등극에 즈음해서 사람들에게 부러움을 사고 있었다. 이치다유가 무릎을 앞으로 내밀었다. "역시 그랬군요. 잘 알겠습니다. 사실 동료들이 말하기를 '야이치에몬 님은 돌아가신 주군의 유언대로 계속해서 새 주군을 보필한다'고 하더군요. 새 주군을 부자, 형제가 한결같이 함께 모시다니 축복받을 일이라고요. 그 말에 무언가 의미가 있는 것 같아 답답했습니다."

아버지 야이치에몬은 웃었다. "그렇겠지. 눈앞의 것만 보려고 하는 소인배들을 상대하지 말거라. 내가 죽으면 허락 없이 죽은 자의 자식이라고 떠들면서 너희들을 깔보는 자도 있을 것이다. 내 자식으로 태어난 것은 너희들의 운명이다. 달리 방법이 없다. 수모를 받을 때는 같이 받거라. 형제들끼리 싸워서는 안 된다. 자, 표주박으로 배를 가르는 아비의 모습을 잘 봐두어라.”

이 말을 남긴 야이치에몬은 자식들 앞에서 배를 가르고 스스로 자신의 목을 좌에서 우로 잘라 죽었다. 아버지의 속마음을 헤아린 다섯 아들은 그 순간 슬프기는 했지만 동시에 그때까지 마음에 쌓여 있던 불안감이 약간 사라지면서 무거운 짐 하나를 벗은 것 같았다.

“형님!” 차남 야고베에가 적자에게 말했다. “형제끼리 싸우지 말라고 아버지가 유언하셨어. 그 말씀에 누구도 이견이 없을 거야. 나는 시마바라 정벌 때 기회를 얻지 못했기 때문에 녹봉도 받지 못하고 있어. 그러니 앞으로 내가 성가신 존재가 될지도 몰라. 그러나 어떤 경우에도 형님 옆에는 믿을 만한 창 하나가 있어 항상 지켜준다고 생각해줘!”

“알아. 어떤 일이 일어날지 알 수 없지만 내가 받는 녹봉은 네가 받는 것과 다름없어.” 곤베에는 이렇게 말하고 팔짱을 끼더니 인상을 찌푸렸다.

“그래. 어떻게 될지 모르지. 아버지의 할복을 놓고 순사와는 다르다고 말하는 놈도 있을 테고!” 넷째 아들 고다유의 말이었다.

“그거야 당연히 예상할 수 있는 일이지. 어떤 상황이 온다고 해도” 하고 말하며 셋째 아들 이치다유는 곤베에의 얼굴을 바라보았다. “어떤 경우가 닥치더라도 형제끼리 뿔뿔이 흩어지지 말고 뭉쳐서 극복해나가야지!”

“그래” 하고 곤베에는 대답했으나 마음을 터놓지는 않았다. 곤베에는 아우들을 마음으로 돌보고는 있지만 부드럽게 무언가를 말하는 사내는 아니었다. 그런 데다 모든 문제를 혼자 생각하고 혼자 해결하려고 했다. 형제들과 함께 논의하는 경우는 거의 없었다. 그런 형의 성격을 알기에 야고베에나 이치다유도 일부러 다짐을 둔 것이었다.

"형님들이 모두 한마음이니 사람들도 이제 아버지에 대한 험담은 함부로 할 수 없겠지요." 이런 말이 어린 시치노조의 입에서 나왔다. 여자 같은 목소리였지만 그 말에는 강한 신념이 배어 있어서 자리에 있던 모두의 가슴에 암담한 앞날을 밝혀주는 광명처럼 비쳤다.

"그러면 어머니께 말씀드려서 여자들도 아버지에게 고별인사를 드리게 하자." 곤베에가 자리에서 일어나며 말했다.

종4위 시종 겸 히고의 영주인 미쓰히사의 영지 상속이 끝났다. 가신들에게는 각각 녹봉이 더해지거나 감소되는 조치가 있었다. 그리고 새롭게 임무가 부여되었다. 그중에서도 순사한 열여덟 명의 무사들 가문에는 적자에게 아버지가 맡았던 직무를 이어받게 했다. 적자가 있는 경우에는 아무리 어리더라도 아버지의 직무를 그대로 주었다. 순사자의 미망인이나 노부모에게는 급여가 주어졌다. 집터가 하사되었고 집을 짓는 일에도 마음을 썼다. 선대인 다다토시가 각별히 아끼던 가문들이었고 죽음까지 함께했기 때문에 이러한 조치에 영지의 모든 사람들이 부러워할 뿐 시기는 하지 않았다.

그러나 그중 좀 다른 처분을 받은 유족들이 있었다. 바로 아베 야이치에몬의 유족들이었다. 적자 곤베에는 아버지의 뒤를 그대로 잇지 못했고 야이치에몬이 가지고 있던 1500석의 녹봉 역시 분할되어 곤베에뿐 아니라 동생들에게도 배분되었다. 아베 일족의 녹봉을 모두 합해 계산하면 이전과 달라진 것이 없었지만, 아베 본가를 상속한 곤베에는 낮은 신분으로 전락한 것이다. 곤베에가 의기소침해진 것은 당연한 일이었다. 곤베에의 동생들도 각각 녹봉은 불어났지만, 지금까지 1000석 이상의 녹봉을 가지고 있던 본가라는 큰 나무에 의지하는 형상이었는데 지금은 도토리 키 재기같이 본가와 별 차이가 없는 처지가 되어버려, 고맙기는 하지만 어쩐지 피해를 입은 기분이었다.

정치를 할 때 올바른 길로 가는 한, 이를 비난하는 사람은 없다. 일단 상식에서 벗어난 일이 생기면 그것이 누구의 조치인지 논의가 일어난다. 새 주군의 은총을 받아 주군 곁을 한시도 떠나지 않고 보필하던 중신들 중 하야시 게키라는 사람이 있었다. 잔재주가 조금 있어서, 책임이 없던 시절의 젊은 주군에게는 말상대로 잘 어울렸지만 사리판단에는 부족함이 많았다. 어쨌든 작은 일까지 까다롭게 따지고 싶어 하는 인물이었다. 그는 아베 야이치에몬은 죽은 주군의 허락을 받지 못하고 죽었으니 제대로 된 순사자들과는 어떤 차이가 있어야 한다고 생각했다. 그래서 아베 가문의 녹봉을 분할하는 계책을 주군에게 이야기했다. 미쓰히사도 사려 깊은 군주이긴 했지만 아직 모든 일이 익숙하지 않을 때였고, 야이치에몬이나 적자 곤베에와는 친하게 지내지 않았기 때문에 아베 가문의 사정을 잘 헤아리지 못했다. 그저 자신이 곁에 두고 부리는 친숙한 이치다유의 녹봉이 늘어난다는 생각만 하고서 게키의 제안을 받아들였다.

열여덟 명의 무사들이 순사했을 때 야이치에몬은 주군의 측근임에도 불구하고 순사하지 않는다고 동료들이 비난했다. 그런데 겨우 2, 3

일 차이로 야이치에몬이 훌륭하게 할복했지만, 그 당위성에서 일단 받은 모욕은 쉽게 지워지지 않았고 누구도 야이치에몬을 칭찬하지 않았다. 새 주군은 이미 야이치에몬의 유해를 주군가의 사당인 오타마야* 옆에서 장사 지낼 수 있게 허락해두었기 때문에, 상속상의 문제도 차별 없이 다른 순사자들과 같은 처우를 했으면 좋았을 것이다. 그랬다면 아베 일족도 면목이 서서 모두 새 주군에게 충성을 다짐했을 것이다. 그러나 한 단계 낮은 처우를 함에 따라 영내의 사람들이 아베 가문의 수치를 공공연히 인정하게 되었다. 그리고 곤베에의 형제들은 점차 동료들에게 소외당하면서 불만스러운 나날을 보냈다.

간에이 19년(1642) 3월 17일이 되었다. 선대 주군의 1주기 날이다. 오타마야 옆에 짓고 있는 묘게사는 아직 완성되지 않았으나 고요원이라는 건물을 만들어 그 안에 다다토시의 위패를 모시고 교슈자라는 스님이 주지를 맡고 있었다. 다다토시의 기일에 맞추어 무라사키노에 있는 다이토쿠사의 덴유 화상이 교토에서 내려왔다. 다다토시의 사후 첫번째 맞이하는 기일은 화려하고 당당한 제사가 될 듯했다. 한 달 정도 전부터 구마모토 성내는 준비로 바빴다.

드디어 제사 당일이 되었다. 화창한 날씨에 오타마야 인근은 벚꽃이 한창이었다. 고요원 주위에 막을 둘러치고 병졸들이 경계를 섰다. 새 주군이 직접 선대의 위패에 분향하고 이어서 열아홉 명의 순사자 위패에 차례로 분향했다. 주군이 분향을 마치고 순사자 유족들의 분향이 시작되었다. 이어서 주군가의 문장이 표시된 예복을 계절에 어

---

* 귀인의 혼백을 모신 사당.

울리게 입은 사람들, 중진 가신들과 하급 무사들이 직급에 어울리는 예복 차림으로 분향하고 사람들마다 부의를 드렸다.

의식은 순조롭게 끝났으나 도중에 예상치 못한 일이 하나 발생했다. 순사자 유족의 한 사람으로 아베 곤베에가 순서에 따라 다다토시의 위패 앞에 나아가 분향을 하고 물러날 즈음에 허리에 찬 조그만 칼을 꺼내어 자신의 상투를 잘라 위패 앞에 바친 것이었다. 참석한 무사들도 예기치 못한 일에 놀라서 멍하니 보고 있는데 정작 당사자인 곤베에는 아무 일도 없었다는 듯 태연하게 대여섯 걸음 물러났다. 무사한 사람이 정신을 차리고 "아베 님! 잠시 기다려주십시오"라고 소리치며 뒤쫓아 가서 제지했다. 이어 두세 명의 무사들이 나와서 곤베에를 별실로 데리고 들어갔다.

사유를 묻는 경비 무사에게 곤베에가 대답한 사연은 이러했다. 그대들은 나를 정신이 나간 사람으로 생각할지 모르지만 전혀 그렇지 않다. 나의 아버지인 야이치에몬은 평생 주군을 부족함 없이 모셨기 때문에, 주군의 허락을 받지 못하고 할복했음에도 순사자 반열에 들었고, 유족인 나도 다른 사람들보다 먼저 주군의 위패에 분향할 수 있었다. 그러나 나는 어리석어 아버지같이 주군을 모시지 못하는 것 같다. 주군께서도 그렇게 생각하셨는지 아버지의 녹봉을 형제들과 나누어 상속받게 하셨다. 나는 돌아가신 주군과 새로운 주군, 돌아가신 아버지, 그리고 가족과 동료들에게도 면목이 없다. 이렇게 생각하고 있었는데 오늘 선대 주군의 위패에 분향을 하는 순간 감정이 북받쳐 차라리 무사의 신분을 버리자고 결심했다. 이곳에서 한 행동에 대한 문책은 달게 받겠다. 정신 나간 짓은 하지 않았다.

미쓰히사는 곤베에의 대답을 전해 듣고 불쾌한 기분이 들었다. 우선 곤베에가 자신에게 보란 듯이 행동을 한 것이 불쾌했다. 이어 자신이 게키의 계책을 받아들여 하지 않아도 될 일을 한 것이 불쾌했다. 아직 24세인 젊은 혈기의 주군은 감정을 누르고 사심을 억제하는 것이 어려웠다. 은혜를 베풀어 불만에 대처하는 관대한 마음이 부족했다. 미쓰히사는 즉시 곤베에를 가두어버렸다. 이 소식을 듣고 야고베에를 비롯한 아베 일족은 문을 닫아걸고 주군의 판결을 기다리기로 했다. 그리고 밤이 되자 모두 모여서 은밀히 일족의 앞날을 위해 중론을 모았다.

아베 일족은 협의를 한 끝에 선대 주군의 1주기 법회를 위해 교토에서 내려와 아직 체류 중인 덴유 화상에게 도움을 청하기로 했다. 이치다유는 덴유 화상이 묵고 있는 여관으로 찾아가 사태의 전말을 자세히 이야기하고 곤베에에 대한 주군의 처벌을 가볍게 해달라고 부탁했다. 덴유 화상은 이치다유의 말을 경청한 다음 말했다. 듣자 하니 아베 일가의 사정이 딱하기 그지없다. 그러나 자신은 주군의 결정에 간섭할 처지가 못 된다. 다만 곤베에를 사형시키려고 한다면 반드시 목숨은 살릴 수 있도록 부탁해보겠다. 게다가 곤베에는 이미 상투를 잘랐으니 승려와 같은 신분이다. 그러니 목숨만은 어떻게든 구할 수 있도록 말씀드려보겠다. 이치다유는 화상의 말을 믿고 돌아갔다. 아베 일족은 이치다유의 보고를 듣고 한 줄기 활로를 찾은 듯했다. 그사이 시간이 흘러 덴유 화상이 교토로 돌아갈 날이 점점 다가왔다. 화상은 주군을 만나 이야기를 나눌 때마다 때를 봐서 아베 곤베에의 구명을 부탁할 생각이었는데 아무래도 기회가 없었다. 그도 그럴 것이, 미쓰히사는 이렇게 생각했던 것이다. 덴유 화상이 체류 중일 때 곤베에에 대한 판결을 내리면, 그는 반드시 곤베에의 구명을 요청할 것이다. 큰 사찰 주지의 요청이라면 한 귀로 흘려버릴 수는 없다. 그래서 미쓰히사는 화상이 떠나는 것을 기다려 곤베에를 처리하려고 생각했다. 끝내 덴유 화상은 아무 손도 쓰지 못하고 구마모토를 떠났다.

덴유 화상이 구마모토를 떠나자마자 미쓰히사는 바로 아베 곤베에를 형장에 끌고 나와 목을 베었다. 선대의 위패에 감히 불경한 짓을 한 것과 주군을 두려워하지 않고 저지른 소행에 대한 조치였다.

야고베에를 비롯한 아베 일족은 모두 모여 회의를 했다. 곤베에의 소행이 무례한 일이었음은 틀림없다. 그러나 돌아가신 아버지 야이치에몬은 순사자 중 한 사람이다. 그 상속자인 곤베에에게 죽음이 내려진 것은 어쩔 수 없는 일이지만, 무사인데 무사답게 할복하도록 했다면 이의가 없었을 것이다. 그런데 어찌 된 일인가! 도적 무리를 처형하는 것처럼 백주에 목을 베었다. 이러한 사정으로 추측해본다면 남은 일족도 평온하게 놔두지는 않을 것 같다. 설령 다른 일이 없더라도 목이 잘린 사람이 있는 우리 일족이 무슨 면목으로 동료들과 어울려 주군께 봉사하겠는가! 이 이상 논란거리가 될 수는 없을 것이다. 무슨 일이 있어도 형제가 뿔뿔이 흩어지지 말라고 아버지 야이치에몬이 남긴 유언은 이런 때를 대비한 말이었다. 일족이 모두 토벌될 것을 받아들이고 같이 죽는 수밖에 없다는 의견에 그 누구도 이의를 달지 않았다.

아베 일족은 부인과 자녀들을 모두 데리고 곤베에의 야마자키 저택으로 들어가 농성에 돌입했다.

평범하지 않은 일족의 움직임이 주군에게 보고되었다. 감찰 무사가 정찰을 하러 나왔다. 야마자키 저택에서는 문을 굳게 잠그고 조용히 응수했다. 이치다유와 고다유의 집은 빈 상태였다.

아베 일족에 대한 토벌 조치가 정해졌다. 저택 정문 쪽 지휘는 궁문 경비책임자인 다케노우치 가즈마나가마사가 맡고 그를 소에지마 구베에와 노무라 쇼베에가 수행한다. 가즈마는 녹봉 1150석을 받는 철포 부대 30정의 대장이다. 소에지마와 노무라는 당시 녹봉 100석의 무사였다. 후문 쪽 지휘자는 녹봉 500석의 다카미 곤에몬시게마사로 그 역시 철포 부대 30정의 대장이며 궁문 경비책임자이다. 그를 감찰 임무를 맡고 있던 하타 주다유와 다케노우치 가즈마의 부하인 당시 녹봉 100석의 치바 사쿠베에가 수행한다.

토벌 날짜는 4월 21일로 정해졌다. 그 전날 밤, 야마자키 저택 주변에는 경비병이 배치되었다. 밤이 깊은 시각에 저택 안에서 무사 한 사람이 복면을 하고 담을 넘어 밖으로 나왔지만 순찰 담당 사부리 가자에몬의 병졸인 마루야마 산노조가 체포했다. 그 후 날이 밝을 때까지 아무 일도 일어나지 않았다.

저택 인근에는 재차 지령이 내려졌다. 설령 숙직병이라 할지라도 숙소에서 불조심에 각별히 주의하라는 것이 첫번째 지령이었다. 또한 토벌대가 아닌 사람이 아베 저택에 들어가서 개입을 하면 엄벌에 처할 것이지만 도망자에 한해서는 누구든지 체포해도 좋다는 것이 두번째 지령이었다.

아베 일족은 토벌대가 공격할 날을 그 전날에 전해 듣고, 우선 저택 내부를 구석구석 청소하고 보기 흉한 물건은 모두 태웠다. 그리고 남녀노소 할 것 없이 모두 모여 술자리를 벌였다. 주연(酒宴)이 끝나자 노인들과 여자들은 모두 자살했고 어린아이들도 제각각 칼로 찔러 목숨을 거두었다. 이들의 시신은 정원에 큰 구덩이를 파고 묻었다. 이제 살아남은 사람은 새파란 젊은이들뿐이었다. 야고베에, 이치다유, 고다유, 시치노조 네 사람이 주도하여 미닫이를 걷어낸 방에 부하들을 모았다. 그리고 꽹과리와 북을 치게 하고 큰 소리로 염불을 외우게 하면서 날이 밝기를 기다렸다. 죽은 노인이나 처자들의 명복을 빌기 위해 염불을 외우는 것이라고 했지만 사실은 부하들이 겁을 먹지 않도록 하기 위해서였다.

아베 일족이 농성을 한 야마자키의 저택에는 훗날 사이토 간스케가 살았다. 그 맞은편에는 야마나카 마타자에몬, 좌우 양쪽 인근에는 쓰카모토 마타시치로와 히라야마 사부로의 저택이 있었다.

그중 쓰카모토 가문은 원래 아마쿠사군 지역을 3분해서 다스리던 쓰카모토, 아마쿠사, 시키 세 가문 중 하나이다. 고니시 유키나가* 가 히고 지방의 절반을 통치할 때 아마쿠사 가문과 시키 가문은 죄를 지어 토벌되고, 쓰카모토 가문만이 살아남아 호소카와 가문에 충성을 바쳤다.

마타시치로는 평소 야이치에몬 일가와 스스럼없는 사이였다. 당사자들은 물론이고 부인들도 서로 왕래했다. 야이치에몬의 차남인 야고베에는 창을 잘 다루었는데 마타시치로 역시 창 쓰는 것을 좋아했다.

---

* 도요토미 히데요시의 부하로 가토 기요마사 등과 같이 조선 정벌에 나선 무장. 후에 도쿠가와 이에야스와 일본 통일을 놓고 세키가하라 싸움에서 패해 처형당했다.

그래서 두 사람은 격의 없이 농담을 주고받곤 했다. "네가 아무리 창을 잘 써도 내게는 못 당할걸!" "아니 내가 왜 그대에게 진단 말인가?" 이런 식이었다.

그래서 선대 주군이 병환 중일 때 야이치에몬이 순사를 허락받지 못했다는 이야기를 듣고 마타시치로는 야이치에몬의 마음을 이해하며 안타까워했다. 그리고 야이치에몬의 할복, 상속인 곤베에가 고요원에서 한 행동, 이로 인한 사형, 야고베에를 비롯한 아베 일족의 농성이라는 순서로 아베 일족이 점점 불운으로 치닫는 것을 보고 마타시치로는 육친의 일인 양 마음 아파했다.

어느 날 마타시치로는 밤늦은 시각에 아베의 저택으로 아내를 위문 보냈다. 아베 일족은 지금 주군의 뜻에 반하여 농성을 벌이고 있기 때문에 남자들 사이의 왕래는 불가능했다. 그러나 처음부터 사태의 진행을 생각해보면 아베 일족을 악인으로 몰아붙여 미워할 수는 없었다. 하물며 지금까지 친하게 지낸 사이였다. 아녀자가 은밀히 방문한다면 설령 뒷날 알려진다 해도 해명하지 못할 것도 없었다. 아내는 남편의 말을 듣고 기뻐하면서 정성이 담긴 물건들을 챙겨서 밤늦게 아베 저택을 찾아갔다. 부인도 지혜로운 여인이었다. 만일 훗날 이런 일이 발각된다 해도 죄는 자신이 뒤집어쓰고 남편에게는 누가 되지 않도록 할 심산이었다.

아베 일족의 기쁨은 형언하기 어려울 정도였다. 세상은 꽃이 피고 새가 지저귀는 봄날인데 불행하게도 그들은 하느님과 부처님, 그리고 같은 사람들에게도 버림받아 이렇게 농성을 할 수밖에 없는 처지였다. 자신들을 위로하라고 아내를 보낸 남편도 남편이지만, 그런 남편의 말에 따라 위문하러 온 부인도 부인이었다. 그 마음 씀씀이에 아베 일족은 진심으로 감격했다. 아베 일족의 여인들은 눈물을 흘리면서, 이런 상황에서 죽기 때문에 이 세상에 누구 하나 명복을 빌어줄 사람이 없으니 부디 생각이 나면 자신들의 극락왕생을 빌어달라고 부탁했다. 아이들은 문밖으로 한 발자국도 나갈 수 없었기 때문에 쓰카모토의 부인을 보자 양옆에서 붙들고 놓아주지 않아 쉽게 집에 돌아올 수가 없었다.

아베 저택에 토벌대가 진입하기 바로 전날 밤이었다. 쓰카모토 마타시치로는 곰곰이 생각했다. 아베 일가는 자신과 친한 사이이다. 그래서 훗날 문책을 받을지도 모른다고 생각하면서도 아내를 위로차 보내기까지 했다. 그러나 마침내 내일 아침 주군의 토벌대가 아베 저택으로 쳐들어간다. 토벌대는 역적을 정벌하는 군대와도 같다. 불조심을 하라는 지령과 토벌대 이외에는 쓸데없이 관여하지 말라는 지시가 있었지만 이런 때에 무사라는 자가 주머니에 손을 넣고 지켜만 볼 수는 없다. 정(情)은 정이고, 의(義)는 의다. 그는 자신의 이름을 세상에 나타내야 한다고 생각했다. 그래서 깊은 밤에 발소리를 죽이고 뒷문을 통해 어두운 정원으로 나갔다. 그리고 아베 저택과 이쪽을 경계 짓는 대나무 울타리로 가서 울타리를 엮은 끈들을 모두 잘라놓았다. 그런 다음 다시 들어와 몸을 정비하고 선반에 걸려 있던 작은 창을 내려서 매 날개 문장이 그려진 두껍을 벗겨놓고 날이 새기만을 기다렸다.

토벌대에서 아베 저택의 정문을 책임진 다케노우치 가즈마는 무도(武道)로 알려진 가문에서 태어났다. 그의 조상은 호소카와 다카쿠니의 부하 장수로, 활쏘기로 이름을 날린 시마무라 단조타카노리였다. 교로쿠(享祿) 4년(1531) 셋쓰 지방의 아마가사키에서 다카쿠니가 패했을 때 단조는 적 두 사람을 양쪽 겨드랑이에 끼고 바다에 뛰어들어 죽었다. 단조의 아들 이치베에는 가와우치의 야스미 가문을 위해 일하며 한때 야스미로 불린 적이 있었지만 다케노우치코에 지역을 영지로 차지하고부터는 다케노우치라고 개명했다. 다케노우치 이치베에의 아들인 기치베에는 고니시 유키나가를 위해 일했으며 고니시가 기이 지방의 오타 성을 수공(水攻)으로 공격할 때 공을 세워 도요토미 태합(太閤)*으로부터 흰 비단에 붉은 해가 그려진, 갑옷 위에 입는 조끼를 선물로 받았다. 조선 정벌 때에는 고니시 가문의 인질로 조선 왕궁에 3년 동안 유폐당하기도 했다. 고니시 가문이 몰락하고 나서 가토 기요마사로부터 1000석의 녹봉을 받았으나 주군과 싸우고 대낮에 구마모토 성에서 물러났다. 가토 가문의 토벌대를 막기 위해 철포에 실탄을 장전하고 점화선에 불을 붙이면서 물러났다. 이런 기치베에를 산사이가 부젠 영지에서 1000석의 녹봉을 주고 불러들였다. 기치베에에게는 다섯 명의 아들이 있었다. 장남은 아버지와 같이 기치베에라고 불리다가 출가한 후 야스미 겐잔이라고 했다. 차남은 시치로에몬, 삼남은 지로다유, 사남은 하치베에 그리고 오남이 바로 가즈마였다.

가즈마는 다다토시의 시동으로 있으면서 시마바라 정벌 때 주군 옆을 지켰다. 간에이 15년(1638) 2월 25일 호소카와군이 성을 공격할 때 가즈마는 주군에게 "부디 저를 선봉에 세워주십시오" 하고 요청했

---

* 당시 최고 국가기관이었던 태정관(太政官)의 우두머리인 태정대신(太政大臣)을 높여 부른 말.

다. 다다토시는 가즈마의 요청을 들어주지 않았다. 가즈마가 재차 보채듯 말하자 다다토시는 화를 내며 "어린놈, 마음대로 해라" 하고 소리쳤다. 가즈마는 당시 16세였다. 가즈마가 "옛!" 하고 뛰어나가는 것을 보고 다다토시는 "다치면 안 된다!"라고 소리를 높였다. 가즈마에 이어 시마 도쿠에몬 등 병졸 세 명이 따라 나갔다. 주인과 부하가 모두 네 사람이었다. 성에서 쏘아대는 포탄이 너무 격렬해서 시마는 가즈마가 입은 진홍색 옷자락을 잡아 뒤로 당겼다. 가즈마는 뿌리치며 성벽을 타고 올랐다. 시마도 지지 않고 따라 올랐다. 마침내 성 안으로 잠입하여 적과 싸우던 중 가즈마가 부상을 입었다. 같은 장소에서 공격하던 야나가와 히다의 수령인 다치바나 무네시게*는 72세의 노련한 무사로, 이때의 활약을 보고는 와타나베 신야와 나카미츠 나이젠 그리고 가즈마가 가장 훌륭했다고 세 사람에게 공을 인정하는 증서를 주었다. 성이 함락된 후 다다토시는 가즈마에게 세키 가네미쓰 도공의 칼을 선물로 내리고** 녹봉을 1150석으로 올려주었다. 이때 다다토시가 가즈마에게 준 호신용 짧은 칼은 약 한 자 여덟 치 길이에, 칼날의 무늬가 직선이며 제작자의 이름이 없었다. 칼날과 손잡이가 수평이며 손잡이에는 은으로 본을 떠 호소카와 가문의 문장 세 개를 장식했고, 칼의 외장은 황금으로 장식하고 붉은 동으로 테두리를 둘렀다. 칼과 손잡이의 이음새는 두 개인데 그중 하나는 납으로 메워

---

* 처음에는 도요토미 히데요시 아래에서 일하며 녹봉 13만 석의 영주가 되었다가 후에 도쿠가와 이에야스 밑으로 들어가 간에이 8년(1631) 히다의 수령에 임명되어 시마바라 반란 진압에 참여했다.
** 옛 일본도에는 칼을 만든 도공의 이름을 새겨놓아 그 가치를 인정했다.

져 있다. 다다토시는 이 칼을 비장품으로 아끼고 있었는데 가즈마에게 주고 나서부터는 가즈마가 성에 오면 "가즈마, 그 칼 좀 빌려주게"라면서 빌려 차는 일이 종종 있었다.

미쓰히사에게 아베 일족을 토벌하라는 명령을 받은 가즈마가 기쁜 마음으로 주군의 집무실에서 물러나오는데 동료 한 사람이 가즈마에게 속삭였다.

"간교한 사람도 쓸모가 있군. 자네에게 정문 공격을 지휘하게 하다니, 하야시 님으로서는 큰일을 한 셈이군."

그 말에 가즈마는 귀를 세웠다. "뭐야. 이번 임무는 게키가 주선해서 내려진 것이란 말인가?"

"그렇다네. 게키 님이 주군께 말씀드렸다네. 가즈마는 선대 때 파격적으로 대우를 한 사람이니 이번에 은혜를 갚게 하라고 주청했다네. 뜻밖의 행운이 아닌가?"

"흠!" 대답하는 가즈마의 미간에 깊은 주름이 새겨졌다. "좋아, 죽을 때까지 싸우는 거지!" 이 말을 뱉으며 가즈마는 불쑥 일어나 자리를 떴다.

이때의 가즈마의 행동을 미쓰히사가 전해 듣고, 다케노우치 저택에 전령을 보내 "부상당하지 말고 무리 없이 처리하고 돌아오라"는 말을 전했다. 가즈마는 "고마우신 말씀을 가슴에 새겼다고 말씀드려주시게" 하고 말했다.

가즈마는 동료의 입에서 게키가 자신을 추천해 이번 임무를 맡게 되었다는 말을 듣자마자 이번 토벌에 나가서 죽겠다는 결심을 했다. 절대 바꿀 수 없는 굳은 결심이었다. 게키는 주군의 은혜에 보답해야 한다고 말했다는 것이다. 우연히 뜻밖에 듣게 된 말이지만 실은 들을 것까지도 없었다. 게키가 추천했다면 그렇게 말하며 추천했음이 틀림없었다. 이에 생각이 미치자 가즈마는 서 있어도, 앉아 있어도 마음이 불편했다. 자신이 선대 주군에게 중용되었던 건 틀림없는 사실이다. 그러나 성인이 되고부터 자신은, 말하자면 주군을 곁에서 모시는 많은 시종 중 한 사람이었을 뿐 특별 대우를 받지는 않았다. 그 정도의 은혜는 누구나 다 받았다고 생각했다. 그런데 자신에 한해서만 주군의 은혜를 갚아야 한다는 말은 무슨 의미인가? 말할 필요조차 없이, 순사를 해야 할 사람인데 순사하지 않았으니 죽을 수 있는 장소를 주겠다는 것이다. 목숨이라면 어느 때라도 기꺼이 버릴 수 있지만 전에 순사하지 못했으니 대신 지금 죽어야 한다고는 생각지 않는다. 지금도 목숨이 아깝지 않은 자신이 왜 선대 주군의 죽음 마지막 날에 목숨이 아까웠겠는가! 당연하지 않은가? 주군에게 얼마만큼의 은혜를 입은 사람이 순사하는지 확실한 기준은 없다. 같이 주군 곁에서 봉사해온 젊은 무사들 중에 순사한 사람이 없었기 때문에 자신도 그냥 살아 있었다. 그때 순사를 해야 했다면, 자신은 누구보다 먼저 순사를 했을 것이다. 그 정도는 누가 보아도 그럴 거라고 생각했다. 그런데 당연히 순사해야 하는데 순사하지 않은 사람이라고 낙인이 찍혀 있다니 아무리 생각해도 분했다. 씻을 수 없는 치욕을 받았다는 생각이 들었다. 이렇게 사람에게 치욕을 주다니 게키란 자가 아니면 할 수 없는 짓이다. 하지만 주군은 왜 그런 자의 말을 받아들이셨는가? 게키에게 수모를 받는 것은 참을 수 있다. 그러나 주군에게 버림받은 것은 도저히 참을 수가 없다. 시마바라에서 적군의 성으로 뛰어들려고 할 때

선대 주군이 만류한 적이 있다. 그때는 기마장수를 호위해야 하는 자들이 공을 다투어 함부로 선봉에 나서려는 것을 막으려는 처사였다. 그러나 이번에 새 주군이 부상을 당하지 말라고 만류하시는 말씀은 그때와는 다르다. 아까운 목숨을 잘 지키라는 말씀이다. 그 말에 어떻게 고마움을 표할 수 있겠는가? 옛날의 묵은 상처 위에 다시 채찍을 가하는 것과 다를 바가 없다. 한시라도 빨리 죽고 싶다. 죽어서 씻을 수 있는 치욕은 아니겠지만, 죽고 싶다. 개죽음이라도 좋으니까 죽고 싶다.

이런 생각을 하자 화살도 방패도 의미가 없었다. 아내와 자식들에게는 아베 일족의 토벌에 나서게 되었다고 간략하게 말해두고 오로지 혼자서 죽음을 맞을 준비를 했다. 순사자들은 모두 평온한 마음으로 죽음을 맞이했지만 가즈마는 고통에서 벗어나기 위해 죽음을 서둘렀다. 집사인 시마 도쿠에몬 정도가 주인의 마음을 알아채고 주인과 같은 결심을 했을 뿐 집안 가솔 중에 가즈마의 속마음을 헤아린 사람은 아무도 없었다. 올해 21세〔20세〕인* 가즈마의 집에는 작년에 막 시집와서 아직 처녀티를 벗지 못한 가즈마의 부인이 올해 태어난 딸아이를 안고 어정버정하고 있을 뿐이었다.

아베 일족 토벌을 하루 앞둔 4월 20일 밤, 가즈마는 목욕재계한 뒤 상투 앞부분을 면도하고, 머리 위로 다다토시에게 받았던 향을 분향했다. 그리고 흰옷을 입고 양 어깨에 흰 띠를 조여 맸다. 머리에는 흰

---

* 작가는 역사적 자료로 사용했던 「아베 차사담(阿部茶事談)」을 근거로 가즈마의 나이를 21세로 표기하면서, 시마바라 반란 토벌에 참가했을 때 가즈마의 나이를 계산해서 20세라고 부기했다.

띠를 두르고 어깨에는 아군을 식별하는 종이를 붙였다. 허리에 찬 칼은 두 자 네 치 오 부 길이인 마사모리 도공의 칼로, 선조인 시마무라 단조가 아마가사키에서 죽을 때 고향으로 보낸 유품이었다. 거기에다 첫 출전 때 다다토시에게 하사받은 가네미쓰 도공의 짧은 칼을 찼다. 대문 앞에서 말이 힘차게 소리를 냈다.

창을 들고 집 마당으로 내려선 가즈마는 짚신 끈을 몇 번이나 둘러 감아 풀기 어렵게 하고 남은 끈을 단도로 잘라버렸다.

아베 저택의 뒷문을 공격하기로 한 다카미 곤에몬은 원래 와다 가문 사람으로, 오우미의 와다 지역에 살던 와다 다지마 수령의 후예다. 처음에는 가모 가타히데에게 봉사하다가, 와다 쇼고로 대에 이르러 호소카와 가문을 섬겼다. 쇼고로는 기후에서 벌어진 세키가하라 싸움에서 공을 세운 사람으로, 원래 다다토시의 형인 요이치로 다다타카 아래 소속된 무사였다. 게이초(慶長) 5년(1600), 오사카에서 처가인 마에다 가문이 일찍이 항복하고 멀리 달아난 것 때문에 다다타카는 아버지의 꾸중을 듣고 수행자 신분으로 유랑했는데, 그때 쇼고로는 다다타카와 고야산과 교토까지 동행했다. 이런 그를 산사이가 고쿠라로 불러들였다. 산사이는 쇼고로에게 다카미라는 성(姓)을 내리고 잡무와 경비를 담당하는 책임자로 삼았다. 그의 녹봉은 500석이었다. 이 쇼고로의 아들이 곤에몬이다. 그는 시마바라 전투에서 공을 세우기는 했지만 군령을 어긴 이유로 직위에서 물러나 있었다. 그렇게 잠시 시간을 보낸 뒤 복귀해서 주군을 측근에서 모시는 책임자가 되었다. 곤에몬은 아베 가문 토벌에 나설 때, 검은 깃털이 두 개 달린 예복을 입고, 애지중지하던 비젠오사후네 도공의 칼을 꺼내 허리에 찼다. 그리고 열십자 날로 된 창을 들고 나갔다.

다케노우치 가즈마 곁에 시마 도쿠에몬이 있는 것처럼, 다카미 곤에몬의 곁에는 항상 하인 하나가 따랐다. 아베 일족 사건이 일어나기 2, 3년 전 어느 여름날, 그날 쉬는 날이었던 시동 하나가 방에서 낮잠을 자고 있었다. 그때 임무를 마치고 돌아온 동료 시동이 옷을 벗고는 물통을 가지고 우물가로 물 길으러 가다가 낮잠 자고 있는 시동을 보았다. 그는 "내가 일하고 돌아왔는데 물도 떠다 주지 않고 낮잠이나 자고 있단 말이냐?"라고 말하면서 시동의 베개를 차버렸다. 시동은 자리에서 벌떡 일어났다.

"그렇지. 내가 깨어 있었다면 물이야 떠다 주었겠지. 그렇다고 자고 있는 사람의 베개를 차버릴 것까지야 없잖은가? 이대로 참고 있을 수는 없다." 그러고는 칼을 빼어 한쪽 어깨에서부터 다른 쪽 겨드랑이까지 동료를 비스듬히 베어버렸다.

그는 조용히 동료의 가슴 위에 올라가서 마지막 숨을 끊어 고통을 없애주고 상관이 있는 방으로 달려가 전후 사정을 자세히 이야기했다. 그리고 "저도 그 자리에서 죽으려고 했습니다만, 다른 의심을 받을지 몰라서 이렇게 찾아왔습니다"라고 말하며 옷을 벗고 할복하려고 했다. "잠시 기다려라!" 그의 상관은 시동을 제지하고 곤에몬에게 사태의 전말을 보고했다. 곤에몬은 당시 공무를 마치고 돌아와 아직 옷을 갈아입지 않은 상태였다. 곤에몬은 그대로 다다토시의 처소로 가서 보고했다. 다다토시는 "있을 수도 있는 일이지. 할복할 것까지는 없다"고 말했다. 이때부터 이 시동은 목숨을 바쳐 곤에몬을 따랐다.

시동은 화살통을 메고 활을 든 채 주인의 곁에 대기했다.

간에이 19년(1642) 4월 21일은 보리를 수확하기 좋은 계절에 흔히 볼 수 있는, 옅은 구름이 낀 초여름 날씨였다.

다케노우치 가즈마 일행은 아베 일족이 농성하고 있는 야마자키 저택으로 쳐들어가기 위해 새벽 무렵 정문 앞쪽으로 왔다. 밤새도록 꽹과리와 북을 울리고 있던 집 안이 지금은 적막에 싸여 마치 빈집처럼 느껴질 정도였다. 문은 굳게 닫혀 있었다. 대나무 울타리 위로 두세 척 정도 자란 협죽도 끝에서 밤이슬이 맺힌 거미줄이 마치 진주처럼 빛났다. 제비 한 마리가 어디선가 날아와 조용히 집 안으로 날아 들어 갔다.

가즈마는 말에서 내려 한동안 상황을 살피다가 "문을 열어라!" 하고 소리쳤다. 병졸 두 사람이 담을 넘어 집 안으로 들어갔다. 문 주변에는 지키는 사람이 없었기 때문에 자물쇠를 부수고 빗장을 빼내어 문을 열었다.

옆집에 있던 쓰카모토 마타시치로는 가즈마의 병사들이 아베 저택의 문을 여는 소리를 듣자 지난밤 미리 줄을 끊어놓았던 대나무 울타리를 발로 부수고 저택으로 뛰어들었다. 매일같이 드나들던 터라 구석구석까지 아는 집이었다. 창을 겨누면서 부엌문을 통해 재빠르게 들어갔다. 아베 일족은 객실 문을 모두 걸어 잠그고 토벌대가 들어오면 한 사람씩 처치하려고 준비하고 있었다. 뒷문에서 인기척이 있는 것을 제일 먼저 알아챈 사람은 야고베에였다. 야고베에 역시 창을 겨누면서 부엌 쪽을 살피러 나갔다.

두 사람은 창끝과 창끝이 서로 맞닿을 정도로 가까이 마주 보았다.
"여! 마타시치로가 아닌가?" 야고베에가 말을 건넸다.

"그래. 이전부터 호언장담했었지? 네 창 솜씨를 보러 왔다."

"잘 오셨다. 자아!"

두 사람은 한 발짝도 물러서지 않고 창을 겨누었다. 창술은 마타시치로가 뛰어났기 때문에 한참 동안 서로 대적하다가 마타시치로의 창이 야고베에의 가슴을 세게 찔렀다. 야고베에는 창을 버리고 객실 쪽으로 도망치려 했다.

"비겁하다. 물러서지 마라." 마타시치로가 외쳤다.

"아니다, 도망치지 않는다. 할복하려는 것이다." 야고베에는 이 말을 남기고 객실로 사라졌다.

그 순간 "아저씨! 제가 상대하지요!"라고 외치며 아직 소년인 시치노조가 번개처럼 뛰쳐나와 마타시치로의 넓적다리를 찔렀다. 막역한 사이였던 야고베에에게 깊은 상처를 안기고 자기도 모르는 사이에 긴장이 풀려 있었기 때문에, 노련한 마타시치로이지만 소년의 공격에 걸려들고 말았다. 마타시치로는 창을 놓치고 그 자리에 넘어졌다.

가즈마는 아베 저택에 들어온 후 병사들을 구석구석까지 배치했다. 그런 다음 현관으로 나아가니 나무로 된 문이 살짝 열려 있었다. 가즈마가 그 문으로 손을 내밀려고 하자 시마 도쿠에몬이 밀치면서 급하게 속삭였다.

"잠시 기다리시지요. 주군은 오늘 토벌대의 총대장입니다. 제가 먼저 살펴보지요."

도쿠에몬은 문을 열고 뛰어들었다. 매복하고 있던 이치다유의 창에 오른쪽 눈이 찔렸다. 도쿠에몬은 비틀거리며 가즈마 쪽으로 쓰러졌다.

"비켜라!" 가즈마는 도쿠에몬을 옆으로 밀치며 앞으로 나섰다. 이치다유, 고다유의 창이 좌우에서 가즈마의 옆구리를 찔렀다.

소에지마 구헤에, 노무라 쇼베에가 뛰어들었다. 도쿠에몬 역시 상처에도 굴하지 않고 반격에 나섰다.

같은 시각 뒷문을 부수고 들어간 다카미 곤에몬이 십자창을 휘두르며 아베의 병졸들을 몰아붙이고 마당으로 들어갔다. 치바 사쿠베에도 다카미의 뒤를 따라 들어갔다.

앞뒤 양쪽에서 고함을 지르면서 쳐들어갔다. 장지문을 모두 걷어내도 다다미 30장이 채 안 되는 공간이다. 시가전의 처참함이 야전(野戰)보다 훨씬 심하다. 접시에 수북이 담긴 벌레들이 서로 먹고 먹히는 광경과 비슷할까! 눈으로 차마 볼 수 없을 정도의 아비규환이었다.

이치다유와 고다유는 상대를 구별하지 않고 창을 휘둘렀다. 어느덧 두 사람의 몸은 셀 수 없을 정도로 상처를 입었다. 그럼에도 두 사람은 조금도 굴하지 않고, 이번에는 창을 버리고 칼을 들고 싸웠다. 시치노조는 이미 쓰러졌다.

넓적다리에 부상을 입은 쓰카모토 마타시치로가 부엌에 쓰러져 있는 것을 본 다카미의 부하가 "부상을 당했군요. 잘 싸우셨습니다. 빨리 물러나세요"라고 하면서 집 안으로 들어갔다.

"끌고 갈 다리가 있다면 나도 안으로 들어가겠다만!" 마타시치로는 괴로운 듯 말하면서 이를 악물었다. 이때 주인의 행적을 찾아 쫓아온 부하 하나가 뛰어가서 어깨를 부축해 데리고 나갔다.

한편 쓰카모토 가문의 부하인 아마쿠사 헤이쿠로는 주인의 퇴로를 지키면서 보이는 적들을 향해 활을 쏘다가 그 자리에서 적의 공격을 받고 죽었다.

다케노우치 가즈마의 부하 중 시마 도쿠에몬이 먼저 죽었고 이어서 분대장 소에지마 구혜에가 죽었다.

다카미 곤에몬이 십자창을 휘둘러 싸우는 동안, 활을 든 시동 하나가 곁을 떠나지 않고 적을 향해 활을 쏘았다. 나중에는 칼을 뽑아들고 싸웠는데 문득 총으로 곤에몬을 노리는 자의 모습이 보였다.

"저 총알은 제가 받겠습니다." 시동은 곤에몬의 앞을 막아서며 말했다. 그 순간 탄알이 날아와서 시동이 맞고 즉사했다. 다케노우치 군영 쪽에서 다카미 군영 쪽으로 옮겨 간 치바 사쿠베에는 중상을 입고 부엌으로 왔다. 그는 수통의 물을 마시다가 기진하여 그대로 주저앉았다.

아베 일족은 먼저 야고베에가 할복하고 이치다유, 고다유 그리고 시치노조는 모두 깊은 상처로 숨이 끊어졌다. 부하들 대부분도 전사했다.

다카미 곤에몬은 앞과 뒤에 있던 병력을 전부 집결시킨 후, 아베 저택의 안쪽 창고를 무너뜨리고 불을 질렀다. 바람이 없는 날이라 엷은 구름이 있는 하늘로 똑바로 올라가는 연기가 멀리서도 보였다. 잠시 후 불을 끈 뒤 물을 뿌리고 철수했다. 부엌에 있던 치바 사쿠베에 그리고 그 외에 중상을 입은 사람들은 부하나 동료들의 부축을 받아 철수했다. 시각은 정확히 미시(未時)였다.

미쓰히사는 때때로 부하들 중 눈에 들어오는 사람의 집에 놀러가곤
했다. 아베 일족을 토벌하는 날인 21일에는 마쓰노 사쿄의 저택에 새
벽부터 가 있었다. 아베 일족이 농성하는 야마자키 저택은 미쓰히사
의 거처인 하나바다케의 바로 건너편이었다. 미쓰히사가 집을 나올
때 아베 저택 방향에서 사람들의 말소리가 들려왔다.

"지금 진입했군!" 미쓰히사는 가마에 오르며 말했다.

미쓰히사를 태운 가마가 동네 하나를 지날 때 급보가 들어왔다. 미
쓰히사는 다케노우치 가즈마가 죽었다는 사실을 알았다.

다카미 곤에몬은 토벌대 전 병력을 이끌고 미쓰히사가 있는 마쓰노
저택으로 철수했다. 그리고 아베 일족을 한 사람도 남기지 않고 토벌
했다는 사실을 보고하려고 알현을 청했다. 미쓰히사는 즉시 만나겠다
고 대답하고 곤에몬을 객실 마당 쪽으로 불렀다.

마침 댕강나무 꽃이 새하얗게 핀 울타리 사이로 작은 사립문이 있
었다. 문을 열고 들어간 곤에몬이 잔디 위에 예의를 갖춰 앉았다. 미
쓰히사가 곤에몬을 보더니 "부상을 당했군. 수고했다. 전과를 올렸
다" 하고 말했다. 두 개의 검은 깃털이 달리고 문장이 새겨진 곤에몬
의 옷은 피투성이였다. 철수하면서 창고에 불을 지르고 발로 밟아 끄
느라 날린 재와 먼지도 얼룩처럼 덮여 있었다.

"아닙니다. 대단치 않은 상처입니다." 곤에몬은 누군가에게 명치
끝을 심하게 찔렸는데 품속에 있던 거울 덕분에 창날이 비껴갔다. 상
처는 화장지에 살짝 피가 스밀 정도였다.

곤에몬은 아베 저택으로 쳐들어갈 당시의 정황을 자세히 보고했다.
그리고 이번 토벌의 일등 공을, 혼자 야고베에와 싸워 큰 부상을 입힌

아베 저택 옆집에 사는 쓰카모토 마타시치로에게 양보했다.

"가즈마는 어땠는가?"

"한 발 먼저 정문에서 진입했기 때문에 보지 못했습니다."

"그랬나? 모두 마당으로 들어오라고 일러라."

곤에몬이 모든 병사들을 불러들였다. 중상으로 들려 간 사람들을 제외하고는 모두 잔디 위에 부복했다. 전투에 참가한 사람은 모두 피투성이였다. 창고를 불태울 때만 나선 사람은 재를 뒤집어썼다. 그렇게 재만 뒤집어쓴 사람 중에 하타 주다유가 있었다. 미쓰히사가 그에게 물었다.

"주다유, 그대의 싸움은 어땠는가?"

"옛." 주다유는 대답한 채 잠자코 엎드려 있었다. 주다유는 몸집은 좋지만 겁쟁이어서 전투 때 아베 저택 밖을 돌아다니고 있었다. 그는 토벌대가 전투를 끝내고 저택의 창고를 불태울 때에야 겨우 주뼛주뼛 저택 안으로 들어갔다. 토벌대에 참가하라는 명령이 처음 주다유에게 내려졌을 때, 집무실에서 나오는 그를 본 검술사 신멘 무사시*가 "참으로 잘된 일이다. 열심히 해서 공을 세워라!" 하고 말하면서 주다유의 등을 두드려주었다. 주다유는 안색이 창백해지고 헐거워진 하의 끈을 잡아매려고 했으나 손이 떨려 고쳐 매지 못했다고 한다.

미쓰히사는 자리에서 일어나며 말했다. "모두 최선을 다했다. 돌아가 휴식을 취하도록 해라."

---

* 어려서부터 여러 곳을 여행하며 검술을 익힌 결과 쌍검을 사용하는 검도인 니토류(二刀流)를 개발한 전설적인 검객. 후에 어머니의 성을 따라 미야모토 무사시라 칭했다. 호소카와 다다토시가 받아들여 300석의 녹봉을 주었다.

다케노우치 가즈마의 어린 딸에게는 양자를 맞아들여 집안을 상속하도록 허락했다. 그러나 이 가문은 나중에 후사(後嗣)가 끊겼다. 다카미 곤에몬에게는 300석, 치바 사쿠베에와 노무라 쇼베에에게는 각 50석의 녹봉이 더해졌다. 쓰카모토 마타시치로에게는 가신을 총괄하는 직책을 맡기고 분대장인 다니 구라노스케를 보내 칭찬의 말을 전달했다. 친척이나 친구들이 찾아와 축하의 말을 건네면 마타시치로는 웃으면서 "겐키(元龜)나 덴쇼(天正) 때*에는 성을 공격하는 일이 아침저녁 밥을 먹는 일같이 다반사였지! 아베 일족 토벌 같은 건 그저 아침 먹기 전에 간식을 먹거나 차를 마시는 정도였어"라고 말했다. 그 후 2년이 흐른 쇼호(正保) 원년(1644) 여름, 마타시치로는 상처가 완치되어 미쓰히사를 알현했다. 미쓰히사는 철포 10정을 내리면서 "상처가 완치되도록 온천욕을 해라. 또 야외에 별장을 지을 땅을 주려고 하니 장소를 알아보아라" 하고 말했다. 마타시치로는 주군에게서 마시키 고이케 마을에 저택용 땅을 하사받았다. 뒤편은 대나무가 우거진 산이었다. 미쓰히사가 마타시치로에게 "대나무 산도 가지겠느냐?" 하고 물었지만 마타시치로는 사양했다. 대나무는 평소에도 쓸모가 많은 나무이다. 전쟁이라도 일어나면 대나무가 많이 필요하다. 그런 것을 받는 건 조심스럽다고 말했다. 그래서 대나무 산은 영구히 주군의 소유가 되었다.

하타케 주다유는 추방되었다. 다케노우치 가즈마의 형 하치베에는

---

* 겐키(1570~1573), 덴쇼(1573~1591). 이 시대는 오다 노부나가와 도요토미 히데요시 등이 일본 통일을 위해 활약한 일본의 전국시대에 해당한다.

토벌에 참가하고도 동생이 전사한 장소를 지키지 못했기 때문에 가문을 없앴다. 또한 기마무사의 호위병으로 주군을 옆에서 섬기던 어떤 사람은 아베 저택 가까이에 살았기 때문에 "집에서 각별히 불조심을 하라"는 분부를 받고 당번에서 제외되었는데, 아베 저택이 불타자 아버지와 같이 지붕에 올라가서 날아오는 불씨를 잡았다. 후에, 모처럼 당번을 면해주신 데 대한 배려를 저버렸다는 생각에 면직을 요청했지만 미쓰히사는 "그건 겁쟁이라서가 아니다. 앞으로는 좀 더 조심하는 것이 좋겠다"고 말하고 변함없이 근무하게 했다. 이 무사는 나중에 미쓰히사가 죽자 순사했다.

아베 일족의 시신은 우물가로 끌고 가서 차근차근 조사했다. 시라카와 강에서 한 사람씩 시신의 상처를 물로 씻어냈을 때, 다른 사람들이 입힌 상처보다 쓰카모토 마타시치로의 창이 입힌 야고베에의 가슴 상처가 훨씬 깊었기 때문에 마타시치로는 더욱 체면을 세울 수 있었다.

무
희

석탄은 이미 선적이 끝났다. 이등선실의 테이블 주위는 너무 조용해서 화려해 보이는 백열전등의 빛도 부질없이 밝게 느껴진다. 밤마다 이곳으로 모여들곤 하던 트럼프꾼들도 오늘 저녁은 호텔에 머물러 있어서 배에 남아 있는 사람은 나 하나뿐이다.

5년 전 일이다. 평소 소원하던 일이 이루어져 독일 유학의 관명(官命)을 받고 여기 사이공 항구에 왔을 당시에는 눈으로 보는 것, 귀로 듣는 것 어느 하나 새롭지 않은 것이 없어서, 붓 가는 대로 쓴 기행문에 매일매일 얼마나 많은 것들을 쏟아냈던가! 신문에도 실려서 세간의 사랑도 받았지만, 지금 생각하니 유치한 사상, 분수도 모르고 내뱉은 말들, 그저 평범한 동식물이나 금석, 게다가 풍속 따위마저 진기한 듯이 적었던 것을 지각 있는 사람들은 어떻게 생각했을까? 이번에 길을 나섰을 때 일기를 쓰려고 산 노트도 아직 백지로 남아 있는 것은, 독일에서 유학하는 동안에 어떤 일에도 동요하지 않는 일종의 '닐 아드미라리*'한 기상을 체득한 탓일까? 아니다. 여기에는 따로 까닭이 있다.

새삼스럽게 말할 필요도 없지만, 고국으로 돌아가고 있는 지금의 나는 서구 유럽으로 배를 타고 건너갔던 이전의 내가 아니다. 학문이야 여전히 흡족하지 못한 점이 많으나 덧없는 세상의 괴로움도 알았고, 다른 사람의 마음이야 말할 것도 없이, 나와 내 마음조차 변하기 쉽다는 것을 깨달았다. 어제의 옳음이 오늘의 그름이 되는, 순간순간 변하는 나의 감각을 글로 써서 누구에게 보인단 말인가! 이것이 일기를 쓸 수 없는 이유일까? 아니다. 여기에는 따로 까닭이 있다.

아아! 이탈리아 브린디시 항구를 출발하여 벌써 20여 일이 지났다. 보통이라면 처음 보는 승객들과도 교분을 맺어 여정의 무료함을 서로 달래는 것이 항해 여행의 관습일 텐데, 사소한 병을 핑계 삼아 선실 안에만 틀어박혀 동행한 사람들과도 말을 섞는 일이 적은 것은 다른 사람들이 알지 못하는 가슴에 맺힌 한이 있어 괴로워하고 있기 때문이다. 이 한은 처음에는 한 조각 구름처럼 내 마음을 스쳐, 스위스의 아름다운 산들도 눈에 들어오지 않고, 이탈리아의 유적에도 마음이 머무르지 못하더니, 나중에는 세상이 싫어지고 스스로를 비관하게 만들어, 날마다 창자가 아홉 번이나 뒤틀어지는 듯한 고통을 맛보게 했다. 지금은 마음 깊은 곳에 응어리져 한 점의 어두운 그림자가 되었지

---

* Nil Admirari. '무슨 일에도 놀라지 않고 흔들리지 않는 마음'이라는 뜻의 라틴어.

만, 글을 읽을 때에도, 무언가를 볼 때에도, 거울에 비치는 모습이나 목소리에 응답하는 울림처럼 한없는 회고의 정을 불러일으켜 수없이 내 마음을 괴롭힌다. 아아! 어떻게 하면 좋을까? 만약 다른 한이었더라면 시를 읊거나 노래를 부르거나 하면 기분이 상쾌해질 수도 있으련만. 하지만 이것은 너무나 깊게 내 마음속에 새겨져 어쩔 수 없다. 오늘 저녁은 주위에 사람도 없고, 선실 웨이터가 와서 전등 스위치를 비틀어 끌 때까지 아직 시간도 있으므로 이제 그 대강의 이야기를 글로 써보겠다.

어릴 적부터 엄한 가정교육을 받은 덕택에 아버지를 일찍 여의었어도 학문이 뒤떨어지는 일 없이, 고향에서 학교에 다녔을 때에도, 도쿄로 나와 대학 입학을 준비하는 예비교에 다녔을 때에도, 그리고 대학 법학부에 진학했을 때에도 오타 도요타로라는 이름은 항상 일등이었다. 외아들인 나를 의지하며 세상을 살아가는 어머니에게는 더없는 위안이었을 것이다. 열아홉에 학사 칭호를 받아 대학 설립 이래 유례가 없는 명예라고 칭찬받으며, 모 중앙부처의 관직에 등용되어서는 고향에 계신 어머니를 모셔와 3년 정도 즐거운 나날을 보냈다. 그리고 관장의 총애가 특별하더니, 서구 유럽에 유학을 가서 맡아보던 업무를 좀 더 자세히 조사하라는 하명을 받았다. 출세하는 것도 가문을 일으키는 것도 바로 이때라는 마음이 용솟음쳐 쉰을 넘은 어머니와의 헤어짐도 그리 슬프다고 생각지 않고 나는 멀리 집을 떠나 베를린이라는 도시에 도착했다.

나는 막연한 공명심과 절제에 익숙한 학구열을 가지고 홀연히 유럽의 신도시 한가운데에 섰다. 이 무슨 광채인가, 내 눈을 자극하는 것은. 이 무슨 색채인가, 내 마음을 유혹하는 것은. '보리수 아래'라고 번역할 때는 그윽하고 조용한 곳처럼 생각되지만, 쭉 뻗은 큰길, 운터 덴 린덴*에 와서 양쪽이 돌로 포장된 인도를 삼삼오오 무리지어 오가는 신사 숙녀를 보라. 가슴을 펴고 어깨를 치켜세운 사관(士官)들은, 아직 빌헬름 1세가 거리를 향해 난 창에 기대어 내려다보던 시대였으므로, 갖가지 색으로 장식한 예복을 입었고, 아름다운 소녀들은 파리풍의 옷차림을 하고 있다. 이것도 저것도 눈을 놀라게 하지 않는 것이 없다. 아스팔트 차도 위를 소리도 없이 달리는 여러 모양의 마차, 구름 위로 치솟은 듯이 늘어선 건물들과 조금 떨어진 곳에서 맑은 하늘에 소나기 소리를 들려주며 기운차게 떨어지는 분수, 눈을 들어 멀리 보면 브란덴부르크 문을 사이에 두고 푸른 가로수 나뭇가지가 서로 엇갈려 있는 가운데 개선탑의 여신상이 우뚝 솟아 있다. 이렇게 다양한 광경들이 눈앞에 펼쳐져 있으므로 처음 여기 온 사람이 이곳저곳을 구경하기에 바쁜 것도 당연한 일이다. 하지만 나는 어떠한 경우라도 허황된 미관에 마음을 빼앗기지 않겠다는 다짐을 했기 때문에, 나를 유혹하는 갖가지 풍물을 차단했다.

초인종을 울려 면담을 요청하고 정부의 소개장을 보이며 일본에서 왔다고 인사를 하자, 독일 관원들은 모두 쾌히 나를 맞아들여 공사관에서의 수속만 무사히 끝나면 무슨 일이든 가르쳐주고 연락해주겠다고 약속했다. 일본에서 독일어와 프랑스어를 배워두어 다행이었다. 처음 나를 만난 이들 중 어디서 어느 틈에 이렇게 배웠느냐고 묻지 않

---

* 독일의 수도 베를린 중심부를 가로지르는 공원식 거리로 '보리수 아래'라는 뜻이다.

는 이가 없었다.

업무를 하다가 시간이 나면 베를린 대학에 들어가 정치학을 배우려고, 일본에 있을 때 이미 허가를 받아두었기 때문에 청강생 명부에 이름을 등록했다.

한두 달이 지나면서 공적인 만남도 끝나고 조사도 점차 순조롭게 진행되어 급한 일은 보고서로 작성해 일본에 보내고, 그렇지 않은 것은 기록해두고 보니 마침내 여러 권의 책이 되었다. 대학에는 어린 마음에 생각했던 것과 달리 정치가가 될 만한 특별한 과목이 있는 것도 아니어서, 이것이 좋은지 저것이 좋은지 망설이면서 두세 명의 법률학자의 강의를 들어보려 결심하고 수업료를 내고 강의를 들었다.

이렇게 3년 정도는 꿈처럼 흘러갔다. 그러나 때가 되면 감추려 해도 감추기 어려운 것이 인간의 취향이다. 나는 아버지의 유언을 지키며 어머니의 가르침에 따라 남들이 신동이라고 칭찬하는 기쁨에 게으름을 피우는 일 없이 공부할 때부터, 관장이 좋은 일꾼을 얻었다고 격려해주는 즐거움에 해이해지는 일 없이 일하던 그때까지, 자신이 단지 수동적, 기계적인 인물임을 깨닫지 못했다. 그러나 지금 내 나이 25세, 이미 이곳에서 긴 시간을 보내며 자유로운 대학 분위기에 젖어서일까? 나는 마음이 왠지 평온하지 않고, 내면에 깊숙이 자리하고 있던 진정한 내가 점점 표면에 나타나 내가 아닌 어제까지의 나를 나무라는 것 같다는 생각이 들었다. 나는 내가, 오늘날 세상에서 활약하는 정치가가 되기에도 어울리지 않고, 또한 법전을 잘 암기해서 재판의 판결을 내리는 법률가가 되기에도 어울리지 않음을 깨달았다.

가만히 생각하니, 어머니는 나를 살아 있는 사전으로 만들려 했고,

관장은 나를 살아 있는 법률로 만들려 했다. 사전이라면 그나마 견딜 수 있지만, 법률이 되는 것은 견딜 수 없다. 전에는 사소한 문제에도 매우 정중하게 일본의 관청에 답신을 하던 나였지만, 그 무렵부터는 관장에게 보내는 서면에 자주 법률의 세세한 조목에 얽매이지 말아야 한다고 논하면서, 일단 법의 정신만 살리면 사소한 문제는 대나무를 쪼개듯 명료하게 처리할 수 있을 것이라고 호언을 했다. 또 대학에서는 법과 강의를 뒤로 미루고 역사나 문학에 관심을 기울여 점점 그 재미를 알게 되었다.

관장은 처음부터 나를 마음대로 부릴 수 있는 기계로 만들려고 했다. 그런 사람이 독자적인 사상을 지니고 평범하지 않은 얼굴을 한 나 같은 사람을 어찌 달갑게 여기겠는가! 당시 내가 처했던 상황은 지금 생각하면 위태로운 것이었다. 그러나 그런 이유만으로 내 지위를 뒤엎을 수는 없었다. 평소 나는 베를린 유학생들 중에 세력 있는 어느 한 무리와 좋지 않은 관계였는데, 그들은 나를 시기하더니 마침내 모함하기에 이르렀다. 그러나 거기에도 그만한 이유가 없지는 않았다.

그들은 내가 함께 맥주도 마시지 않고 당구대도 잡지 않는 것을 융통성 없는 마음과 강한 자제력으로 돌려, 한편으로는 비웃고 또 한편으로는 질투했다. 그렇지만 그건 나라는 인간을 몰랐기 때문이다. 아아, 그러나 나라는 인간을 나 자신조차 몰랐는데 어떻게 다른 사람이 알 수 있단 말인가! 내 마음은 자귀나무* 잎과 비슷해서 뭔가 닿으면 움츠러지고 피하려고 한다. 내 마음은 겁 많은 처녀 같았다. 내가 어

---

* 콩과의 낙엽 활엽 소교목으로 타원형의 잎이 온도의 차이에 따라 오므라든다.

렸을 때부터 어른들의 가르침을 지키고 학문의 길로 들어섰던 것도, 관리의 길을 가려고 했던 것도 모두 용기가 있어서가 아니었다. 참고 견디고 공부한 덕으로 보이지만 그게 아니다. 모두 자신을 속이고 다른 사람조차 속이면서, 남이 시키는 대로 단지 한길로 걸어온 것뿐이다. 다른 곳에 마음이 흔들리지 않았던 건 그런 곳에 마음을 두지 않을 용기가 있어서가 아니었다. 다만 다른 길이 두려워서 스스로 손발을 묶어놓았을 뿐이었다. 고향을 떠나기 전만 하더라도 나는 재능 있는 인물임을 의심치 않았고 또 내 마음이 잘 견뎌내리라 굳게 믿고 있었다. 아아, 그것도 잠시뿐. 배가 요코하마 항구를 떠날 때까지 매우 장하고 훌륭한 호걸이라고 생각했던 자신이, 일단 항구를 벗어나자 눈물을 참지 못해 손수건을 적시자 스스로도 어이가 없었다. 그러나 그 모습이야말로 내 본성이었다. 그런 마음은 태어나면서부터 있었을 것이다. 그리고 일찍 아버지를 여의고 어머니 손에 키워지면서 더 커졌을 것이다.

그들이 비웃는 건 당연하다. 그렇지만 시기하는 건 어리석지 않은가? 이 약하고 가련한 마음을!

울긋불긋 화장한 얼굴에 자극적인 색깔의 옷을 몸에 걸치고 카페에 앉아서 손님을 끄는 여인들을 보고도 다가가 어울릴 용기가 없고, 높다란 모자에 코에는 안경을 걸치고 프로이센 귀족 특유의 콧소리를 내는 한량들을 보고도 다가가 함께 즐길 용기가 없다. 이런 용기가 없으니 저 활발한 동향 사람들과 사귈 수 있는 재능도 없었다. 교제가 원활하지 못했기 때문에 그들은 나를 비웃고, 시기할 뿐 아니라 모함하기까지 했다. 바로 그것이 내가 억울한 죄를 뒤집어쓰고, 잠시 동안이지만 헤아릴 수 없을 정도의 고통을 받는 원인이 되었다.

어느 날 저녁 무렵, 나는 티어가르텐 삼림공원을 한가롭게 거닌 다음 운터 덴 린덴 거리를 지나 내가 사는 몽비주가의 하숙으로 돌아가려고 클로스터가의 오래된 수도원 앞까지 왔다. 조명이 찬란한 번화가를 지나 좁고 어슴푸레한 거리로 접어들자 2, 3층 나무 난간에 이부자리 등을 널어놓고 말리는 집, 구레나룻을 길게 기른 유대교도 할아버지가 문 앞을 서성대는 선술집, 사다리 하나가 곧바로 위층에 닿아 있고 또 다른 사다리는 지하의 대장간으로 통해 있는 셋집이 보였다. 이러한 집들을 마주 보며 띠자 형태로 세워진 300년 전의 유적을 바라볼 때마다 나는 마음이 황홀해져서 몇 번이나 잠시 멈춰 서곤 했다.

그곳을 막 지날 때, 닫힌 수도원 문에 기대서서 소리를 삼키며 울고 있는 한 소녀를 보았다. 나이는 열예닐곱가량 되었을까? 머리에 두른 천 사이로 흘러내린 머리는 연한 금발, 입고 있는 옷은 때가 끼거나 더러워 보이지는 않았다. 내 발소리에 놀라 돌아본 얼굴, 나에게 시인의 재능이 없어 안타깝게도 그 얼굴을 묘사할 수는 없다. 푸르고 맑은, 무언가를 애원하듯 우수에 찬 눈동자가 반쯤 눈물을 머금은 긴 속눈썹에 가려져 있었다. 그 눈은 어째서 한 번 본 것만으로 조심성 많은 내 마음속 깊은 곳에 새겨진 것일까?

그녀는 도대체 어떤 헤아릴 수 없는 깊은 슬픔이 있기에 앞뒤 돌아볼 겨를도 없이 여기 서서 우는 것일까? 내 겁 많은 마음은 연민의 정을 이기지 못했다. 나는 나도 모르게 옆으로 다가가서 "왜 울고 계십니까? 이곳에 연고가 없는 외국인인 제가 오히려 도와드리기 쉬울 수도 있겠지요" 하고 말을 걸면서, 스스로도 이런 대담함에 어이없는 기분이 들었다.

그녀는 놀라며 내 황색 얼굴을 응시했는데, 진실한 마음이 얼굴에 나타난 탓이었을까? "당신은 좋은 사람처럼 보여요. 그 사람처럼 잔혹하지는 않을 거예요. 그리고 내 어머니처럼요"라고 말했다. 잠시 말라 있던 눈물샘이 다시 터져서 귀여운 뺨으로 눈물이 흘러 떨어졌다.

"저를 구해주세요. 제가 부끄러움을 모르는 사람이 되지 않도록. 어머니는 제가 그 사람 말에 따르지 않는다고 저를 때렸어요. 아버지는 돌아가셨어요. 내일 장례를 치러야 하는데 한 푼도 모아둔 돈이 없어요."

그다음은 흐느껴 우는 소리뿐이었다. 내 시선은 고개 숙인 소녀의 떨고 있는 목덜미에 쏠렸다.

"집에 바래다줄 테니 우선 마음을 가라앉히세요. 울음소리가 사람들에게 들리지 않게요. 여기는 사람들이 다니는 곳이니까요." 내가 말하는 동안 그녀는 자신도 모르게 내 어깨에 기대고 있다가, 문득 머리를 들고 처음 나를 보는 것처럼 수줍어하며 얼른 내 곁에서 물러섰다.

사람들의 눈을 피하듯이 빠르게 걸어가는 소녀의 뒤를 따라, 수도원 맞은편에 있는 집의 큰 문을 들어서니 낡은 돌계단이 있었다. 계단을 올라가니 4층에 허리를 굽혀야 빠져나갈 정도의 문이 있다. 소녀가 끝을 구부린 녹슨 철샀줄에 손을 걸어 세게 당기자 안에서 노파의 쉰 목소리가 "누구냐?" 하고 물었다. "엘리스가 돌아왔어요"라고 대답하자 바로 문을 거칠게 끌어당겨 열어준 이는 반쯤 하얗게 센 머리에 흉한 용모는 아니지만 가난에 찌든 흔적이 이마에 역력한 노파로, 낡은 모피 옷을 입고 더러운 실내화를 신고 있었다. 엘리스가 나에게 가볍게 인사를 하고 들어가자 노파는 기다렸다는 듯 문을 세차게 닫아버렸다.

나는 잠시 망연히 서 있다가 얼핏 램프 빛에 드러난 문을 보았다. '에른스트 와이게르트'라고 옻으로 적어놓았고 그 아래에 재봉사라고 덧붙여져 있었다. 세상을 떠났다는 아버지의 이름일 것이다. 안에서 말다툼하는 소리가 들리더니 이내 조용해지고 문이 다시 열렸다. 좀 전의 노파가 정중하게 자신의 무례한 행동을 사과하며 나를 집 안으로 맞아들였다. 문 안쪽은 부엌인데 오른쪽에 있는 나지막한 창에는 새하얗게 세탁한 삼베가 걸려 있다. 왼쪽에는 허술하게 쌓아 올린 벽돌 아궁이가 있다. 정면의 방 하나는 방문이 반쯤 열렸는데 그 사이로 하얀 천을 덮은 침대가 보였다. 누워 있는 것은 죽은 사람이리라. 노파는 부뚜막 옆의 문을 열고 나를 안내했다. 이곳은 소위 '망사르드[*]' 양식의 다락방으로, 단칸방이 거리에 면해 있고 천장이 없다. 지붕 귀퉁이에서 안쪽 창문을 향해 비스듬히 기울어진 대들보는 종이로 발랐고, 그 아래 허리를 펴면 머리가 닿을 듯한 곳에 침대가 놓여 있었다. 방 가운데에 있는 책상에는 아름다운 융단을 깔았고, 그 위에는 책 한두 권과 사진첩을 진열했으며 도자기 화병에는 어울리지 않는 값비싼 꽃다발이 꽂혀 있었다. 소녀는 그 옆에 수줍은 듯 서 있었다.

그녀는 말할 수 없이 아름다웠다. 우윳빛 하얀 얼굴이 등불에 비쳐 연분홍빛을 띠었으며, 가냘픈 손발과 단아한 모습은 가난한 집 처녀 같지 않았다. 노파가 방을 나간 뒤 소녀는 사투리가 조금 섞인 말투로

---

* 서양의 근세건축에서 보이는 2단으로 경사진 지붕 양식. 위는 물매가 완만하고 아래는 가파르다. 다락방이 넓어지고, 지붕창을 붙이기 쉽다는 이점이 있다.

말했다.

"용서해주세요. 분별없이 당신을 이런 곳까지 오게 하다니. 당신은 좋은 분이에요. 설마 저를 미워하시지는 않겠지요. 내일로 다가온 아버지의 장례, 믿었던 샤움베르히, 당신은 그를 모르시겠지만, 그는 빅토리아 극단의 단장이에요. 그에게 고용된 지 벌써 2년이나 되었으니 당연히 우리를 도와줄 거라고 생각했는데, 남의 어려운 처지를 빌미로 엉뚱한 요구를 하리라고는…… 저를 도와주세요, 네? 얼마 안 되는 월급이지만 돈은 나눠 갚겠어요. 설령 제가 굶더라도요. 돈을 융통할 수 없으면 어머니의 말에 따를 수밖에 없어요." 소녀는 눈물을 글썽이며 몸을 떨었다. 올려다보는 그 눈에는 도저히 거절할 수 없는 교태가 있었다. 그 눈의 힘을 알고 의식적으로 하는 행동일까? 아니면 자기도 모르게 하는 행동일까?

내 주머니에는 2, 3마르크 정도의 은화가 있었지만 그것으로 충분할 것 같지 않아서 시계를 풀어 책상 위에 놓았다.

"이걸 전당포에 가지고 가서 우선 급한 불을 끄세요. 전당포 점원에게는 몽비주가 3번지에 사는 오타가 찾아가서 값을 치를 거라고 말하세요."

소녀는 놀라고 감격하더니 내가 작별 인사로 손을 내밀자 입술을 갖다 대고 뚝뚝 떨어지는 뜨거운 눈물을 내 손등에 쏟았다.

아아, 이 무슨 나쁜 인연이란 말인가! 은혜를 갚으려고 내가 사는 하숙집에 찾아온 소녀는, 쇼펜하우어를 오른쪽에, 실러를 왼쪽에 놓고, 종일 단정하게 앉아서 내 서재 창 밑에 한 송이 아름다운 꽃을 피웠다. 이때를 시작으로 나와 소녀의 만남이 점차 빈번해져 동향인들에게까지 알려지게 되었으니, 그네들은 지레짐작으로 나라는 인간을 무희에게서 여색을 찾는 사람으로 치부해버렸다. 우리 두 사람 사이에는 아직 천진스러운 즐거움뿐이었는데.

그 이름을 거론하는 것은 조심스럽지만, 동향인 중에 남의 일에 참견하기를 즐기는 사람이 있어, 내가 종종 극장에 드나들며 여배우와 교제한다고 관장에게 보고했다. 그렇지 않아도 내가 학문의 옆길로 빠지고 있다고 생각해 달갑지 않아 하던 관장은 결국 그 사연을 공사관에 알려서 내 관직을 면하고 나를 해임시켰다. 공사는 이 명령을 나에게 전달하며 '당신이 만약 바로 귀국한다면 여비를 내주겠지만, 계속 여기에 머무른다면 정부의 도움을 바라서는 안 된다'고 말했다. 나는 일주일의 유예를 청하고 어떻게 할까 고민하던 중에 내 생에서 가장 비통하게 기억되는 두 통의 편지를 받았다. 거의 동시에 부친 것으로, 하나는 어머니의 자필 편지였고 또 하나는 친척인 어떤 사람이 어머니의 죽음을, 내가 더없이 그리워하던 어머니의 죽음을 알려온 편지였다. 나는 어머니가 편지에 썼던 말을 여기서 되풀이할 수 없다. 눈물이 북받쳐 도저히 글로 옮길 수 없기 때문이다.

그때까지 나와 엘리스의 교제는 남들이 보는 것보다 순결했다. 그녀는 아버지가 가난했기 때문에 충분한 교육을 받지 못했고, 열다섯 살에 무용 선생 모집에 지원하여 그 부끄러운 춤을 배우고, 연습 과정을 수료한 후에는 빅토리아 극단에 들어가 극단 안에서 두번째 지위를 차지했다. 그러나 시인인 하크렌델이 무희를 가리켜 현대의 노예라고 한 것처럼, 덧없는 것이 무희의 신세이다. 박봉에 얽매이면서 낮에는 연습, 밤에는 무대 위에서 혹사당한다. 극장 분장실에 들어가면 화장을 하고 아름다운 옷도 걸치지만, 극장 밖에서는 제 한 몸의 의식주도 해결하기 힘든 형편인데 부모 형제까지 부양해야 하니 그 고통을 어떻게 표현할 수 있겠는가? 그녀의 동료들이 천하디천한 직업으로 떨어지지 않은 경우는 드물었다. 엘리스가 그렇게 되지 않았던 것은 얌전한 성격과 완고한 아버지의 보호 때문이었다. 그녀는 어렸을 때부터 책 읽기를 좋아했지만 손에 들어온 것은 수준 낮은 '콜포르타제*'라고 부르는, 대여점의 소설뿐이었다. 그런데 나와 알게 된 무렵부터 내가 빌려준 책을 읽으며 점차 독서에 흥미를 붙였고 사투리도 바로잡아, 얼마 뒤에는 나에게 쓰는 편지에도 오자가 적어졌다. 이처럼 우리 두 사람은 사제 관계가 먼저였다. 갑작스러운 내 파면 소식을 들었을 때 그녀는 안색이 변했다. 나는 파면당한 일에 그녀가 관련되었다는 사실을 숨겼다. 그녀는 내가 파면당한 것을 자기 어머니한테는 비밀로 해달라고 했다. 내 학비가 끊긴 것을 알면 어머니가 나를 소홀히 여길까 걱정했기 때문이다.

아아, 여기에 자세히 옮겨 쓸 필요도 없지만, 내가 그녀를 사랑하는 마음이 갑자기 타올라 끝내 헤어질 수 없는 사이가 된 것은 바로 그때이다. 일신상의 큰일이 앞에 가로놓여 실로 말할 수 없이 위급한 지경인데, 어찌 그럴 수 있느냐고 이상하게 여기거나 또 비난하는 사람도 있을 것이다. 그러나 엘리스를 사랑하는 마음은 처음 만났을 때부터 결코 가볍지 않았다. 내 불행을 동정하며 이별이 슬퍼 푹 수그린 얼굴에 귀밑머리가 흘러내린 애잔한 모습이, 내 비통한 기분과 한데 어우

---

* Kolportage. '저질 서적'이라는 뜻의 독일어.

러져 평상시와 다른 내 뇌를 명중시키고, 나는 나도 모르는 사이에 돌이킬 수 없는 감정에 빠져버렸다.

공사에게 약속한 날이 다가오고, 내 운명은 절박했다. 이대로 고향에 돌아간다면 학문을 이루지 못하고 더구나 불명예를 입은 몸이라 출세할 수는 없을 것이다. 그렇다고 여기 머문다면 학자금을 얻을 길이 없다.

그때 나를 도와준 것이 지금 내 동행 중 한 사람인 아이자와 겐키치였다. 그는 도쿄에 있을 때부터 아마카타 백작의 비서관으로 일했는데, 내 면직 기사가 관보에 실린 것을 보고 모 신문사의 편집장에게 말해 나를 그 신문사의 통신원으로 베를린에 머무르게 하면서 정치, 학술, 예술 등의 소식을 전하게 했다.

신문사의 보수는 턱없이 적었지만 거처를 싼 곳으로 옮기고 점심을 먹는 식당도 바꾼다면 간신히 생활은 될 것 같았다. 이리저리 궁리하고 있을 때 엘리스가 마음을 다해 구원의 밧줄을 던져주었다. 그녀는 어떻게 어머니를 설득시켰는지 그들 모녀의 집에 나를 기거하게 해주었다. 엘리스와 나는 언제부터랄 것도 없이 보잘것없는 수입을 합쳐 어려운 속에서도 즐거운 나날을 보냈다.

그녀는 모닝커피를 마신 후 연습하러 가거나 연습이 없는 날은 집에서 쉬었다. 나는 쾨니히가에 있는, 입구는 좁으나 안쪽으로 유난히 길게 뻗은 종람소(縱覽所)*로 가서 갖가지 신문을 읽고 연필을 꺼내 이것저것 자료를 모았다. 활짝 열어젖힌 지붕 쪽 창문으로 빛이 들어

---

* 신문을 갖추어 놓고 마음대로 열람할 수 있게 한 장소로, 카페를 겸하는 곳도 있었다.

오는 그곳에서, 일정한 직업이 없는 젊은이, 많지도 않은 돈을 다른 사람에게 빌려주고 놀면서 지내는 노인, 거래처와 홍정을 하다가 틈을 내서 휴식을 취하러 온 상인들과 나란히 앉아 차가운 돌 탁자 위에서 바쁜 듯이 펜을 놀렸다. 소녀가 가지고 온 한 잔의 커피가 식는 것도 알지 못하고, 벽 근처 가늘고 긴 막대에 끼워진, 날짜 지난 여러 종류의 신문 쪽으로 몇 번이나 오가는 일본인을, 모르는 사람들은 어떻게 보았을까? 그러다 한 시간 정도 지나면 연습이 있는 날 돌아가는 길에 들러 나와 같이 가게를 나서는, 너무 가벼워서 손바닥 위에서라도 춤을 출 수 있을 것 같은 소녀를 이상하게 여기며 뒷모습을 바라보는 사람도 있었을 것이다.

내 학문은 퇴색해갔다. 다락방에서는 등불 하나가 희미하게 타고, 엘리스가 극장에서 돌아와 의자에 기대어 바느질하는 옆 책상에서 나는 신문의 원고를 썼다. 낡아빠진 법률 조목들을 원고에 그러모았던 이전과는 달리 활기찬 정계의 움직임, 문학과 미술에 관한 새로운 현상에 대한 비평 등을 하나로 꿰맞춰 힘닿는 한, 청년독일파 작가 뵈르네보다는 하이네를 추종하며 생각을 정리해 여러 가지 글을 썼다. 그 중에서도 특히 빌헬름 1세와 프리드리히 3세가 연달아 죽고 새로운 황제가 즉위한 것, 비스마르크 재상의 퇴진 여하 등에 관해서는 더욱 자세한 글을 썼다. 그래서 그 무렵부터는 생각했던 것보다 바빠졌기 때문에 많지도 않은 장서를 펴놓고 옛날에 하던 학문에 몰두하기도 어려워졌고, 대학의 학적은 아직 지워지지 않았지만 등록금을 납부하는 게 힘들어 하나 남겨둔 강의조차도 가서 듣는 일이 드물었다.

내 학문은 퇴색해갔다. 그러나 나는 다른 종류의 견식을 갖게 되었

다. 일반적으로 저널리즘이 보급된 수준은 유럽 여러 국가 사이에서
도 독일에 필적할 나라가 없을 것이다. 수백 종의 신문과 잡지에는 대
단히 수준 높은 논의가 많아서, 나는 통신원이 된 날부터 대학에 자주
다니던 때 익혔던 식견으로 읽고 또 읽고, 옮겨 쓰고 또 옮겨 쓰면서
그때까지 한길로만 달려왔던 지식이 저절로 종합되어, 대부분의 동향
유학생들이 꿈에도 생각지 못할 경지에 도달했다. 그들 가운데는 독
일 신문의 사설조차 제대로 읽지 못하는 자가 있었으니.

　메이지 21년(1888) 겨울이 왔다. 중심가의 도로는 모래를 뿌리고
가래로 눈을 치우지만 클로스터가는 심하게 울퉁불퉁하고 표면은 온
통 얼어붙어, 아침에 문을 열면 굶주린 참새가 떨어져 죽어 있는 것이
애처로웠다. 방을 따뜻하게 하고 아궁이에 불을 계속 지펴도 벽돌 사
이를 뚫고 솜옷을 파고드는 북유럽의 추위는 좀처럼 견디기 어려웠
다. 엘리스는 이삼일 전 밤, 무대에서 쓰러져 다른 사람의 부축을 받
고 돌아왔는데, 그때부터 기분이 좋지 않다고 쉬면서 먹는 것마다 토
했다. 입덧이라고 처음 알아차린 건 그녀의 어머니였다. 아아, 그렇지
않아도 내 미래는 불안한데, 만약 정말이라면 어떻게 하면 좋을까?

　오늘은 일요일이라서 집에 있지만, 마음은 편치 않다. 엘리스는 자
리에 드러누울 정도는 아니지만 작은 난로 곁의 의자에 앉아 별로 말
이 없었다. 이때 문 쪽에서 사람 소리가 나더니 얼마 있지 않아 부엌
에 있던 엘리스의 어머니가 편지를 갖고 와서 나에게 건넸다. 받아 보
니 눈에 익은 아이자와의 필적인데, 우표는 프로이센 것이고 소인은
베를린으로 되어 있었다. 의아해하면서 펼쳐 읽어보니, '갑작스런 일
이라 미리 알릴 수가 없었는데, 어젯밤 여기 도착하신 아마카타 백작

을 수행해서 나도 왔다. 백작께서 자네를 보고 싶다고 하시니 빨리 오기 바란다. 자네의 명예를 회복할 기회다. 마음이 급해서 용건만 적는다'라고 쓰여 있었다. 다 읽고 멍하니 있는 내 표정을 보고, 엘리스가 말했다. "고향에서 온 편지예요? 설마 나쁜 소식은 아니겠지요?" 그녀는 늘 오던 신문사 보수에 관한 편지라고 생각했을 것이다. "아니, 걱정 안 해도 돼. 당신도 이름을 들은 적이 있는 아이자와가 자기가 모시는 대신과 함께 여기 와 있다고 나를 찾는 거야. 급하다고 하니 지금 가봐야겠어."

사랑하는 외아들을 외출시키는 어머니도 그렇게 마음을 쓰지는 않을 것이다. 대신을 만날지도 모른다고 생각했는지, 엘리스는 아픈 것도 참고 일어나서 새하얀 와이셔츠를 고르고, 정성껏 챙겨두었던 두 줄로 단추가 달린 프록코트를 꺼내 입히고는 넥타이까지도 나를 위해 직접 매주었다.

"이렇게 입으면 아무도 보기 흉하다고는 말하지 않을 거예요. 제 거울을 향해 서보세요. 왜 그렇게 내키지 않는 얼굴이세요? 저도 같이 데리고 가주셨으면 하는데." 엘리스는 조금 표정을 바꾸더니 말했다. "아니, 이렇게 입으신 걸 보니 저의 도요타로 님같이 보이지 않네요." 또 잠시 생각하더니 "설령 부귀한 신분이 되시더라도, 저를 버리지는 않겠지요? 제 병이 어머니가 말씀하시는 임신이 아닐지라도."

"뭐? 부귀?" 나는 미소를 지으며 대답했다. "정치 사회 따위에 나가려는 꿈을 버린 지가 이미 오래전이야! 대신은 만나고 싶지도 않아. 다만 오랫동안 헤어져 있던 친구를 만나고 싶어서 가는 것뿐이야." 엘리스의 어머니가 불러준 고급 드로슈케*가 바퀴를 삐걱거리며 눈길을 달려 집 앞 창문 아래에 도착했다. 나는 장갑을 끼고, 조금 더러워진 오버코트를 어깨에 걸치고 팔을 끼우지 않은 채 모자를 쥐고, 엘리스에게 키스한 후 계단에 내려섰다. 그녀는 얼어붙은 창을 열고 헝클어진 머리카락을 찬바람에 날리면서 내가 탄 마차를 전송했다.

마차에서 내린 곳은 카이저호프 호텔 입구였다. 호텔 종업원에게 비서관 아이자와의 방 번호를 물어 오랫동안 밟아보지 못한 대리석 계단을 올라, 중앙 기둥 쪽에 비로드를 씌운 소파가 놓여 있고 정면에는 거울이 세워진 거실로 들어섰다. 거기에서 오버코트를 벗고 복도를 따라 방문 앞까지 갔지만 나는 조금 주저했다. 같은 대학에 다닐 때, 내 품행의 방정(方正)함을 격찬했던 아이자와가 오늘은 어떤 표정으로 맞이할 것인가. 방에 들어가서 아이자와를 만나보니 예전보다 살이 쪄 늠름해졌고, 변함없이 쾌활한 기상은 내 허물을 그다지 마음에 두지 않는 것처럼 보였다. 헤어진 이후의 소식을 이야기할 틈도 없이 그에게 안내되어 대신을 알현하고, 급히 필요하니 독일어로 쓰인 문서를 번역하라는 부탁을 받았다. 내가 문서를 받아들고 대신의 방을 나오자, 아이자와가 뒤따라와서 점심을 함께하자고 했다.

식탁에서 그는 많이 묻고 나는 많이 대답했다. 그의 인생행로는 대체로 평탄했는데, 내 처지는 기구했다.

내가 마음을 터놓고 지금까지의 불행했던 과거사를 이야기하자, 그는 여러 번 놀랐지만 좀처럼 나를 책망하려 들지는 않고 도리어 용렬한 유학생 선배들을 나무랐다. 하지만 이야기가 끝났을 때 그는 정색

---

* 말 한 마리가 끄는 마차.

을 하고 충고했다. 이러한 일은 원래 천성이 약해서 생긴 것이니 새삼
스레 말해야 소용없다, 학식이 있고 재능을 갖춘 사람이 언제까지 한
소녀의 정에 얽매여 목적 없는 생활을 할 것인가? 지금은 아마카타
백작도 독일어 실력을 이용하려는 마음뿐이다, 백작이 당시의 면직
이유를 알고 있는 터에 자신도 구태여 그 선입견을 바꾸려고 하지는
않는다, 백작이 마음속으로 옳지 않은 일을 감싼다고 생각하시면, 그
것은 친구에게도 도움이 안 되고 자신도 손해이기 때문이다, 사람을
추천할 때는 우선 그 능력을 보여주는 것이 제일 좋다, 능력을 보이고
신용을 얻는 것이다, 또 그 소녀와의 관계는 설령 그녀를 진심으로 생
각하고 관계가 깊어졌더라도 상대의 인물이나 재능을 알고 하는 사랑
이 아니다, 유학 생활에서 오는 일종의 타성적인 교제다, 그러니 결심
하고 교제를 끊어라. 이것이 주된 내용이었다.

바다에서 키를 잃은 뱃사공이 아득히 먼 산을 바라보는 것 같은 이
말이 아이자와가 나에게 제시한 앞날의 방침이었다. 그러나 이 산은
너무 짙은 안개에 가려져 있어 언제 다다를지도, 아니 과연 다다른다
하더라도 내 마음에 만족을 줄지 어떨지도 분명하지 않다. 가난 속에
서도 즐거운 것이 지금의 생활, 버리기 어려운 것이 엘리스의 사랑.
내 약한 마음으로는 결단을 내릴 방법이 없었지만, 소중히 지켜야 할
관계를 잃어버릴 수 없다는 생각에 당분간은 아이자와의 충고에 따라
엘리스와의 관계를 끊겠다고 약속했다. 나에게 적으로 간주되는 자였
다면 저항했겠지만, 친구에게는 아니라고 말할 수가 없었던 것이다.

그와 헤어지고 밖으로 나오자 바람이 얼굴을 때렸다. 이중 유리창
을 꼭 닫고 난로에 불을 지피던 호텔 식당을 나선 탓인지, 얇은 오버

코트를 통해 스며드는 오후 네시의 추위를 견디기 어려워 피부에 소름이 돋으면서 동시에 나는 마음속에 일종의 한기를 느꼈다.

번역은 하룻밤에 다 끝냈다. 카이저호프를 찾아가는 일은 이후 점점 잦아지게 되어, 처음에는 백작의 말씀도 용건뿐이었으나 나중에는 요즘 고향에서 벌어지는 일 등을 말하며 내 의견을 묻거나, 때로는 여행 중 사람들이 실수한 이야기 등을 하면서 웃는 일도 있었다.

한 달 정도가 지난 어느 날, 백작이 갑자기 나에게 물었다. "나는 내일 러시아로 출발하네. 수행원으로 따라가지 않겠나?" 공무로 바쁜 아이자와를 며칠 동안 만나지 못했기 때문에 백작의 이 물음은 갑작스러웠고 놀라웠다. "어찌 명령에 따르지 않겠습니까?" 여기서 내 부끄러운 점을 밝힐 수밖에 없다. 이 대답은 재빨리 결단을 내려 한 말이 아니었다. 나는 나를 믿고 의지하는 사람에게 갑자기 무언가 질문을 받았을 때는 그 대답의 범위를 잘 헤아리지 못하고 바로 승낙하는 경향이 있다. 그래서 승낙한 이후에 어려움을 깨달아도, 억지로 승낙했을 때의 사려 깊지 못함을 숨기고, 참고 그것을 실행하는 일이 종종 있었다.

그날은 번역료에 여비까지 보태 받고 돌아와 번역료를 엘리스에게 맡겼다. 그걸로 러시아에서 돌아올 때까지의 생활비는 충당할 수 있을 터였다. 의사에게 진찰을 받은 결과 엘리스는 임신이라고 했다. 선천성 빈혈이어서 몇 달 동안이나 알지 못했던 것이다. 엘리스가 너무 오래 쉬었다며 극단 단장은 그녀를 명단에서 제외했다. 아직 한 달 정도밖에 안 되었는데 그렇게 냉정한 건 다른 이유가 있기 때문일 것이다. 엘리스는 내 여행에 대해서는 그리 괴로워하지 않았다. 거짓 없는 내 마음을 깊이 믿기 때문이었다.

기차로는 그리 멀지 않은 여행이기 때문에 준비랄 것까지도 없었다. 몸에 맞춰 빌린 검은 예복, 고타*에서 출판된 러시아 궁정의 새 귀족명부, 두세 종류의 사전 등을 작은 가방에 넣은 것뿐이다. 정말이지 마음에 불안한 일이 많았던 때인지라, 내가 떠난 뒤에 남겨질 일도 근심스러웠고 또 정거장에서 눈물을 흘리거나 하면 마음에 걸리기도 할 것 같아서, 이튿날 아침 일찍 엘리스를 그녀의 어머니와 함께 친지가 있는 곳으로 보냈다. 나는 여행 채비를 마치고 문을 잠근 뒤 열쇠를 입구에 사는 신발가게 주인에게 맡기고 집을 나섰다.

러시아 여행에 관해서는 무슨 말을 적어야 할까? 내 통역 임무는 금세 나를 끌어올려 구름 위 세계와도 같은 러시아 궁정에서 고위고관들을 오가며 활약하게 만들었다. 대신 일행을 따라 수도 페테르부르크에 있는 동안 나를 둘러싼 것들은, 파리 최고의 사치품을 빙설 속에 옮겨 놓은 듯한 왕성(王城)의 장식, 마치 황금색 촛불을 무수히 밝혀 놓은 듯한 많은 훈장과 견장들이 반사되어 반짝이는 빛, 조각품들, 최고의 조각기술로 만든 벽난로의 열기에 추위를 잊고 부채질하는 궁녀들. 그 사이에서 프랑스어를 가장 유창하게 구사하는 사람은 나였으므로, 손님과 주인 사이를 오가며 이것저것 통역하는 사람 또한 대부분 나였다.

그런 중에도 나는 엘리스를 잊지 않았다. 아니, 그녀가 매일 편지를 보내왔기 때문에 잊을 수가 없었다. '당신이 떠난 날에는 여느 때와

---

* 독일 튀링겐 주에 있는 도시. 지리학, 지도학의 중심지이며 유럽 왕실과 귀족의 인명록을 기재한 『고타 연감』을 냈던 유스투스페르테스(현 헤르만하크) 출판사의 소재지이다.

달리 혼자 등불을 마주 대하는 것이 괴로워서, 아는 사람 집에서 밤이 이슥해질 때까지 이야기하다가 피곤해지기를 기다려 집에 돌아와 바로 잠을 잤어요. 다음 날 아침, 잠이 깼을 때는 홀로 남겨진 것이 꿈이 아닌가 했습니다. 아침에 일어났을 때의 허전함, 이런 마음은 생계에 허덕이며 하루끼니를 걱정하던 때에도 느껴보지 못했어요.' 그녀가 제일 먼저 보내온 편지의 내용이었다.

어느 정도 시간이 지난 다음에 온 편지는 아주 절박한 마음으로 쓴 것 같았다. 편지는 '안 되겠어요'라는 말로 시작했다. '안 되겠어요. 당신을 사모하는 깊은 마음을 이제야 깨달았어요. 당신은 고향에 의지할 친척이 없다고 말씀하셨으니 괜찮은 생계 수단만 있으면 이곳에 머무르실 테지요. 저는 당신을 사랑으로 붙잡아두지 않고는 배길 수 없을 것 같아요. 그래도 일본으로 돌아가시려고 한다면, 어머니와 함께 가면 간단한 일이겠지만, 그렇게 많은 여비를 어디에서 구할 수 있을까요! 무슨 일을 하든 이곳에서, 당신이 출세하실 날을 기다리겠다고 생각했는데, 잠시 여행이라며 떠나신 지 스무 날, 이별의 슬픔이 날마다 더할 뿐이에요. 이별이 한순간의 고통이라는 생각은 잘못이었어요. 제가 아이를 가진 것은 확실해졌어요. 그러니 설령 어떠한 일이 있더라도 저를 버리지 마세요. 어머니하고는 몹시 다투었어요. 그렇지만 제 몸이 예전과 다르고, 제가 마음을 굳게 정한 걸 아시고는 어머니도 생각을 바꿨답니다. 제가 일본으로 가는 날에는 슈테틴 근처의 농가에 먼 친척이 있으니 그곳에 의지하겠다고 어머니는 말씀하셨어요. 편지에 쓰신 것처럼 대신이 당신을 중요한 자리에 두고 계시다면 제 여비는 어떻게든 되겠지요. 지금은 오로지 당신이 베를린으로

돌아오실 날을 기다릴 뿐입니다.'

아아, 나는 이 편지를 보고 비로소 내 처지를 분명히 알 수 있었다. 부끄러운 것은 둔한 나의 마음이었다. 나는 내 한 몸의 처신에 대해서도, 또 나 자신과 관계없는 타인의 일에 대해서도 결단력이 있다고 긍지를 가지고 있었는데, 그 결단력은 순조로운 경우에만 통하고 역경일 경우에는 통하지 않았다. 나와 타인과의 관계를 비추려고 할 때는 믿어왔던 마음속 거울은 흐려지고 만다.

대신은 이미 나를 깊이 신임하고 있다. 그렇지만 나는 좁은 시야로 오직 내가 수행하는 일만을 보고 있었다. 신도 아실 테지만, 나는 대신의 신뢰에 미래의 희망을 연결시키는 생각은 전혀 하지 못했다. 그러나 지금 여기에서, 내 마음이 좀 냉정해진 것일까? 예전에 친구가 나를 추천했을 때는 대신의 신용을 얻는 일이 지붕 위의 새처럼 손이 닿지 않는 곳에 있다고 생각했는데, 지금은 그것을 조금 얻은 게 아닌가 생각되는 것이다. 아이자와가 요즈음 말끝마다 '본국에 돌아간 후에도 이렇게 함께 있을 수 있다면' 하고 이야기하는 건 대신이 그렇게 말씀하신 것을, 친구 사이지만 공적인 일이기 때문에 확실하게 알리지 못하고 있었던 게 아닐까? 생각해보니 내가 경솔하게 엘리스와의 관계를 끊겠다고 한 말을 아이자와가 이미 대신에게 전한 것 같았다.

아아, 독일에 와서 처음으로 나의 본성을 깨달았다고 생각하며 다시는 기계적인 인물이 되지 않겠다고 맹세했는데, 다리는 여전히 묶인 채 잠시 날개를 퍼덕이며 자유를 얻었다고 뽐낸 것과 다를 바가 없었다. 다리의 실은 그렇게 간단히 풀 수 없다. 예전에 이 실을 조종한 건 모 부처의 관장이었지만, 불쌍하게도 지금은 다시 아마카타 백작의 수중에 있다. 대신 일행과 함께 베를린에 돌아온 것은 때마침 새해 아침이었다. 역에서 헤어져 집을 향해 마차를 달렸다. 이곳에서는 섣달 그믐날에는 자지 않고 설날 아침이 되면 자는 관습이 있어서 집집마다 고요했다. 추위가 심해서 길 위의 눈은 뾰족한 얼음 조각이 되어 맑게 갠 햇살을 반사하며 반짝반짝 빛났다. 마차는 클로스터가를 돌아 집 앞에 멈췄다. 창문을 여는 소리가 들렸지만 마차에서는 보이지 않았다. 마부에게 가방을 들게 하고 사다리를 올라가려 하는데 엘리스가 계단을 달려 내려왔다. 그녀가 소리를 지르며 내 목을 끌어안자 마부는 어이없다는 표정을 짓더니 수염투성이인 입으로 무언가를 중얼거렸는데 들리지는 않았다.

"잘 돌아오셨어요. 돌아오시지 않았다면 제 목숨은 끊어져버렸을 거예요."

내 마음은 그때까지도 갈피를 잡지 못하고, 고향을 생각하는 마음과 출세를 바라는 마음이 때로는 애정을 누르는 듯했다. 그러나 엘리스가 달려와 안긴 순간만큼은 모든 생각이 사라져서 나는 그녀를 끌어안았다. 그녀는 머리를 내 어깨에 기대고 기쁨의 눈물을 하염없이 흘렸다.

"몇 층으로 가지고 갈까요?" 징 소리 같은 큰 소리로 고함을 지른 마부는 어느새 먼저 올라가서 계단 위에 서 있었다.

문밖까지 마중 나온 엘리스가 어머니에게 마부의 수고비로 줄 은화를 건넸다. 나는 손을 잡아끄는 엘리스에게 이끌려 서둘러 방으로 들어갔다. 나는 주변을 한번 둘러보고 책상 위에 하얀 무명, 하얀 레이스 등이 수북이 쌓여 있는 것을 보고 놀랐다.

엘리스는 웃으면서 그것들을 가리키며 말했다. "어떻게 보이세요? 이 마음의 준비가." 무명헝겊 하나를 집어 드는 것을 보니 기저귀였다. "제 기쁜 마음을 상상해보세요. 태어날 아기는 당신을 닮아 검은 눈동자일 거예요. 이 눈동자, 아아! 언제나 꿈에서 당신의 검은 눈동자를 봤어요. 아기가 태어나면 당신은 올바른 사람이니 설마 '오타'라는 성이 아닌 다른 사람의 성을 쓰게 하지는 않겠지요?" 그녀는 고개를 떨구었다. "유치하다고 웃으실지 모르지만 세례를 받으러 교회에 가는 날은 얼마나 기쁠까요?" 올려다보는 눈에 눈물이 고여 있었다.

이삼일 동안은 대신도 여행에서 돌아와 피곤하리라는 생각에 찾아가지 않고 집에만 틀어박혀 있었는데, 어느 날 저녁 무렵 사람이 와서 백작이 나를 부른다는 말을 전했다. 가보니 대접이 각별히 융숭했다. 대신은 러시아 여행에서의 노고를 치하하면서 "나와 같이 일본으로 돌아갈 마음은 없는가? 자네 학식에 관해서는 내가 짐작할 수 없지만, 어학력만으로도 세상에 큰 도움이 될 것이네. 이곳에서의 체류가 너무 길어져 여러 가지 복잡한 인간관계도 있을 것 같아 아이자와에게 물어보니 그런 일은 없다고 해서 안심했네"라고 말씀하셨다. 그 모습에는 거절할 수 없는 분위기가 있었다. 그럼에도 진실을 말하려고 생각했지만 굳이 아이자와의 말을 거짓이라고 말하기도 어려웠고, 만약 이 기회를 놓친다면 고국도 잃고 명예를 다시 회복할 수도 없이 광활한 유럽 대도시의 인파 속에 내 몸이 파묻히고 말리라는 생각이 마음속에 일어났다. 아아! 이 무슨 지조 없는 마음이란 말인가! "알겠습니다" 하고 대답해버렸으니.

철면피 같은 뻔뻔한 얼굴을 하고 돌아가 엘리스에게 뭐라고 말해야

할지! 호텔을 나왔을 때의 미칠 것 같은 내 마음은 무엇에도 비할 수
없었다. 나는 동쪽 서쪽도 구별하지 못하고 생각에 잠겨 정신없이 걷
다가 몇 번이나 지나가는 마차에 방해가 되어 마부에게 욕을 먹고 놀
라서 비켜섰다. 얼마 동안 그렇게 걷다가 문득 주위를 둘러보니 티어
가르텐 삼림공원 옆이었다. 쓰러지듯 길가의 벤치에 걸터앉아 타는
듯이 뜨겁고 망치에라도 얻어맞은 듯 울리는 머리를 벤치에 기대고는
죽은 사람처럼 몇 시간을 보냈을까! 극심한 한기가 뼈에 사무쳐 제정
신이 들었을 때는 벌써 밤이었다. 눈은 끊임없이 내려 모자의 챙과 외
투 어깨에 한 치가량이나 쌓여 있었다.

이미 열한시가 넘었을 것이다. 모아비트 카를 거리를 오가는, 철도
마차가 달리는 철로도 눈에 파묻혀 브란덴부르크 문 주변의 가스등만
이 쓸쓸히 빛을 발하고 있었다. 일어서려고 하는데 발이 얼어 양손으
로 문지른 후에야 겨우 걸을 수 있을 정도가 되었다.

제대로 걸을 수가 없었기 때문에 클로스터가에 도착했을 때는 열두
시를 지난 시각이었을 것이다. 거기까지 어떻게 걸어갔는지 기억도
나지 않는다. 1월 초순의 밤인지라 운터 덴 린덴의 술집과 찻집은 여
전히 사람의 출입이 잦아서 북적거렸을 텐데 전혀 기억나지 않는다.
내 머릿속에는 그저 나는 용서받을 수 없는 죄인이라는 생각만 가득
차 있었다.

엘리스가 아직 깨어 있는 듯 4층 다락방에는 별처럼 빛나는 등불이
캄캄한 하늘에 더욱 뚜렷하게 보였다. 끊임없이 내리는 백로같이 하
얀 눈송이에, 등불이 가려졌다가 곧 다시 보이기를 반복해서 마치 바
람에 우롱당하는 것 같았다. 현관문에 들어서자 피로가 몰려오면서

몸 마디마디가 아파 견딜 수가 없었다. 나는 기듯이 계단을 올라갔다. 부엌을 지나 방문을 열고 들어서니 책상에 기대어 기저귀를 꿰매던 엘리스가 돌아보고는 "아" 하고 외쳤다. "어떻게 되신 거예요? 당신 그 모습이."

놀라는 것도 당연했다. 죽은 사람같이 창백한 얼굴색, 모자를 어느 틈엔가 잃어버려 머리는 아무렇게나 흐트러졌고, 몇 번인가 길에서 발이 걸려 넘어져 옷은 진흙투성이 눈길에 더럽혀지고 여기저기 찢겨 있었기 때문이다.

나는 대답하려 했지만 목소리가 나오지 않았다. 무릎이 자꾸만 떨려서 서 있을 수 없었기 때문에 의자를 잡으려고 한 것까진 기억이 나는데, 그대로 바닥에 쓰러지고 말았다.

사람을 알아볼 정도가 된 것은 수주가 지나서였다. 열이 심해서 헛소리만 하는 나를 엘리스가 정성껏 돌보고 있었는데, 어느 날 아이자와가 찾아왔다고 한다. 그는 내가 숨기고 있던 일의 전말을 모두 알고 있었으나, 대신에게는 병에 관해서만 알리고 나머지는 적당히 얼버무려주었다. 나는 병상에서 시중드는 엘리스를 처음 보고 그 변한 모습에 놀랐다. 그녀는 몇 주 동안 몹시 야위고, 충혈된 눈은 쑥 들어가고, 회색빛 볼은 홀쭉해져 있었다. 아이자와의 도움으로 그날그날의 생계는 지장이 없었지만 이 은인은 그녀를 정신적으로 죽여버렸던 것이다.

후에 들으니 그녀는 내가 아이자와를 만났을 때 그에게 한 약속을 듣고, 또 그날 저녁에 대신에게 드린 대답을 알고는 갑자기 자리에서 벌떡 일어나 안색이 흙빛이 되더니 "나의 도요타로 님, 이렇게까지 저를 속이셨습니까?"라고 외치며 그 자리에 쓰러졌다고 한다. 아이자와는 그녀의 어머니를 불러서 함께 그녀를 일으켜 침대에 눕혔는데 잠시 후 깨어났을 때는 눈은 똑바로 뜨고도 옆 사람을 몰라보고, 내 이름을 부르며 몹시 욕을 퍼붓고 머리를 쥐어뜯으며 이불을 물어뜯다가 갑자기 정신이 든 듯 무슨 물건인가를 찾아 더듬었다고 한다. 어머니가 쥐여주는 것을 모조리 팽개쳤지만 책상 위에 있던 기저귀를 건네주었을 때는 살펴보고 얼굴에 갖다 대더니 눈물을 흘리며 울었다고 한다.

그때부터는 소란 피우는 일은 없었으나 정신적인 기능을 거의 상실해 하는 행동이 갓난아이 같았다. 의사에게 보였으나 너무 심한 정신적인 피로로 인해 갑자기 생긴 '파라노이아*'라는 병으로, 치유될 가망이 없다고 했다. 달도르프에 있는 정신병원에 입원시키려고 했지만 울부짖으며 듣지 않았다. 나중에는 기저귀 하나만 몸에 지니고 몇 번이고 꺼내 들여다보고 또 보면서 흐느껴 울었다. 내 병상을 떠나지 않았지만 그조차 제정신으로 하는 것 같지는 않았다. 그저 때때로 생각난 듯이 "약을, 약을" 하고 말할 뿐이었다.

내 병은 완전히 나았다. 산송장 같은 엘리스를 껴안고 하염없이 눈물을 흘렸던 것이 몇 번이었던가! 대신을 따라 귀국길에 올랐을 때 나는 아이자와와 의논해서 엘리스의 어머니에게 겨우 생계를 유지할 만한 돈을 건네면서, 가련한 광녀의 뱃속 아기가 태어날 때의 일까지도 부탁해두었다.

---

* 피해 망상 및 과대 망상을 보이는 병적 상태.

아아, 아이자와 겐키치 같은 좋은 친구는 세상에 다시 얻기 어려울 것이다. 그러나 나의 뇌리에 한 점, 그를 원망하는 마음은 지금까지도 남아 있다.

기러기

1

오래전 이야기다. 나는 우연히 그때가 메이지 13년(1880)이었음을 기억하고 있다. 어째서 내가 그해를 정확히 기억하는가 하면, 그 무렵 나는 도쿄 대학 철문 바로 맞은편에 있는 가미조라는 하숙집에서 이 이야기의 주인공과 벽 하나를 사이에 두고 살았기 때문이다. 가미조가 메이지 14년(1881)에 화재로 불타버렸을 때 나도 살 곳을 잃고 거리로 나앉게 되었다. 그래서 나는 그 화재가 있기 바로 전해에 일어난 일을 기억하고 있다.

가미조에 하숙하던 사람들은 대부분 의과 대학 학생들이었고 그 외에는 대학 부속 병원에 다니는 환자 정도였다. 대개 어느 하숙집에나 특별히 행세깨나 하는 손님들이 있기 마련이다. 그런 손님들은 무엇보다 주머니 사정이 좋고 눈치가 빨라서, 하숙집 아주머니가 화롯불

을 가까이에 두고 앉아 있는 방 앞 복도를 지날 때면 꼭 말을 건다. 때
로는 그 화로 맞은편에 쭈그리고 앉아 세상 돌아가는 이야기를 한 차
례 하기도 한다. 방에서 술자리를 벌여놓고는 일부러 술안주를 만들
어달라고 하거나 해서 아주머니가 돌봐주기를 바라고 뻔뻔스럽게 구
는 듯하지만, 실은 하숙집의 매상을 올려주려고 그러는 것이다. 첫째
로 이런 성격의 사람들이 대우를 받고 또 그들은 그것을 이용해 제멋
대로 행동하는 것이 보통이다. 그런데 가미조에서 인기를 누리던 내
옆방 사람은 그런 모습과는 사뭇 거리가 있었다.

그는 오카다라는 학생으로 나보다 한 학년 아래였기 때문에 어찌
됐든 곧 졸업을 앞둔 상태였다. 오카다가 어떤 사람인지 설명하려면
먼저 눈에 보이는 특징부터 이야기해야 할 것이다. 그는 우선 잘생긴
미남이었다. 얼굴빛이 창백하고 호리호리한 미남은 아니었다. 혈색이
좋고 체격이 듬직했다. 나는 그런 얼굴의 남자를 거의 본 적이 없다.
그로부터 꽤 세월이 흐른 뒤의 이야기이지만, 나는 청년 시절의 가와
카미 비잔*과 격의 없이 지내기도 했다. 결국 곤경에 빠져 비참하게
최후를 마친 소설가 가와카미 말이다. 굳이 찾는다면 그의 청년 시절
모습이 오카다와 상당히 닮았다고 할까! 다만 당시 조정 선수였던 오
카다는 체격 면에서 가와카미보다 훨씬 훌륭했다.

그런 용모를 가진 사람은 누구에게나 사랑을 받는다. 그러나 용모
만으로는 하숙집에서 인기를 얻을 수 없다. 여기서 그의 품행에 대해
말하자면, 나는 당시 오카다만큼 균형 잡힌 학교생활을 하는 사람은

---

* 메이지 시대의 소설가. 마흔에 면도칼로 목을 그어 자살했다.

드물 것이라 생각했다. 학기 때마다 시험 점수를 다투어 장학생을 노리는 학구파는 아니었다. 그러나 해야 하는 공부는 반드시 하기 때문에 성적이 중간에서 밑으로는 떨어지지 않았다. 노는 시간은 정해놓고 논다. 그리고 저녁 식사 후에는 반드시 산책을 나갔다가 열시 이전에는 반드시 돌아온다. 일요일에는 조정 연습을 하러 가거나 그렇지 않을 때는 소풍을 간다. 조정 경기를 앞두고 동료 선수들과 무코지마에서 합숙한다든지, 여름 방학에 고향에 돌아간다든지 할 때 외에는 내 옆방의 오카다가 방에 있는 시각과 없는 시각은 틀림없었다. 모두들 정오를 알리는 오포 소리에 시계 맞추는 것을 잊었을 때에는 오카다의 방으로 물으러 갔다. 가미조의 계산대 시계도 때때로 오카다의 회중시계에 맞추었다. 주위 사람들의 마음에는, 오랫동안 이 사람의 행동을 보면 볼수록 신용할 만한 사람이라는 느낌이 들었다. 가미조의 아주머니가 허튼 말도 하지 않고 돈도 헤프게 쓰지 않는 오카다를 칭찬하기 시작한 것은 이런 신뢰에 기인했다. 다달이 하숙비를 제 날짜에 틀림없이 낸다는 사실이 더욱 신뢰를 뒷받침한다는 건 말할 나위도 없었다.

"오카다 군을 좀 봐요!" 이런 말이 곧잘 아주머니 입에서 나왔다.

"어차피 나는 오카다 군처럼은 될 수 없는걸." 선수 치는 학생도 있었다. 이처럼 오카다는 언제부터인지 가미조의 모범적인 하숙생이 되어 있었다.

매일 오카다의 산책 코스는 거의 정해져 있었다. 인적이 드문 무엔자카 비탈길을 내려가 아이소메 강의 시커먼 물이 흘러드는 시노바즈 연못의 북쪽을 돌아 우에노 언덕길을 거닌다. 그러고는 마쓰겐이나

간나베가 있는 히로코지 거리*와 좁고 번화한 나카초를 지나 유시마 텐진 신사 경내에 들어가 음침한 가라타치 절의 모퉁이를 돌아서 집으로 돌아온다. 그러나 나카초에서 오른편으로 꺾어 무엔자카로 돌아오는 경우도 있다. 이것이 하나의 산책 코스다. 어떤 때는 대학 교정을 가로질러 아카문**으로 나간다. 철문은 일찍 닫히기 때문에 환자들이 출입하는 나가야문***을 통해 나가는 것이다. 후에 그때의 나가야문이 철거되었기 때문에 하루키초 거리의 막다른 곳에 검은 문이 새로 생겼다. 아카문을 벗어나 혼고 거리를 걸어 떡방아 찧는 소리가 들리는 아와모치 가게 앞을 지나 간다묘진 신사 경내로 들어간다. 그 무렵에는 신기한 구경거리였던 아치형 다리를 건너 수양버들을 따라 한쪽 편으로 가게들이 늘어선 야나기하라 거리를 조금 걷는다. 그러고 나서 오나리 길로 되돌아가 좁다란 서쪽의 아무 골목길이나 하나를 가로질러 역시 가라타치 절 앞으로 나온다. 이것이 또 하나의 산책 코스였다. 이외의 코스는 거의 걷지 않는다.

산책 도중에 오카다가 하는 일은 가끔 헌책방을 들여다보는 정도였다. 그 무렵 우에노 히로코지와 나카초에 있던 헌책방이 지금도 두세 군데 남아 있다. 오나리 길에도 당시에 있던 가게가 그대로 있다. 야나기하라에 있던 것은 모두 없어져버렸다. 혼고 거리는 장소도 주인

---

* 우에노 역과 우에노 공원을 끼고 있는 번화가. 마쓰겐, 간나베는 모두 이 거리에 있는 요릿집이다.
** 도쿄 대학 정문 남쪽에 있는 붉은 문. 도쿄 대학을 상징하는 의미로도 쓰인다.
*** 일본의 전통적인 문의 한 형태. 문의 양 옆으로 바로 집이나 축사, 작업장을 두어 생활한다.

도 거의 모두 바뀌어버렸다. 오카다가 아카문으로 나와 오른편으로 도는 경우가 드문 것은 당시 모리카와초의 거리 폭이 좁고 갑갑한 탓도 있었지만 헌책방이 서쪽에 한 군데밖에 없다는 것도 하나의 이유였다.

오카다가 헌책방을 둘러보는 것은 요즘 말로 하자면 문학에 취미가 있었기 때문이다. 하지만 아직 새로운 경향의 소설이나 각본은 나오지 않은 시기였다. 마사오카 시키의 하이쿠나 요사노 뎃칸의 시가 같은 서정시도 등장하기 전이었기 때문에 모두 당지(唐紙)로 만든 『가게쓰신시(花月新誌)』나 백지(白紙)로 만든 『게린잇시(桂林一枝)』 같은 잡지를 읽었다. 가이난이나 무코 같은 작가들이 쓴 고렌체* 시를 가장 세련되었다고 생각할 정도였다. 나도 『가게쓰신시』의 애독자였기 때문에 기억하고 있다. 그 잡지가 처음으로 서양 소설을 번역해 실었다. 아마도 서양의 어떤 대학생이 고향으로 돌아가는 중에 살해당하는 내용이었는데, 그것을 담화체로 번역한 사람은 간다 다카히라** 씨였을 것이다. 내가 처음으로 읽은 서양 소설이었던 것 같다. 그런 시대였기 때문에 오카다의 문학적 취미 또한 한학자들이 새로운 세상의 이야기를 시문으로 쓴 것을, 재미있어하며 읽는 정도에 지나지 않았다.

나는 별로 사교적인 성격이 아니어서 교내에서 자주 마주치는 사람이라도 용무가 없으면 말을 걸지 않았다. 같은 하숙집에 있는 학생들

---

* 미인의 아름다움을 주로 노래한 한시체의 하나.
** 메이지 시대의 정치가이자 네덜란드 학파의 학자.

에게 모자를 벗어 인사하는 경우도 별로 없었다. 그런 내가 오카다와 다소 가까워지게 된 것은 헌책방에서의 인연 때문이다. 나의 산책 코스는 오카다처럼 정해져 있지는 않았지만, 발이 빨라서 거침없이 종횡으로 혼고에서 시타야, 간다를 거쳐 거닐면서 헌책방이 있으면 발을 멈추고 들여다보았다. 그럴 때 가끔 오카다와 가게 앞에서 마주쳤다. "헌책방에서 자주 만나는군." 우리 둘 중 누군가가 먼저 말을 꺼냈는데, 오카다와 내가 가깝게 말을 나눈 건 그때가 처음이었다.

그 당시 간다묘진 신사 앞의 언덕길을 내려가다 보면 길모퉁이에 갈고리 모양으로 평상을 내놓고 고서적을 늘어놓은 가게가 있었다. 그곳에서 어느 날 내가 중국의 『금병매』를 발견하고 주인에게 값을 묻자 7엔이라고 했다. 5엔으로 깎아달라고 하자 "지난번에 오카다 씨가 6엔이면 산다고 하셨는데 거절했습니다"라고 했다. 때마침 형편이 좋았기 때문에 부르는 값에 샀다. 이삼일 후에 오카다와 마주치자 그가 말을 꺼냈다.

"자네 참 너무했네. 내가 모처럼 보아두었던 『금병매』를 사버렸더군."

"그래. 자네가 부른 가격에 흥정이 안 되었다고 책방 주인이 말하더군. 자네가 갖고 싶다면 내가 양보하지."

"아니 뭐, 바로 옆방이니 자네가 읽은 후에 빌려주면 되지 않겠나?"

나는 기꺼이 승낙했다. 이 일을 계기로, 이전까지 오랫동안 옆방에 살면서도 교제가 없던 오카다와 나는 서로 오가는 사이가 되었다.

2

그 무렵 무엔자카 남쪽에는 이와사키 저택*이 있었는데 그때에는 지금같이 높고 웅장한 토담은 둘러져 있지 않았다. 지저분한 돌담이 쌓여 있어 이끼 낀 돌과 돌 사이로 풀고사리나 쇠뜨기가 보였다. 돌담 위쪽은 평지인지 아니면 작은 동산처럼 되어 있는지, 이와사키 저택 안으로 들어가본 적이 없는 나로서는 여태껏 알 수 없지만 어쨌든 당시에는 돌담 위 언저리에 잡목이 우거질 대로 우거지고 자랄 대로 자란 것이 길에서 밑동까지 보였고, 그 밑동 근처에 무성히 자란 풀도 좀처럼 베는 일이 없었다.

언덕 북쪽에는 초라한 집들이 처마를 나란히 하고 늘어서 있었는데 겉모양이 그럴싸한 집이라고는 판자로 울타리를 한 자그마한 여염집 뿐이고, 그 외에는 손으로 금속을 조각하는 남자들이 사는 집들이었다. 가게라고는 잡화 가게나 담배 가게 정도밖에 없었다. 그중에서 오가는 사람들의 눈을 끄는 것이 있다면 바느질을 가르치는 여자의 집으로, 낮에는 격자창 안에 많은 처녀들이 모여 일을 했다. 날씨가 좋아 창을 열고 있을 때는, 우리 같은 학생이 지나가면 언제나 재잘재잘 떠들고 있던 처녀들이 모두 얼굴을 들고 길 쪽을 내다보았다. 그러고는 다시 이야기를 계속하거나 웃거나 했다. 그 옆에 격자문을 깨끗하게 해 단 집이 있었는데 때때로 저녁에 지나다 보면 화강암을 간 입구

---

* 메이지 7년(1874) 미쓰비시 상사를 창건하고 미쓰비시 재벌의 기초를 닦은 이와사키 야타로의 저택을 말한다. 이와사키 저택이 무엔자카보다 지대가 높아 돌담이 낮을 때는 나무 밑동까지 보였다.

바닥 위에 물이 뿌려져 있었다. 추울 때에는 장지를 붙인 창문이 닫혀 있었다. 더울 때에는 대나무 발이 쳐져 있었다. 바느질하는 집이 떠들썩한 탓인지 이 집은 언제나 한층 더 쓸쓸하게 느껴졌다.

이 이야기의 사건이 있던 해의 9월경, 오카다는 고향에서 돌아오자마자 저녁 식사를 마치고 전처럼 산책을 나갔다. 그는 가슈 저택의 낡은 건물에 임시로 설치된 해부실 옆을 지나 어슬렁어슬렁 무엔자카를 내려가다가 우연히 목욕을 다녀오는 한 여인이 바느질집 옆의 쓸쓸한 집으로 들어가는 것을 보았다. 이미 날씨가 꽤 가을다워져서 바람 쐬러 나오는 사람도 드물어 잠시 인적이 끊긴 언덕길을 오카다가 지나갈 때, 마침 쓸쓸한 그 집의 격자문 앞에서 문을 열려고 하던 여인이 오카다의 게다 소리를 듣고는 문득 문을 열던 손을 멈추고 뒤를 돌아보다가 오카다와 얼굴이 마주쳤던 것이다.

주름진 남색 홑옷에 검은 공단과 갈색의 고급 직물을 안팎으로 댄 허리띠를 매고, 가냘픈 왼손에 수건과 비눗갑과 때수건, 스펀지 같은 것이 들어 있는 곱게 엮은 대바구니를 힘없이 들고는, 오른손을 격자문에 올려놓은 채 뒤를 돌아보는 여인의 모습은, 오카다에게 그다지 깊은 인상을 주지는 못했다. 그러나 빗어 올린 이초가에시* 머리가 매미 날개처럼 하늘거리는 것과, 오똑한 콧날, 갸름하고 조금 쓸쓸해 보이는 얼굴이 왠지 이마에서 볼에 걸쳐 약간 평평한 느낌을 주는 것이 눈에 띄었다. 하지만 오카다에게는 한순간의 느낌에 불과했기 때

---

* 당시 여인들의 머리 모양으로, 정수리에서 모은 머리를 좌우로 갈라 반원형으로 틀어 맨 것.

문에 무엔자카를 내려왔을 때에는 이미 그 여인에 대해서는 까맣게 잊고 있었다.

그러다 이틀쯤 지난 후, 오카다는 다시 무엔자카 쪽을 향해 걷다가 그 격자문 집 앞에 이르렀을 때, 요전날 목욕을 다녀오던 여인의 모습이 문득 기억 저편에서 의식의 표면으로 떠올라 그 집 쪽을 흘깃 바라보았다. 야트막한 창에 세로로 대나무를 붙이고, 나무를 가늘게 깎아 가로로 2단을 놓고 덩굴풀을 감아 놓았다. 그 창문이 한 자 정도 열려 있어, 창문 사이로 만년청 화분에 달걀 껍데기를 엎어 놓은 것이 보였다. 이런 것에 잠시 주의를 기울인 탓에 걸음이 약간 느려져 집 바로 앞까지 가기까지는 몇 초 정도가 걸렸다.

그렇게 집 바로 앞까지 갔을 때 뜻밖에도 만년청 화분 위로 지금까지 회색 어둠에 싸여 있던 곳, 그곳에서 하얀 얼굴이 나타났다. 더구나 그 얼굴은 오카다를 보며 미소를 짓고 있었다.

그 뒤 오카다는 산책을 나갔다가 그 집 앞을 지날 때마다 여인의 얼굴을 거의 매번 보게 되었다. 그러자 오카다의 공상의 영역 안에 때때로 이 여인이 침입해 끼어들더니 점차로 제 세상인 양 멋대로 행동을 했다. 오카다는 여인이 자신이 지나기를 기다리는 것인지, 아니면 무심코 밖을 내다보다가 우연히 자신과 얼굴을 마주치게 되는 것인지 의문이 생겼다. 그래서 그때 목욕에서 돌아오던 여인을 만나기 전으로 거슬러 올라가, 그 집 창에서 여인이 얼굴을 내민 적이 있었는지를 생각해보았지만, 무엔자카 거리에서 가장 소란스러운 바느질집의 옆집은 늘 깨끗하게 청소된 쓸쓸한 집이었다는 기억 외에는 아무것도 떠오르지 않았다. 어떤 사람이 살고 있을까 하고 의문을 품었던 적은 분명히 있었던 것 같지만, 그 이상 아무것도 생각나지 않았다. 아무리 생각해도 그 창은 항상 닫혀 있거나 발이 쳐져 있었고 그 안은 언제나 죽은 듯 조용했던 것 같다. 그러고 보니 여인은 요즘 들어 밖에 신경을 쓰며 창을 열어놓고 자신이 지나가기를 기다리는 것 같다고 오카다는 생각했다.

지날 때마다 얼굴을 마주하며 매번 이런 생각을 하는 동안 오카다는 점점 '창가의 여인'과 친근한 사이가 된 느낌이 들었다. 그로부터 2주 정도 지났을까, 어느 날 저녁 창 앞을 지날 때 오카다는 무심결에 모자를 벗고 인사를 했다. 그때 여인의 하얀 얼굴이 어렴풋이 붉게 물들며, 쓸쓸한 미소를 머금었던 얼굴이 밝고 화사한 웃음을 지었다. 그 후로 오카다는 늘 창가의 여인에게 인사를 하며 지나갔다.

3

오카다는 『우초신지(虞初新志)』*를 좋아했는데, 그중에서도 「대철추전(大鐵椎傳)」**은 전문(全文)을 암송할 정도였다. 스스로 무예를 해보고 싶다는 생각도 가지고 있었지만, 결국 기회가 없어 어느 것도 해보지 못했다. 요 몇 해 사이 조정을 시작한 오카다는 열심히 노력했다. 동료들에게 추천을 받아 선수로 뽑힐 정도로 실력이 늘었던 것은

---

* 명나라 말에서 청나라 초기의 문인들이 쓴 전기와 수필을 스무 권에 기록한 책.
** 송나라 장군의 식객이었던 호걸이 커다란 철추로 도적들을 무찔렀다는 이야기.

오카다가 이 방면으로 의지를 발휘했기 때문이었다.

같은 『우초신지』 안에 오카다가 좋아하는 글이 또 하나 있었다. 「소청전(小靑傳)」*이었다. 그 소설에 등장하는 여인, 요즘 말로 표현하자면 저승사자를 문밖에 기다리게 하고 조용히 정성 들여 화장을 하는 여인이라고나 할까, 아름다움을 생명으로 여기는 그 여인이 어느 만큼은 오카다의 동정을 샀을 것이다. 오카다에게 여자란 단지 아름답고 사랑스러운 존재로, 어떠한 경우에도 평온하게 그 아름다움과 사랑스러움이 지켜져야 한다고 생각했다. 아마도 평소 늘 고렌체의 시를 읽거나 감상적이고 숙명론적인 명청 시대의 소위 이름난 문인들의 글을 읽는 사이에 자신도 모르게 영향을 받아서일 것이다.

오카다는 창가의 여인에게 가벼운 인사를 건넨 후 꽤 시간이 흘렀지만, 그녀의 신상에 대해 알아보려고 하지 않았다. 물론 집의 분위기나 여인의 차림새로 보아 딴살림을 내준 어떤 이의 첩이리라 짐작은 했다. 하지만 별로 그것을 불쾌하게 여기지도 않았다. 이름을 모르지만 굳이 알려고 하지 않았다. 문패를 본다면 이름을 알 수 있을 거라고 생각한 적은 있지만 창가에 그녀가 있을 때는 그녀에게 조심스러웠다. 그렇지 않을 때는 주위 사람들이나 오가는 사람들의 눈을 의식했다. 결국 그는 처마의 그늘에 가려진 작은 나무 문패에 어떤 글자가 쓰여 있는지 보지 못했다.

---

* 시가와 산문에 뛰어나 귀공자에게 사랑을 받았지만 첩의 질투로 열여덟 살에 죽은 가인(佳人)의 이야기.

4

창가의 여인에 관한 내력은, 실은 오카다를 주인공으로 하지 않으면 안 되는 이 이야기의 사건이 이미 과거가 된 후에 들었던 것이지만, 정황을 이해하기 위해 여기서 대충 이야기하기로 하겠다.

아직 대학의 의학부가 시타야에 있을 때의 일이었다. 회색빛 벽돌을 회반죽으로 바르고, 바둑판 모눈 같은 벽 곳곳에 팔뚝 굵기만 한 나무를 세로로 나란히 박아 만든 창을 열어놓은, 도도 저택*에 이어진 공동 주택이 당시의 기숙사였다. 학생들은 그 속에서, 좀 심하게 말하면 야수 같은 생활을 했다. 물론 지금은 그런 창을 보려고 해도 겨우 마루노우치 성의 망루에나 남아 있을 정도이고, 우에노 동물원의 사자나 호랑이를 사육하기 위해 만든 격자 모양의 우리도 그보다는 훨씬 보기 좋게 만들어져 있다.

기숙사에는 사환이 있어서 학생들은 사환을 통해 바깥의 용무를 볼 수 있었다. 흰 무명천 허리띠에 고쿠라하카마**를 입은 학생들이 사는 물건은 대개 정해져 있었다. 바로 '양갱'과 '별사탕'이다. 양갱은 군고구마, 별사탕은 콩튀밥이라는 것을 문명 발달사에 써서 참고로 남겨둘 가치가 있을지도 모르겠다. 사환은 심부름 한 번 값으로 2전을 받았다.

사환 중에 스에조라는 사람이 있었다. 다른 사람들은 밤송이같이

---

* 이세(伊勢, 지금의 미에 현) 영주였던 도도 가문이 에도에 지어놓았던 저택.
** 당시 학생들이 입었던 고쿠라(두꺼운 무명)로 만든 하카마를 말한다. 하카마는 일본의 전통의복 중 아래쪽에 입는 겉옷의 총칭.

기른 수염 사이로 입을 멍하니 벌리고 다녔는데, 이 남자는 늘 말끔히 깎은 수염자국이 푸르스름하게 남은 얼굴에 입술은 굳게 닫혀 있었다. 입고 있는 두꺼운 무명옷에도 다른 사람들은 때가 묻어 있었지만 이 남자는 말끔한 옷차림이었으며, 어떤 때는 도잔*인가 뭔가 하는 것을 입고 앞치마를 두르기도 했다.

언제 누가 이야기를 했는지는 모르지만, 돈이 없을 때 스에조가 빌려준다는 이야기를 들었다. 물론 50전이나 1엔 정도의 돈이었다. 그것이 점차 5엔, 10엔으로 늘어나자, 그는 빌리는 사람에게 차용증을 쓰게 했다. 그리고 다시 고쳐 쓰기도 했다. 그러는 사이에 그는 어느새 고리대금업자가 되었다. 도대체 자금은 어디서 난 것일까? 2전밖에 안 되는 심부름 값을 저축한 것도 아닐 텐데, 하기야 한 인간이 가진 모든 정력을 한곳에 쏟아부으면 실제로 불가능한 일은 없을지 모른다.

어쨌든 학교가 시타야에서 혼고로 옮길 때쯤에는** 스에조는 이미 사환이 아니었다. 그러나 그 무렵 연못가 쪽으로 이사한 스에조의 집에는 무분별한 학생들의 출입이 끊이지 않았다.

스에조는 사환으로 일하기 시작했을 때 이미 서른이 넘은 나이였기 때문에, 가난한 살림이긴 했지만 부인과 아이까지 딸려 있었다. 그런데 그는 고리대금업자로 성공해서 연못가로 이사한 후로는 못생기고 잔소리 심한 부인을 못마땅하게 생각했다.

그때 스에조는 어떤 여자를 떠올렸다. 네리베이 동네 뒤편에서 좁

---

* 감색 바탕에 세로로 붉은 줄무늬를 넣은 수입산 고급 면직물.
** 메이지 9년(1876) 11월, 도쿄 대학은 시타야에서 혼고로 이전했다.

은 골목을 지나 대학으로 통근할 때 가끔 본 여자였다. 부서진 널빤지로 하수구를 덮어 놓은 곳 근처에 문이 항상 반쯤 닫힌 좀 어두침침한 집이 있는데, 밤에 그 앞을 지나다 보면 처마 밑에 손수레가 달린 포장마차가 세워져 있어서 그러잖아도 좁은 골목길을 비스듬히 몸을 비켜 지나가야만 했다. 맨 처음 스에조의 주의를 끈 것은 이 집에서 들려오는 샤미센*을 연습하는 소리였다. 얼마 후 샤미센 소리의 주인공이 열예닐곱 살 정도의 귀여운 처녀라는 것을 알게 되었다. 가난하게 보이는 집에 어울리지 않게 처녀는 늘 단정한 모습으로 기모노를 산뜻하게 입고 있었는데, 문 입구에 서 있다가도 사람이 지나가면 곧 어두침침한 집 안으로 들어가버렸다. 매사에 꼼꼼한 성격인 스에조는 구태여 노력하지 않았음에도 처녀의 이름이 오타마라는 것, 어머니는 없고 아버지와 단둘이 살고 있다는 것, 아버지는 아키하노하라에서 엿을 예쁘게 모양내어 파는 노점을 하고 있다는 것 등을 알게 되었다. 그사이 초라한 집들이 이어진 이 뒷골목에 혁신적인 변화가 일어났다. 처마 밑에 세워져 있던 포장마차가 어느새 없어졌다. 늘 죽은 듯 조용했던 집들과 그 주위가, 당시 유행어로 말하자면 개화라는 바람이 불어닥쳤는지, 반쯤은 부서지고 튀어나와 있던 하수구의 널빤지 뚜껑들이 새로 깔리고, 문 입구의 모양도 바뀌어 새 격자문이 세워지기도 했다. 스에조는 어느 날 그 집 현관에 놓인 구두를 보았다. 그리고 얼마 후, 문 앞에 새로운 문패가 달린 것을 보니 순경 아무개라고 쓰여 있었다. 스에조는 마쓰나가 거리와 나카오카치 거리로 여러 가

* 세 개의 줄이 있는 일본 고유의 현악기.

지 물건을 하러 다니는 동안, 다시 자연스럽게 엿장수 영감 집에 데릴사위가 들어왔다는 것을 알게 되었다. 문패에 쓰어 있던 순경의 이름이 사위의 이름이었던 것이다. 눈에 넣어도 아프지 않을 정도로 오타마를 소중히 아끼던 영감은, 무서운 얼굴을 한 순경에게 딸을 보내는 것이 마치 짐승에게 빼앗기는 것 같고, 또 그 사위가 자신의 집에 들어와 있는 것이 더없이 거북하게 생각되어 평소 가깝게 지내던 사람들에게 의논해보았지만 누구 한 사람 거절해버리라고 딱 부러지게 말해주는 사람이 없었다. 그러게 보게나, 여기저기 좋은 혼처를 소개해주려고 해도 외동딸이니 안 된다는 둥 쓸데없는 말만 하더니 결국 그런 거절하기 어려운 사위가 들어오게 된 것 아닌가, 라고 말하는 사람도 있었다. 자네가 정 싫으면 어디 먼 곳으로라도 이사를 하는 수밖에 없겠지만 상대가 순경이다 보니 금방 어디로 이사를 갔는지 조사해서 그곳으로 찾아갈 테니 아무래도 끝까지 도망갈 수는 없겠지, 라며 겁을 주듯이 이야기하는 사람도 있었다. 그중에 그래도 세상 물정을 안다고 소문이 난 가게 아주머니가 이렇게 말했다. "그 애는 인물이 좋아 샤미센 선생님도 기예에 재능이 있다고 칭찬하니 하루빨리 게이샤 수업을 시키라고 제가 그토록 말하지 않았어요? 홀아비 순경이 집집마다 둘러보다가 예쁘장한 애가 집에 있으면 다짜고짜 데리고 가버린다고요. 어차피 그런 사람의 눈에 들었으니 팔자소관이려니 하고 체념하는 수밖에 없지요." 스에조가 이 소문을 들은 지 석 달 정도 지난 무렵이었다. 어느 날 아침 엿장수 영감네 집에 문이 잠겨 있고, 문에는 '세놓음. 관리인은 마쓰나가 거리 서쪽에 있음'이라고 써 붙여져 있었다. 물건을 사면서 근처에 떠도는 소문을 들어보니, 순경은 고향에 부인에다 아이까지 있었는데 그들이 불쑥 찾아와 난리를 피우는 통에, 우물에 몸을 던지겠다고 뛰어드는 오타마를 마침 구경하고 있던 옆집 아주머니가 가까스로 말렸다고 한다. 순경이 사위로 맞아달라고 할 때 영감은 여러 사람들과 상의를 했지만 그 의논 상대 중 누구도 영감의 법률 고문이 되어준 사람은 없었기 때문에, 영감은 순경의 호적이 어떻게 되어 있는지, 어떤 내용의 신고가 되어 있는지 무관심했다. 순경이 수염을 만지작거리면서 모든 수속은 자신이 알아서 하니까 괜찮다고 하는 걸 조금도 의심하지 않았던 것이다. 그 무렵 마쓰나가 거리의 기타즈미라는 잡화점에는 희고 둥근 얼굴에 턱이 짧은 처녀가 있었다. 학생들은 그녀를 '무턱'이라고 불렀다. 이 처녀가 스에조에게 말했다. "정말 그 아이가 불쌍해요. 순진한 아이라서 철석같이 남편이라고 믿고 있었는데 순경 쪽에서는 하숙하는 셈으로밖에 여기지 않았다는 거예요." 머리를 빡빡 깎은 기타즈미의 주인이 옆에서 말을 거들었다. "영감도 불쌍하더군요. 동네 사람들에게 부끄러워서 이대로는 못 산다며 니시토리고에 쪽으로 이사를 가버렸다지요. 그런데 단골로 오는 아이들이 없는 곳에서는 장사를 할 수 없는 형편이어서 아키하노하라로 다시 온다더군요. 포장마차도 이미 팔아넘겼는데, 사쿠마 거리 고물상에 나온 것을 사정을 이야기해서 되찾아왔다고 했어요. 그런 일들도 있고 이사까지 해서 돈도 꽤 들었을 텐데 오죽 곤란하겠습니까? 순경은 고향의 부인과 자식을 굶겨두고 뻔뻔스럽게 술을 마시면서, 술도 못하는 영감을 상대로 앉혀놓고 살판났다고 생각하고 있었겠지요." 그는 이렇게 말하며 머리를 쓱 쓰다듬었다. 그 후로 스에조는 엿장수 영감네 오타마를 잊고 있었는데, 돈이 생기고 점점 생활이 여유로워지자 문득 오타마가 생각났다.

지금은 발이 넓어진 스에조라서, 손을 써서 니시토리고에 쪽을 수소문해 찾아보고 류세이자* 뒤에 있는 인력거꾼 집 옆에 엿장수 영감이 있다는 것을 알아냈다. 오타마도 홀몸이었다. 그래서 어떤 부자 상인이 첩으로 삼고 싶어 하는데 어떠냐고 사람을 시켜 의향을 물어보니, 처음에는 첩이 되는 건 싫다고 했으나 착한 여자인지라 결국 아버지를 위하는 길이라 생각해, 마쓰겐에서 그 상대를 만나자고 하는 데까지 이야기가 진행되었다.

5

돈 이외에는 아무것도 생각해본 적이 없는 스에조이지만, 오타마의 거처를 알아내자마자 아직 상대방이 승낙을 할지 어떨지도 모르면서 직접 근처의 셋집을 구하러 다녔다. 몇 집인가 다녀본 중에서 스에조의 마음에 드는 집이 두 군데 있었다. 한 군데는 같은 시노바즈 연못가에 있는 집으로, 자신이 살고 있는 후쿠치 겐이치로** 의 저택 옆과 당시 유명했던 메밀국숫집인 렌교쿠안의 한가운데쯤에 있었다. 연못의 서남쪽 모퉁이에서 렌교쿠안 쪽으로 치우친, 길에서 조금 안으로 들어간 곳이었다. 대나무를 엮어 만든 울타리 안쪽에 상록수 한 그루와 노송나무 두세 그루가 심겨 있고 정원의 나무 사이로 대나무 격자

---

* 아사쿠사에 있던 소극장.
** 도쿄일일신문 사장 겸 주필이었으며 작가로도 활동했다. 호는 후쿠치 오우치.

를 댄 나지막한 창이 보였다. 집을 세놓는다는 팻말이 붙어 있어서 들어가 보니 아직 사람이 살고 있었고 쉰 살가량의 노파가 안내하며 안을 보여주었다. 노파는 묻지도 않았는데 말하기를, 남편이 주고쿠 지방 어느 영주의 중신이었는데 폐번(廢藩)*이 되고부터는 용돈벌이로 대장성**의 사무관으로 일하고 있다, 이미 예순이 넘은 나이지만 깔끔한 것을 좋아해 도쿄 전역을 다니면서 신축된 집들을 찾아 세 들어 살다가 조금만 낡아지면 곧 이사를 한다, 물론 자식들은 따로 산 지가 오래되어 집을 어지럽히는 일은 없지만 그래도 살다보면 집이 더러워져서 장지문의 창호지를 새로 발라야 하고 다다미도 다시 깔아야 한다, 그런 번거로운 일을 하지 않으려고 서둘러 이사를 한다, 고 했다. 노파는 그런 것들이 싫은지, 모르는 사람에게까지 남편의 흉을 봤다. "이 집도 아직 이렇게 깨끗한데 벌써 또 이사를 한답니다." 집 안 여기저기를 세심하게 보여주었는데 어느 곳이나 매우 깨끗하게 청소되어 있었다. 스에조는 괜찮은 집이라고 생각하며 보증금과 집세, 관리인 이름 등을 수첩에 적고 그 집을 나섰다.

또 하나는 무엔자카 중턱에 있는 작은 집이었다. 그 집에는 팻말 따위는 붙어 있지 않았지만 팔려고 내놓았다는 이야기를 듣고 보러 갔다. 주인이 유시마기리도시에서 전당포를 하던 집인데, 얼마 전까지 그 집에 살던 노인 영감이 그만 죽어버려서 할머니가 본가로 가게 되어 집이 비었다는 것이었다. 옆집이 바느질을 가르치는 집이라서 좀

---

* 1871년 일본은 중앙 집권화를 위해 영주가 다스리던 번을 폐지하고 중앙 정부의 지배를 받는 부(付)와 현(懸)을 설치했다.
** 지금의 재무부에 해당된다.

112

소란스럽겠지만, 노인이 살던 집이라 특별히 나무도 좋은 것으로 골라 지어 어쩐지 살기 좋을 것 같았다. 입구의 격자문에서 화강암을 깔아놓은 정원까지 깔끔하고 정취 있게 꾸며져 있었다.

스에조는 밤새도록 잠자리에서 몸을 뒤척이며 두 곳 중 어느 곳으로 할까 고민했다. 옆에서는 아이를 재우려다 함께 잠이 들어버린 아내가 커다란 입을 벌리고 여자답지 않게 코를 골고 있었다. 남편이 항상 빌려준 돈의 이자를 계산하느라 늦게까지 자지 않았기 때문에, 아내는 남편이 밤늦게까지 자지 않고 있어도 조금도 신경 쓰지 않았다. 스에조는 속으로 우스워졌다. 집 문제로 고민하다가 아내의 얼굴을 보며 생각했다. '아니, 같은 여자인데 이런 얼굴을 한 사람도 있군. 오타마를 꽤 오랫동안 보지 못했지만, 그때 겨우 소녀티를 벗었는데 얌전하면서도 그 속에 기개가 있어 확 껴안고 싶은 얼굴이었지. 지금쯤 아마 처녀티가 나겠지. 얼굴을 볼 날이 기대되는걸. 마누라쟁이, 태평스럽게 잘도 자는군. 나라고 언제나 돈만 생각하는 줄 알면 큰 오산이야. 아니, 벌써 모기가 있군. 시타야는 이래서 싫다니까. 슬슬 모기장을 치지 않으면 마누라는 괜찮지만 아이들이 물리겠지.' 그러다가 또 집에 대해 생각했다. 그럭저럭 한시가 넘어서야 결론에 이르렀다. 결론은 이러했다. '그 연못가의 집은 다른 사람이 보기에 전망이 뛰어나 좋다고 할지는 모르지만, 전망이라면 이 집으로도 충분하다. 집세가 싸긴 하지만 셋집이니 여러모로 번거로운 면이 있다. 게다가 왠지 탁 트인 장소는 사람들의 눈에 띄기 쉬울 것 같다. 무심코 문이라도 활짝 열어두었다가 아이들을 데리고 나카초에 가는 마누라에게 들키기라도 하면 성가시게 된다. 무엔자카 쪽은 음침하긴 하지만 산책하러 나오는 학생들 외에는 사람들이 거의 오가지 않는다. 한번에 돈을 내고 사는 것은 마음에 내키지 않지만 좋은 목재를 사용한 데 비해 가격이 싼 편이니, 보험이라도 들어두면 언제 팔아도 제 값은 받을 수 있어 안심할 수 있다. 그래, 무엔자카에 있는 집으로 하자. 나는 저녁때라 도 목욕을 하고 옷을 차려입은 다음 마누라에게는 적당히 둘러대고 나오면 된다. 그리고 그 격자문을 열고 가볍게 들어간다면 아무 문제 없다. 얼마나 좋은 방식인가! 오타마는 고양이 같은 것을 무릎 위에 올려놓고 외롭고 쓸쓸하게 나를 기다리겠지! 물론 화장을 하고 기다 릴 거야. 기모노 같은 건 얼마든지 해줘야지. 아니야, 쓸데없이 돈을 낭비할 수는 없지. 전당포에서 나오는 물건 중에서도 얼마든지 예쁜 게 있을 거야. 여자 하나에게 옷이나 머리장식 같은 걸로 돈을 많이 쓰다니 바보스러운 일이지. 남들처럼 낭비할 필요는 없어. 옆집의 후 쿠치 씨 같은 사람은 우리 집보다 큰 집을 마련했지. 그리고 스키야 거리에 있는 게이샤를 데려다 연못가를 노닐면서 학생들의 부러움을 사며 우쭐대지만, 속으로는 돈 때문에 쩔쩔매고 있어. 알 만한 사람이 들으면 어처구니없어 할 일이야. 가게에서는 그런 식으로 장부를 속 이면 잘난 점원이라도 해고당할 거야. 아, 그렇지! 오타마는 샤미센을 연주할 줄 알지. 손 끝으로 샤미센을 연주하면서 자기 마음을 담은 곡 을 한 곡조 들려준다면 좋을 텐데. 순경의 마누라로 살아본 것 말고는 세상 경험이 없으니 좀 힘들지도 모르겠군. 웃으실 테니 부끄러워 못 하겠다 뭐다 하면서, 연주해보라고 해도 좀처럼 말을 안 들을 거야. 정말 매사에 수줍음을 잘 타는 편이지. 얼굴이 빨개져서 어쩔 줄 몰라 할 거야. 내가 처음 가는 날 밤에는 어떻게 나올까 궁금하네.' 공상은 제멋대로 치달아 멈출 줄을 몰랐다. 이럭저럭하는 사이에 상상의 날개는 천 갈래 만 갈래가 되어 하얀 살결이 눈에 어른거렸다. 그리고 속삭임이 들려오는 듯했다. 스에조는 기분 좋게 잠이 들었다. 옆에서는 아내가 여전히 코를 골고 있었다.

6

마쓰겐에서의 첫 대면은 스에조에게는 일종의 특별한 파티였다. 돈을 아껴 모으는 사람들을 말할 때 흔히들 등불을 켜는 기름이 아까워 손톱에 대신 불을 켠다고 하는데, 방법은 여러 가지다. 세세한 데까지 마음을 써서 휴지를 두 장으로 나눠 사용하거나, 용건을 엽서 한 장에다 써 넣기 위해 현미경 없이는 못 읽을 정도로 자잘하게 글씨를 쓴다거나 하는 것은 모든 구두쇠들의 공통된 성질이다. 그러나 그것을 철저하게 자신의 생활 전반에 걸쳐 실행하는, 정말이지 지독히 인색한 사람과, 어딘가에 구멍을 남겨 숨통을 터놓고 있는 사람이 있다. 지금까지 소설에 나오거나 연극에 등장하는 수전노들은 거의 모든 일에 절대적으로 인색한 구두쇠들뿐이었다. 그러나 현실에서 돈을 모으는 사람들 중에는 실제로는 그렇지 않은 경우가 많다. 인색한 주제에 여자에게는 사족을 못 쓴다든지, 이상하게도 밥만큼은 잘 사준다든지 하는 경우가 그것이다. 전에도 잠깐 이야기한 것 같지만, 스에조는 말끔한 옷차림을 좋아해서, 대학의 사환을 하던 시절 휴일이 되면 늘 입던 무명 통소매 옷을 벗어 던지고 멋진 상인같이 기모노로 갈아입곤

했다. 그리고 그것을 일종의 낙으로 삼았다. 학생들이 어쩌다가 온몸을 도잔으로 빼입은 스에조를 보고 깜짝 놀란 것은 이런 연유에서였다. 그 밖에 이렇다 할 취미는 없었다. 창기(娼妓)와 노닐거나 요릿집에 술을 마시러 다닌 적도 없었다. 기껏해야 렌교쿠안에서 메밀국수를 사먹는 정도가 큰마음을 먹는 것이어서, 아내와 아이들을 데리고 나오는 경우는 근래까지도 전혀 없었다. 그것은 아내의 옷차림을 자신의 차림새와 어울리도록 평소에 배려하지 않기 때문이었다. 아내가 무언가 졸라대면 스에조는 언제나 "쓸데없는 소리 하지 마. 당신 같은 사람과 나는 달라. 나는 사람들과 교제를 해야 되니까 어쩔 수 없는 거야"라고 무시해버렸다. 그 후 꽤 돈이 모여 부자라는 소리를 듣고부터는 스에조도 요릿집에 가는 일이 있었지만 그런 일은 여럿이 모였을 때뿐이고, 혼자서 손님으로 찾는 경우는 없었다. 그럼에도 오타마와의 만남은, 문득 버젓하게 격식을 차려야겠다는 생각에 약속 장소를 마쓰겐으로 하자는 말을 꺼냈던 것이다.

그런데 드디어 만나자는 약속을 잡았을 때 뜻하지 않은 문제가 생겼다. 오타마의 옷을 준비하는 문제였다. 오타마뿐이라면 괜찮겠지만 영감의 옷까지 마련해야 했다. 이에 대해서는 중매를 선 할멈도 아주 난처해하는 듯했지만, 영감의 말이라면 딸이 무조건 따르기 때문에 영감이 나오는 걸 굳이 막으려 하면 아예 약속이 깨질지도 모르는 상황이어서 어쩔 수 없었다. 영감이 말하는 내용은 대충 이러했다.

"오타마는 내 소중한 외동딸이네. 더구나 다른 집 딸들과는 달리 내가 기댈 곳은 이 아이 하나밖에 없다네. 나는 아내 하나만을 의지하며 쓸쓸하게 생애를 보냈었지. 아내는 서른이 넘어 초산으로 오타마

116

를 낳았는데 결국 그것이 병이 되어 세상을 떠나게 되었다네. 젖동냥으로 키웠는데, 아이가 겨우 넉 달쯤 되었을 무렵이었지. 에도 전역에 유행했던 홍역에 걸려 의사도 가망이 없다고 포기한 것을 내가 장사고 뭐고 다 팽개치고 지성으로 간호해 겨우 목숨을 건졌다네. 세상이 한창 뒤숭숭한 때였지. 이이* 님이 암살된 지 이태째 되고, 나마무기** 에서 서양인이 살해당한 해였어. 그 후, 가게도 무엇도 남지 않은 나는 몇 번이나 차라리 죽어버리려 했지. 그런데 작은 손으로 내 가슴을 만지작거리고 커다란 눈으로 내 얼굴을 바라보며 웃는 사랑스러운 오타마를 함께 죽일 수는 없다는 생각에 이를 악물고 하루하루 목숨을 부지해온 것이라네. 오타마가 태어났을 때 나는 이미 마흔다섯이었네. 고생한 탓인지 나이보다 훨씬 늙어버렸지만, 한 사람 입은 먹지 못해도 두 사람 입은 먹을 수 있다고 '돈이 좀 있는 과붓집에 데릴사위로 소개해줄 테니 아이는 시골에라도 보내라'며 친절하게 말해주는 사람도 있었지. 하지만 나는 오타마가 불쌍해서 매정하게 거절해버렸다네. 그토록 소중하게 키운 딸인데, 옛말에 가난하면 머리도 둔해진다더니 그런 당치도 않은 불한당 같은 놈의 노리갯감으로 줘버린 것이 가슴 아프고 분해서 견딜 수가 없었어. 그나마 다행스럽게도 착한 딸이라고 남들도 다 칭찬하는 아이니, 아무쪼록 건실한 사람에게 보

내고 싶은데, 나 같은 늙은 아비가 딸려 있다고 아무도 데려가주질 않는군. 그래도 다른 사람의 정부나 첩으로는 무슨 일이 있어도 주지 않겠다고 생각했지. 그런데 주선하는 할멈이 건실한 사람이라고 말하고, 오타마도 내년이면 스무 살이고 하니, 너무 늦어지기 전에 어떻게든 보내고 싶은 마음에 결국 승낙한 것이라네. 이런 소중한 딸을 보내는 것이니, 아무쪼록 나도 함께 그 사람을 만나야 되겠네."

이 이야기를 들은 스에조는 자신의 의도와 조금 어긋남을 불만스럽게 생각했다. 오타마를 마쓰겐으로 데리고 나오면 중매 주선을 한 할멈을 가급적 빨리 돌려보내고 오타마와 마주 앉아 오붓한 시간을 보내려고 했는데 기대가 빗나갔기 때문이었다. 아무래도 아버지와 함께 나오게 되면 의외로 쑥스러워질 것 같았다. 이미 일종의 쑥스러운 마음이 있었지만, 그것은 지금까지 참고 참아왔던 욕망의 속박을 해결하는 첫걸음을 내딛고 새 출발의 기쁨을 맞이하는 의미에서, 단둘이 만나는 것이 가장 중요한 원인이었다. 그런데 그곳에 아버지가 나오면 그 쑥스러움의 성격이 완전히 달라진다. 할멈의 이야기로는 부녀 모두 고지식한 사람들이어서 처음에는 첩살이는 싫다며 거절했는데, 할멈이 어느 날 딸을 밖으로 불러내어 이제 점점 돈벌이도 힘들어지는 아버지를 호강시켜드리고 싶지 않느냐며 달래고 달래 결국 납득시키고 그 후 아버지도 설득시켰다고 한다. 그런 말을 들었을 때 그렇게 착하고 얌전한 처녀를 손에 넣을 수 있게 되는구나 하고 스에조는 마음속으로 은근히 기뻐했다. 그러나 그 정도로 고지식한 부녀가 함께 나온다면 마쓰겐에서의 첫 대면은 왠지 사위가 장인을 만나는 식이 되어버릴 것 같아, 또 다른 쑥스러움이 스에조의 달아오른 머리에 찬

물을 끼얹었다.

그러나 스에조는 어디까지나 훌륭한 실업가라는 말에 손상이 없도록 처신해야 된다는 생각에, 그리고 상대방에게 의젓한 모습을 보이고 싶은 마음에 결국 두 사람의 옷을 마련하는 데 동의했다. 오타마를 손에 넣은 이상 어차피 그 아버지도 버려둘 수는 없고, 단지 나중에 할 일을 미리 한 것에 불과하다는 체념도 스에조의 결심에 한몫했다.

그런데 보통이라면 예단 비용이라고 하면서 목돈을 상대편에게 건네주었을 테지만, 스에조는 그렇게 하지 않았다. 옷에 멋을 부리는 것을 낙으로 삼던 스에조는 즐겨 이용하던 옷가게가 있었기 때문에 그곳에 가서 사정 이야기를 하고 두 사람에게 어울릴 만한 옷을 맞추었다. 단 치수는 중매를 주선한 할멈을 통해 오타마에게 물었다. 안타깝게도 이 빈틈없고 인색한 스에조의 처사를, 오타마 부녀는 오히려 대단한 선의로 해석하여 현금으로 직접 건네주지 않는 것을 그가 자신들을 존중하기 때문이라고 받아들였다.

7

우에노 히로코지 거리는 화재가 적은 곳이어서 마쓰겐이 불에 탔다는 기억이 없으니 지금도 그 객실이 남아 있을지 모른다. 조용하고 작은 방 하나를 예약해놓은 스에조는 남쪽 현관으로 올라가서 똑바로 이어진 복도를 좀 걸은 다음에 왼쪽에 있는 다다미 여섯 장*이 깔린 방으로 안내되었다.

가게 문장이 새겨진 간편한 상의를 입은 남자가 감물을 들인 두꺼운 종이로 만든 큰 차양을 한창 마는 중이었다.

"아무래도 날이 저물기 전까지는 저녁 햇살이 들어와서요." 안내를 한 여종업원이 설명을 하고 물러갔다. 진위를 알 수 없지만, 육필로 그려진 우키요에** 족자가 걸려 있었다. 작은 꽃병에 치자나무 꽃을 장식한 도코노마***를 등지고 자리를 잡은 스에조는 날카로운 눈으로 주위를 살펴보았다.

시노바즈 연못가의 길은, 그 무렵으로부터 훨씬 뒤의 일이지만 보기 흉하게도 경마를 위한 울타리로 쓰였다가, 그 후 다시 여러 변화를 거치며 자전거 경주장이 되었다. 연못을 바라볼 수 있는 2층 객실과는 달리 아래층은, 연못 쪽으로 향해 있었지만 객실 좌석이 길에서 들여다보이지 않게끔 밖이 대나무 담장으로 둘러쳐져 있었다. 담장과 건물 사이의 땅은 띠처럼 좁고 길게 이어질 뿐이어서 애초부터 정원 같은 건 만들 수 없었다. 스에조가 앉아 있는 곳에서는 두세 그루를 이어 심은 벽오동나무가 기름걸레로 닦은 듯 미끈하게 보였다. 그리고 석등이 하나 보였다. 그 외에는 드문드문 서 있는 작은 노송나무들뿐이었다. 한동안 내리쬔 햇살 때문에 히로코지 거리를 오가는 사람들의 발밑에서는 뿌연 흙먼지가 일어났다. 하지만 담장 안쪽은 물을 뿌려놓아 이끼가 파릇파릇했다.

---

* 일본 방은 깔린 다다미의 개수에 따라 크기를 알 수 있다. 다다미 두 장 정도의 크기는 약 1평이다.
** 에도 시대에 성행한, 주로 화류계 여성이나 연극배우를 소재로 한 풍속화.
*** 방의 상좌에 바닥을 한 층 정도 높게 만들어서 벽에는 족자를 걸고 바닥에는 꽃 등을 장식한 일본 특유의 건축 양식.

곧 여종업원이 모기향과 차를 가져오고 주문을 받았다. 스에조는 일행이 온 후에 주문하겠다며 종업원을 돌려보내고 혼자 담배를 피워 물었다. 처음 앉았을 때에는 약간 덥다고 생각했는데, 조금 지나자 부엌과 변소 근처를 지나며 갖가지 냄새를 약간씩 머금은 바람이 복도 쪽에서 이따금 불어와서, 여종업원이 옆에 두고 간 때 묻은 부채를 구태여 손에 들지 않아도 될 정도였다.

스에조는 도코노마 기둥에 기대어 담배 연기를 둥글게 내뿜으며 공상에 빠졌다. 참한 여자아이라고 생각하며 지나쳤을 때 오타마는 누가 뭐래도 아직 어린 소녀였다. 어떤 여인이 되어 있을까. 어떤 모습을 하고 나올까. 영감이 따라 나오는 것은 아무리 생각해도 거북했다. 스에조는 영감을 빨리 돌려보낼 방법은 없을까 따위를 생각했다. 2층에서 샤미센 소리가 들려오기 시작했다.

복도에서 두세 사람의 발소리가 들리더니 "일행이 오셨습니다" 하고 여종업원이 먼저 얼굴을 내밀며 말했다. "자, 어서 들어가세요. 서방님은 시원시원한 분이시니 걱정하지 마시고요." 여치 소리 같은 목소리로 이렇게 말한 것은 중매를 주선한 할멈이었다.

스에조는 자리에서 벌떡 일어났다. 복도로 나가보니, 허리를 구부린 채 벽 모퉁이에서 주저하는 영감 뒤에, 주눅 든 기색도 없이 신기한 듯 주변을 두리번거리고 서 있는 오타마가 보였다. 통통하고 둥근 얼굴을 한 귀여운 아이일 거라고만 생각했는데 어느새 갸름한 얼굴에 몸매도 전보다 날씬해져 있었다. 산뜻한 이초가에시 머리에, 오늘 같은 자리에 나올 때 흔히 할 법한 짙은 화장도 안 한 거의 맨얼굴이었다. 상상하던 분위기와는 전혀 달랐고 훨씬 더 아름다웠다. 스에조는 그 모습을 눈으로 빨아들일 듯 바라보며 마음속으로 대단히 흡족해했다. 오타마는 어차피 아버지를 가난에서 구해드리기 위해 자신의 몸을 파는 입장이었기 때문에 사는 사람이 어떤 사람이든 상관없다고 자포자기한 심정으로 나왔다. 그런데 거무스름한 얼굴과 날카로운 눈매에 붙임성 있어 보이는 스에조가, 품위 있고 고상한 옷차림을 한 것을 보고 마치 버렸던 목숨을 다시 건진 듯한 생각이 들어 한순간 안심했다.

스에조는 영감에게 "어서 이쪽으로 들어오십시오"라고 말하며 정중하게 객실 쪽으로 안내하고는, 눈을 오타마 쪽으로 옮기며 "자, 어서……"라고 권했다. 두 사람을 객실에 들여보내고 나서는 자리를 주선해준 할멈을 한쪽 구석으로 불러 종이에 싼 것을 손에 쥐여주곤 뭐라고 속삭였다. 할멈은 검은 물이 벗겨진 지저분한 이*를 내보이고 공손하면서도 사람을 경시하는 듯한 웃음을 지으며 머리를 두세 번 꾸벅꾸벅하고는 그대로 되돌아갔다.

객실로 돌아온 스에조는 아직 아버지와 딸이 쭈뼛거리며 불편하게 서 있는 것을 보고 붙임성 있게 자리를 권하고는 기다리던 여종업원에게 요리를 주문했다. 곧 간단한 안주를 곁들인 술이 나와 우선 영감에게 잔을 권하며 이야기를 나누어보니, 원래 격에 어울리는 생활을 하던 사람들인 만큼, 갑자기 옷을 차려입고 요릿집에 온 사람 같지는 않았다.

처음에는 영감을 귀찮다고 생각하며 불편한 마음을 가졌던 스에조

---

* 이를 검게 물들이는 오하구로(お齒黑). 에도 시대 이전에 상류 여성들 사이에 유행하다가 에도 시대에는 결혼한 여자들이 했다.

도 점차 감정이 누그러지면서 전혀 예상하지 못했던 차분한 대화를 나누게 되었다. 스에조는 자신이 가지고 있는 모든 선량한 면을 보이기 위해 애쓰면서, 얌전한 성격의 오타마에게 신뢰감을 줄 수 있는 더없이 적당한 기회가 우연히 생긴 것을 마음속으로 기뻐했다.

요리가 나왔을 때는 왠지 한 가족이 나들이라도 나와 요릿집에 들른 것 같은 분위기로 자리가 변해 있었다. 평소 처자식에게 폭군 같은 행동을 해온 터라 아내의 행동을 반항 혹은 굴종으로만 보던 스에조는, 여종업원이 나간 후 수줍음으로 발갛게 물든 얼굴에 얌전한 미소를 띠며 술을 따르는 오타마를 보고, 지금까지 느껴본 적 없는 산뜻하고 그윽한 환희가 밀려옴을 느꼈다. 그러나 스에조는 이 자리에서 환영같이 떠오르는 행복감을 무의식적으로 느끼면서도, 왜 자신의 가정에서는 이런 행복감이 없었나 반성한다든지, 이런 색다른 감정을 지속하기 위해서 어떤 노력이 필요한지, 그리고 그런 노력이 자신과 아내에게 충분히 있었는지 없었는지 헤아려볼 정도의 치밀한 사고는 하지 못했다.

갑자기 담 밖에서 '딱딱' 하는 소리가 들렸다. 이어서 "예이, 한 대목 후원해주실 분을 모십니다"라고 누군가 말했다. 2층에서 샤미센 소리가 멈추더니 여종업원이 손으로 난간을 잡고 뭔가 이야기를 했다. 아래에서 "예이, 그러면 '나리타야'의 고우치야마와 '오토와야'의 나오자무라이를 한 번 합니다. 먼저 고우치야마부터!*"라며 배우의

대사를 흉내 내기 시작했다.

새로 술병을 가지고 온 여종업원이 "오늘 밤 하는 건 진짜예요"라고 말했다.

스에조는 이해가 되지 않았다. "진짜니 가짜니 하는데 여러 가지가 있나?"

"아뇨, 요즘은 대학생들이 하며 돌아다녀서요."

"역시 악기 반주도 하면서?"

"예, 옷차림으로 보나 뭐로 보나 똑같아요. 하지만 목소리로 알 수 있어요."

"그렇다면 저 사람은 진짜인가보군."

"예, 한 사람밖에, 잘하는 사람은 한 사람밖에 없어요." 여종업원은 웃었다.

"아가씨도 잘 알고 있나봐?"

"우리 가게에 가끔씩 오시는 분이라서요."

영감이 옆에서 말했다. "학생들 중에도 재주가 있는 사람이 있기 마련이지요."

여종업원은 아무 말도 하지 않았다.

스에조가 묘한 웃음을 지었다. "어차피 그런 자들은 학교에서는 공부를 못하는 학생들이지요." 이렇게 말하며 마음속으로 자신의 집에 항상 찾아오는 학생들을 생각했다. 개중에는 제법 예인 흉내를 잘 내며, 규모가 작은 기생집들을 돌며 희롱하는 것이 재미있다고 보통 때에도 예인 같은 말투를 쓰는 자들이 있었다. 하지만 설마 진짜로 흉내를 내며 돌아다니는 사람이 있으리라고는 생각지 못했다.

두 사람의 이야기를 잠자코 듣고 있는 오타마를 스에조가 힐끗 쳐다보며 말했다.

"오타마 씨는 어느 배우를 좋아합니까?"

"저는 좋아하는 배우 같은 거 없어요."

영감이 말을 덧붙였다. "연극 같은 건 전혀 보러 가지 않으니까요. 류세이자 극장이 바로 근처에 있어서 동네 처녀들이 모두 보러 가도 오타마는 전혀 가지 않지요. 극장 좋아하는 처녀들은 그 쿵짝거리는 소리만 들려도 가만히 있질 못한다던데……"

영감의 이야기는 어느덧 딸 자랑으로 이어졌다.

8

일이 성사되어 오타마는 무엔자카로 이사했다.

그런데 스에조가 아주 간단하게 생각하고 있던 이 이사에도 다소 번거로운 일들이 생겨났다. 오타마가 아버지를 가능한 한 가까운 곳에 모시고 종종 찾아가 보살펴드리고 싶다는 말을 꺼냈기 때문이었다. 당초부터 오타마는 자신이 받는 돈 대부분을 쪼개어 아버지에게 보내려고 생각했고, 이미 예순이 넘은 아버지에게 불편이 없도록 어린 하녀를 하나 정도 두려고 생각했다. 그렇게 하면 도리고에의 인력거꾼 집과 이웃한 볼품없는 집에 아버지를 홀로 남겨두지 않아도 된다. 오타마는 기왕이면 좀 더 가까운 곳으로 모시고 싶었다. 마치 처음 만나는 자리에 오타마만 부를 참이었는데 영감이 같이 나온 것과 마찬가지로, 스에조는 소실을 위한 집 한 채를 준비하고 오타마만 맞이하면 된다고 생각했는데, 실제로는 부녀 두 사람을 모두 이사시켜야 하는 상황이었다.

물론 오타마는 아버지의 이사는 자신이 알아서 하고 서방님에게는 전혀 폐를 끼치지 않겠다고 했다. 그러나 이야기를 듣고 보니 스에조도 전혀 모른 체할 수는 없었다. 맞선을 보고 난 후 오타마가 더욱 마음에 들어, 자신의 통 큰 모습을 보이고 싶은 기분도 한몫했기 때문에, 결국 오타마가 무엔자카로 이사함과 동시에 이전에 스에조가 봐두었던 연못가의 집으로 아버지도 이사를 했다. 이렇게 상담을 하다 보니, 아무리 오타마가 자신이 받는 돈 안에서 모든 일을 해결하겠다고 해도 뻔히 어려운 줄 알면서 모른 체할 수가 없어서 무슨 일이 생기거나 하면 비용이 들어갔다. 그것을 스에조가 아무렇지도 않은 듯이 내놓는 것을 보고, 중매를 섰던 할멈도 가끔 눈이 휘둥그레져서 놀라곤 했다.

두 사람의 이사 문제가 마무리된 것은 7월 중순쯤이었다. 고리대금업 쪽에서는 온갖 까다로운 기질을 발휘하는 스에조이지만 오타마의 순진한 어투와 행동거지가 몹시 마음에 든 듯, 그녀에게는 지극히 상냥하고 부드럽게 대하며 거의 매일 밤 무엔자카를 드나들고 기분을 맞추었다. 여기에는 역사가들이 흔히 말하는 '영웅들의 또 다른 일면' 같은 것도 조금 있었다.

스에조는 단 하룻밤도 묵고 가지 않았다. 그러나 거의 매일 밤 찾아왔다. 오타마는 중매를 선 할멈이 소개해준 우메라는 열세 살 된 어린 하녀를 하나 두고 아이들의 소꿉놀이 같은 부엌살림을 시킬 뿐이어서, 점차 이야기 상대가 없는 데 무료해졌다. 저녁이 되면 빨리 서방님이 와주기만을 기다리는 심정이었다. 그러고는 그런 자신을 깨닫고 혼자 웃음 지었다. 도리고에에 있을 때 오타마는 아버지가 장사하러 나가면 혼자 집을 지키며 부업을 했는데, 그때는 이제 이것만 끝내면 얼마를 벌고 그러면 아버지가 돌아와서 놀라실 테지 하는 생각으로 일에만 집중했기 때문에, 근처 처녀들과 잘 어울리지 않아도 지루하다고 느낀 적은 없었다. 그러나 생활고가 사라짐과 동시에 비로소 무료함이라는 것을 알게 되었다.

그래도 오타마의 무료함은 밤이 되면 서방님이 와주었기 때문에 그나마 나은 편이었다. 우습게 된 것은 연못가에 있는 집으로 이사 온 영감의 처지였다. 세상살이에 쫓기며 살다가 갑자기 너무 편해지자 영감은 여우에 홀린 것 같았다. 작은 등불 밑에서 오타마와 도란도란 이야기를 하며 지낸 부녀간의 지난밤들이, 흘러간 아름다운 꿈같이 그리워 견딜 수가 없었다. 그는 오타마가 언제라도 찾아오리라는 생각으로 기다렸다. 그러나 벌써 며칠이 지났는데도 오타마는 한 번도 찾아오지 않았다.

처음 하루 이틀은 영감도 좋은 집에서 살게 된 기쁨에 시골 출신 하녀에게는 물을 길어오거나 밥 짓는 일만을 시키고, 자신이 직접 집 안을 정리하거나 청소를 하며 가끔 부족한 것이 생각나면 하녀를 나카초에 보내 사 오게 했다. 저녁이면 하녀가 달깍달깍 부엌일하는 소리를 들으며, 나지막한 창밖에 심은 상록수 주변에 물을 뿌리고는 담배를 피웠다. 그리고 우에노 산에서 까마귀가 시끄럽게 우는 소리를 들으며, 연못 중앙에 있는 섬의 벤텐 숲이나 연꽃이 핀 연못 위로 서서

히 저녁 안개가 피어오르는 것을 바라보았다. 영감은 고맙고 더 이상 바랄 것이 없다고 생각했다. 그러나 그때부터 왠지 허전한 느낌이 들기 시작했다. 갓난아기 때부터 자신의 손으로 키워온, 말을 거의 하지 않아도 서로의 마음을 알던 오타마, 무슨 일이 있어도 언제나 다정하게 대해준 오타마, 밖에서 돌아오면 반갑게 맞이해주던 오타마가 이제는 없기 때문이었다. 창가에 앉아 연못의 풍경을 바라본다. 거리를 지나는 사람들을 내다본다. 지금 수면에서 튀어 오른 것은 커다란 잉어다. 지금 지나간 서양 부인의 모자에는 마치 새 한 마리가 앉아 있는 듯하다. 그때마다 "오타마야, 저것 좀 보렴" 하고 말하고 싶었다. 그 애가 없는 것이 허전했다.

사나흘이 지날 무렵부터는 점점 마음이 초조해지고 하녀가 옆에 와서 무엇을 하는 것이 마음에 들지 않았다. 영감은 몇십 년 동안 살아오면서 하인을 부려본 적이 없었다. 그러나 천성이 착하기 때문에 잔소리는 하지 않았다. 단지 하녀가 하는 일이 하나하나 마음에 들지 않아서 참기 어려웠다. 행동이 얌전하고 무슨 일이든 매끄럽게 처리하는 오타마와 비교하면 시골에서 막 올라온 하녀는 답답하지 않을 수 없었다. 결국 나흘째 되던 날 아침 식사 시중을 들던 하녀에게 국그릇을 건네받던 중 하녀의 엄지손가락이 국물에 들어간 것을 보고는 "이제 식사 시중은 들지 않아도 좋으니 저쪽에 가 있거라" 하고 말해버렸다.

식사를 마치고 창밖을 내다보니 하늘은 흐리지만 비가 올 것 같지는 않았다. 오히려 맑게 갠 날보다 뜨겁지 않아 좋을 듯해 기분전환을 할 겸 밖으로 나왔다. 그래도 혹시 집에 없는 사이 오타마가 오지 않을까 신경이 쓰여 대문 쪽을 자꾸 뒤돌아보면서 연못가를 걸었다. 그러는 사이에 가야초 거리와 시치켄초 거리 사이에서 무엔자카 쪽으로 가는 길목에 작은 다리가 놓인 곳까지 왔다. 잠깐 딸네 집에 들러볼까 생각했지만 왠지 어색한 기분이 들어 스스로도 이상하게 느껴졌다. 이럴 때 만약 아이 어미였다면 이렇게 거리감이 들지는 않을 텐데, 이상하네, 이상해 하면서 다리를 건너지 못하고 다시 연못가를 걸었다. 그러다 문득 정신을 차리고 보니 마침 스에조의 집이 도랑 맞은편에 있었다. 중매를 선 할멈이 이번에 이사 온 집 창가에서 손으로 그 집을 가리키며 스에조의 집이 저기라고 알려주어서 알고 있었다. 쳐다보니 과연 외관이 훌륭하고, 높은 토담의 바깥으로 끝을 뾰족하게 깎은 대나무가 비스듬히 고정되어 있었다. 후쿠치 씨라는 대단한 학자의 집이라고 들었던 옆집은 넓긴 넓었지만 건물도 낡고, 스에조의 집에 비하면 화려함이나 위엄도 없어 보였다. 잠시 멈춰 서서 낮에도 단단히 꼭 닫혀 있는, 목재의 결을 살려 만든 뒷문을 바라보았지만, 그 안으로 들어가보고 싶은 마음은 들지 않았다. 그는 어떤 생각도 하지 않고 일종의 허무감과 쓸쓸한 느낌에 휩싸여 한동안 멍하니 서 있었다. 말로 표현하자면 몰락하여 딸을 첩으로 내준 부모의 심정이라고밖에 할 수 없었다.

결국 일주일이 다 지나도록 딸은 오지 않았다. 그립고 보고 싶은 마음이 병이 되어 속으로 깊숙이 번져 안에 숨어서는, 그 녀석이 이제 편한 신세가 되니 이 아비를 잊은 건 아닌가 하는 의심마저 고개를 들었다. 이런 의심은 일부러 혹은 장난삼아 내보는 마음일 뿐 그는 결코 딸을 미워하지 않았다. 마치 다른 사람에게 말할 때 쓰는 반어법처럼,

차라리 딸이 미워지면 좋겠다고 한번 생각해보는 것에 불과했다.

그래도 영감은 요즘 들어 이런 생각을 했다. 집에만 있으면 여러 가지 잡생각이 떠오르니 밖에 좀 나가야겠군, 하지만 나중에 딸이 찾아와 나를 만나지 못한다면 안타깝게 생각할 거야, 만약 그렇게 생각하지 않는다 해도 모처럼 찾아왔는데 헛걸음이 되었다고 애석해할 게 틀림없어, 그 정도의 마음고생은 시켜도 되겠지. 그러고는 집을 나서는 것이었다.

우에노 공원에 가서 마침 그늘이 져 있는 벤치에 앉아 쉬면서, 공원을 지나가는 포장을 친 인력거를 바라보며 지금쯤 자기가 없는 빈집에 딸이 찾아와 어쩔 줄 몰라 하고 있지는 않을지 상상했다. 이때의 기분은 고소하다고 생각하고 싶다는, 스스로 자신을 시험해보는 듯한 기분이었다. 이 무렵부터는 밤에도 예인들이 공연하는 후키누키정(亭)으로 엔초*의 만담이나 고마노스케의 기다유**를 들으러 가곤 했다. 객석에 앉아 있으면서도 역시 딸이 빈집에 와 있지는 않을까 상상했다. 그런가 하면 또 문득 딸이 이 안에 와 있지는 않을까 하는 생각에 이초가에시 머리를 한 젊은 여자들을 하나하나 유심히 살펴보기도 했다. 한번은 막 하나가 끝나고 휴식 시간이었는데, 그 당시에는 아직 보기 드문 파나마 모자를 깊이 눌러 쓴 유카타*** 차림의 남자가 보였다. 그와 함께 뒤편 2층 객석에 난간을 잡고 앉아 아래 손님들을

---

* 산유테이 엔초. 에도 말기부터 메이지 시대까지 활약한 만담가. 인정(人情)담을 소재로 한 만담에 능했다.
** 샤미센 반주에 맞춰 특수한 가락으로 이야기를 읊어나가는 것 또는 그것을 하는 사람. 다케모토 고마노스케는 당시의 여류 기다유로 인기가 있었다.
*** 목욕 후 또는 여름에 입는 간편한 무명 홑옷.

내려다보는 이초가시 머리를 한 여자를, 순간 오타마라고 착각했다. 잘 살펴보니 오타마보다 얼굴이 둥글고 키가 작았다. 게다가 파나마 모자를 쓴 남자는 그 여자뿐만 아니라 뒤편에 시마다 머리와 모모와레 머리*를 한 여자들을 세 명 정도 더 데리고 와 있었다. 모두 게이샤나 게이샤가 되려고 준비하는 여자들이었다. 영감 옆에 있던 학생이 "야, 고소 선생님이 왔다"고 말했다. 공연이 끝나고 돌아가는 길에 보니, '후키누키정'이라고 비스듬히 빨간 글씨로 쓴 커다란 손잡이가 달린 긴 초롱을 한 여인이 들고 나갔다. 그리고 게이샤와 어린 게이샤들이 줄지어 파나마 모자의 남자를 따라 나갔다. 영감은 자기 집 앞까지 이 일행과 앞서거니 뒤서거니 하며 돌아왔다.

9

오타마도 어릴 적부터 떨어져본 적이 없는 아버지가 어떻게 살고 계신지 가보고 싶은 마음이 굴뚝같았다. 그러나 서방님이 매일같이 오기 때문에 만일 집을 비웠다가 기분이라도 상하면 어떡하나 하는 생각에, 매일 걱정이 되면서도 한 번도 가보지 못했다. 서방님은 아침까지 머무르는 경우는 없었다. 빠를 때는 열한시쯤 돌아갔다. 때로는 오늘은 다른 데 나가봐야 되는데 잠시 들렀다며 화로 앞에 앉아 담배

---

* '시마다'는 앞뒤를 조금 볼록하게 만들어 위로 틀어 올린 머리 형태로 주로 처녀들이 많이 했다. '모모와레'는 머리칼을 좌우로 갈라 고리처럼 만들어 꼭뒤에 묶어 살짝 부풀린 머리 형태로 당시 열예닐곱 정도의 소녀들이 많이 했다.

를 피우고 돌아가기도 했다. 그래도 서방님이 절대로 오지 않으리라 자신할 수 있는 날은 없었기 때문에 마음먹고 나갈 수가 없었다. 낮에 나가려면 나가지 못할 것도 없었지만 부리고 있는 하녀가 아직 어린 아이 수준이어서 무엇 하나 맡겨둘 수가 없었다. 게다가 왠지 동네 사람들이 얼굴을 빤히 쳐다볼 것 같아서 낮에는 밖에 나가고 싶지 않았다. 처음에는 언덕 아래에 있는 목욕탕에 갈 때에도 탕이 한가한지 하녀에게 동정을 살피게 한 후 살짝 다녀올 정도였다.

그렇지 않아도 주눅 들어 있던 오타마의 기를 완전히 죽이는 일이, 이사 온 지 삼일째 되던 날에 있었다. 이사 온 날 야채 장수와 생선 장수 들이 장부를 가지고 와서 단골을 하자기에 자주 들러달라고 부탁했는데, 그날은 생선 장수가 들르지 않아 어린 우메에게 언덕 아래에 가서 생선을 한 토막 사 오라고 시켰다. 오타마는 날마다 생선 따위를 먹고 싶지는 않았다. 술을 못하시는 아버지는 몸에 나쁘지만 않으면 아무 반찬이나 잘 드시는 식성이어서, 그냥 집에 있는 반찬으로 밥을 먹는 것이 습관처럼 되어 있었다. 그렇지만 동네 사람들이 가난한 어느 집을 가리키며, 저 집은 몇날 며칠이 지나도 생선 냄새도 못 맡는다는 말을 하는 걸 들은 적이 있었기 때문에, 혹시나 우메가 불평이라도 할까 싶어, 또 극진히 잘해주시는 서방님에게도 죄송스럽다는 생각이 들어 일부러 언덕 아래 생선 가게까지 우메를 보냈다. 그런데 우메가 우는 얼굴을 하고 돌아왔다. 왜 그러느냐고 물으니 사정은 이러했다. 생선 가게가 보여서 들어가니 그 집은 장부를 가지고 우리 집에 들르는 그 생선 장수네가 아니었다. 주인아저씨는 없고 안주인이 가게에 있었다. 아마 주인아저씨는 어시장에서 돌아와 가게에서 팔 물건만 내려놓고 단골집을 한 바퀴 둘러보러 나갔을 것이다. 가게에는 새로 들어온 싱싱한 생선이 많이 있었다. 우메는 맛있어 보이고 물 좋은 생선이 한 무더기 있는 것을 보고 값을 물어보았다. 안주인이 "못 보던 하녀인데 어느 집에서 사러 보냈니?"라고 묻기에, 이러이러한 집에서 왔다는 이야기를 했다. 안주인은 갑자기 아주 기분이 상한 얼굴로 말했다. "아, 그래? 너한테는 안됐지만 돌아가서 이렇게 전하거라. 이 집에서는 고리대금업자의 첩 따위에게 팔 생선은 없다고 말이야." 그러더니 고개를 옆으로 돌리고는 담배를 피우며 상대도 해주지 않았다. 우메는 너무 분해서 다른 생선 가게에 들러볼 마음도 없이 달려왔다. 그리고 주인 앞에서 죄송스럽다는 듯이 생선 가게 안주인의 말을 조목조목 전했다.

오타마는 이야기를 듣는 동안 안색이 창백해지고 입술까지 파래졌다. 그리고 잠시 아무 말도 하지 못했다. 세상 물정 모르는 처녀의 가슴에 복잡하게 뒤얽힌 갖가지 감정이 뒤죽박죽되어 스스로도 그 헝클어진 실타래 같은 마음을 수습할 도리가 없었다. 그리고 그 모든 감정들은 때 묻지 않은 처녀의 마음속에서 팔려왔다는 수치심과 더해져, 온몸의 피가 심장으로 솟구치고 얼굴은 창백해지며 등줄기에서는 식은땀이 흘러내렸다. 이럴 때는 별로 중요하지 않은 일들이 가장 먼저 떠오르듯이, 오타마는 이런 일을 겪은 우메가 이제 이 집에서는 못 있겠다고 할지 모른다는 생각이 들었다.

우메는 창백해진 주인의 얼굴을 잠자코 바라보면서 주인이 많이 괴로워하는지는 알았지만 무엇 때문에 괴로워하는지는 알지 못했다. 그만 화가 나서 돌아와버리긴 했지만 점심 반찬이 없었기 때문에 그냥 있어서는 안 된다는 생각이 들었다. 아까 받은 돈도 아직 허리띠 사이에 넣어둔 채 꺼내지 않았다. "정말 그런 못된 안주인은 세상에 없을 거예요. 그런 집의 생선을 누가 사주겠어요? 좀 더 가면 작은 신사 근처에 가게 하나가 더 있으니까 금방 가서 사 올게요." 우메는 위로하듯 오타마의 얼굴을 보며 일어섰다. 오타마는 우메가 자기편이 되어주었다는 기쁨에 순간 감동해, 반사적으로 미소를 지으면서 고개를 끄덕였다. 우메는 곧 바쁘게 달려 나갔다.

오타마는 우메가 나간 후에도 꼼짝 않고 그대로 있었다. 긴장이 좀 풀리면서 자꾸만 솟아나는 눈물이 흘러넘칠 것 같아 품에서 손수건을 꺼내 눈에 갖다 댔다. 가슴속에서는 오로지 분하고 억울하다는 절규가 들려온다. 이것은 혼란스러운 그 무엇이 내는 목소리였다. 생선 장수가 생선을 팔지 않는 것이 밉다거나, 무엇을 팔지도 않을 만큼 손가락질을 받게 된 자신의 처지를 알게 되어 분하다거나 슬픈 마음은 아니었다. 자신의 몸을 의탁한 스에조가 고리대금업자였다는 사실을 알고 그가 미워졌다거나, 그런 남자에게 몸을 맡기게 된 것이 분하고 슬픈 것도 아니었다. 오타마도 고리대금업자는 못된 사람, 무서운 사람, 세상 사람들이 싫어하는 사람이라고 어렴풋이 들어 알고는 있었다. 그러나 아버지가 전당포 외에서는 돈을 빌려본 적이 없고, 전당포 주인이 매정하게 돈을 빌려주지 않더라도 아버지는 그저 곤란하다고 말할 뿐 너무하다고 원망한 적은 없었기 때문에, 어린아이들이 귀신이 무섭다거나 순경이 무섭다고 말하는 것과 마찬가지로 고리대금업자가 무서운 존재라는 건 알지만 그다지 실감은 하지 못했다. 그렇다면 무엇이 분했던 것일까!

처음부터 오타마의 분함에는 세상을 원망하고 사람들을 원망하는 내용은 매우 희박했다. 굳이 무엇을 원망하느냐고 묻는다면 자신의 운명을 원망한다고 해야 할 것이다. 자신은 아무 나쁜 짓도 하지 않았는데 다른 사람들에게 핍박을 받는다. 그것이 고통스러웠다. 분함은 이 고통스러운 마음을 가리키는 것이었다. 남에게 속아서 버림받았을 때 오타마는 처음으로 분하다고 생각했다. 그리고 남의 첩이 될 수밖에 없었을 때, 다시 분함을 느꼈다. 지금 자기가 그저 평범한 첩이 아니라 사람들이 싫어하는 고리대금업자의 첩이라는 것을 깨닫자, 어제오늘 '시간'이라는 톱니바퀴에 물려 둔해지고 '체념'이라는 물에 씻겨 색깔이 바랜 그 '분함'이, 다시 한 번 확연한 윤곽으로 나타나 짙은 색채를 띠고 오타마의 마음의 눈에 나타났다. 오타마의 가슴속에 끓어오르는 답답한 마음의 원인을 굳이 조목조목 따져보면 우선 그러한 것이 아니었을까.

잠시 후 오타마는 일어서서 벽장을 열고 인조 코끼리가죽 가방에서 직접 만든 하얀 천으로 된 앞치마를 꺼내 허리에 두르고, 깊은 한숨을 쉬며 부엌으로 나왔다. 같은 앞치마라도 비단 앞치마는 그녀에게는 일종의 나들이옷과 같아서 부엌에 들어갈 때에는 두르지 않았다. 그녀는 유카타 옷깃에조차 때가 끼는 것을 싫어해 머리칼이 닿는 깃 부분에 수건을 접어 넣을 정도였다.

오타마는 이제 어느 정도 마음이 진정되었다. 체념은 그녀가 가장 많이 경험한 심적 작용이라 그녀의 정신은 이 방향에서라면 기름을 친 기계처럼 매끄럽게 움직이는 데 익숙해져 있었다.

어느 날 밤의 일이었다. 집에 온 스에조가 화로 맞은편에 앉았다. 첫날밤부터 오타마는 늘 스에조가 들어오는 것을 보면 방석을 꺼내 화로 맞은편에 놓는다. 스에조는 그 위에 책상다리를 하고 앉아 담배를 피우면서 세상 이야기를 했다. 오타마는 할 일 없이 늘 앉은 자리에서 화로 가장자리를 쓰다듬거나 부젓가락을 만지작거리면서 수줍은 듯 별로 말도 없이 대답만 하곤 했다. 그 모습이, 만약 화로에서 좀 떨어져 앉게 한다면 몸 둘 곳을 몰라 어쩔 줄 몰라 하지 않을까 생각될 정도였다. 화로라는 요새에 의지해 적을 대하는 것 같았다. 잠시 이야기를 하는 사이 오타마는 갑자기 신이 나서 말이 길어졌다. 내용은 대체로 그동안 아버지와 둘이서 살아오면서, 세월에 걸쳐 쌓인 작은 희로애락에 지나지 않았다. 스에조는 이야기의 내용을 듣기보다는 새장 속에 키우는 방울벌레 소리라도 듣는 양, 귀엽게 재잘거리는 목소리를 들으며 자신도 모르게 미소를 지었다. 오타마는 문득 자신이 수다를 떨고 있다는 것을 깨닫고 얼굴을 붉히며 갑자기 이야기를 간단히 끝냈다. 그러고는 원래대로 말수가 적어졌다. 그 모든 말과 행동이 너무나 천진스러워 어떤 면에서는 매우 예리한 관찰에 익숙한 스에조가 보면 아주 맑은 수반에 담긴 물을 보는 것같이 구석구석까지 전부 들여다볼 수 있었다. 이렇게 둘이 마주 앉아 있으면 스에조는 손발이 닳도록 열심히 일한 후 알맞게 데워진 목욕물에 들어가 가만히 피로를 풀 때와 같은 유쾌한 느낌이 들었다. 이런 느낌은 스에조에게는 아주 새로운 경험이었다. 스에조는 이 집에 드나들기 시작하고 나서부터 맹수가 사람에게 길들여지듯이 자신도 모르는 사이에 일종의 교육을 받고 있는 것이었다.

그런데 삼사일쯤 지난 어느 날이었다. 스에조는 언제나처럼 화롯가 맞은편에 책상다리를 하고 앉아 있다가, 오타마가 이렇다 할 용무도 없는데 서성대며 무언가를 건드리고, 어쩐지 안절부절못하는 걸 눈치 챘다. 부끄러워하며 눈을 마주치려 하지 않거나 대답에 뜸을 들이는 일은 처음에도 있었으나, 오늘 밤 같은 행동에는 뭔가 특별한 사정이 있는 듯했다.

"이봐, 자네 무슨 고민이 있는 거지?" 스에조가 담뱃대에 담배를 채워 넣으며 물었다.

정리해둔 화로 옆의 서랍을 일부러 반쯤 빼놓고 찾는 물건도 없으면서 그 속을 들여다보던 오타마는 "아니에요"라며 커다란 눈으로 스에조의 얼굴을 쳐다보았다. 옛날이야기 속의 신비라면 모르겠지만, 대단한 비밀 같은 것을 감출 수 있는 눈은 아니었다.

스에조는 자신도 모르게 찌푸렸던 얼굴을 다시 자신도 모르게 환하게 폈다. "아니긴 뭐가 아니야. 큰일 났네, 어쩌지? 어떻게 하면 좋아? 라고 얼굴에 다 써 있는걸."

오타마의 얼굴은 곧 새빨개졌다. 그리고 잠시 아무 말도 하지 않았다. 어떻게 대답해야 할지 생각했다. 정밀한 기계의 작동이 훤히 들여다보이는 듯했다. "저, 아버지 집에 전부터 가봐야지, 가봐야지 하면서 아직 못 가봐서요."

정밀한 기계가 어떻게 움직이는지는 보여도 무엇을 하는지는 보이지 않는다. 언제나 자신보다 크고 강한 것의 핍박을 피해야 하는 벌레는 보호색을 갖고 있다. 여자들은 거짓말을 한다.

스에조는 웃으면서 나무라는 투로 말했다. "난 또 뭐라고. 바로 코앞에 있는 연못가로 이사를 왔는데 아직 안 가봤어? 저쪽에 있는 이와사키 저택을 생각하면 한집에 살고 있는 거나 다름없는데. 지금이라도 가려면 갈 수 있지만 내일 아침에 가는 편이 좋겠지."

오타마는 부젓가락으로 재를 뒤적이며 훔쳐보듯 스에조의 얼굴을 보았다. "하지만 여러 가지를 생각해야 하니까요."

"어허, 바보같이. 그 정도 일은 생각할 필요도 없잖아. 언제까지 어린애처럼 굴 거야?" 이번에는 목소리까지 부드러웠다.

이야기는 그렇게 끝났다. 결국 스에조는 마음이 내키지 않으면 자기가 아침에 와서 사오백 미터는 함께 가주겠다고까지 말했다.

오타마는 요즘 여러 가지 생각을 해보았다. 스에조를 만나 그의 믿음직하고 세심하고 다정한 모습을 직접 보면서, 이런 사람이 왜 그런 못된 장사를 하는지 이상하게 생각하기도 하고, 어떻게든 설득해서 건전한 장사를 하게 할 수는 없을까 하는 무리한 생각을 하기도 했다. 그러나 나쁜 사람이라고는 조금도 생각하지 않았다.

스에조는 오타마가 마음속에 무언가를 숨기고 있음을 어렴풋이 눈치채고 속을 떠보았지만 어린아이들의 일처럼 대단치 않은 것이었다. 그러나 열한시가 넘어 집을 나와 무엔자카를 천천히 내려오면서 생각해보니 아무래도 아직 그녀가 마음속에 무언가를 숨기고 있는 것 같았다. 스에조의 노련하고 예리한 관찰력은 이 무언가를 놓치지 않았다. 적어도 어떤 거북한 감정을 불러일으킬 만한 말을 누군가가 오타마에게 한 것은 아닐까, 라고까지 스에조는 온갖 추측을 다 해보았다.

그러나 누가 무슨 말을 했는지는 끝내 알지 못했다.

11

　다음 날 아침, 오타마가 연못가에 있는 아버지의 집에 도착했을 때 아버지는 때마침 아침 식사를 끝낸 참이었다. 화장을 하는 데 그다지 시간이 걸리지 않는 오타마는 좀 이르지는 않을까 생각하면서 서둘러 왔다. 그러나 아침잠이 없는 영감은 벌써 문 앞을 깨끗이 쓸고 물을 뿌린 뒤 손발을 씻고 새 다다미 위에 앉아 여느 때와 같이 쓸쓸한 식사를 마친 뒤였다.

　집에서 사오 미터 떨어진 곳에는 요즈음 요릿집이 생겨서 해 질 녘이 되면 소란스러울 때가 있긴 했지만, 양옆에 있는 집은 똑같이 격자문이 꼭 닫혀 있어서 특히 아침나절에는 주위가 고요했다. 야트막한 창가에서 밖을 내다보니, 상록수 가지 사이로 상쾌한 아침 바람에 미세하게 흔들리는 버들가지와 함께 맞은편 연못에 무성하게 우거진 연꽃잎이 보였다. 그 녹음 속에 여기저기 엷은 선홍색 점을 찍어놓은 듯 아침에 핀 꽃들도 보인다. 북향집이어서 춥지 않을까 하는 우려가 있었으나 여름에는 일부러라도 찾아가 있고 싶을 정도로 시원했다.

　오타마는 철이 들면서 만일 자신이 형편이 좋아지면 아버지를 이렇게도 해드리고 싶고 저렇게도 해드리고 싶다고 여러모로 생각했었다. 지금 눈앞에 보이는 이런 집에 사시게 해드렸으니 평생의 소원이 이루어졌다고 기쁘게 생각하지 않을 수 없었다. 그러나 그 기쁨 한구석에는 괴로운 마음도 포함되어 있었다. 그런 마음 없이 오늘 아침 아버지를 뵐 수 있었다면 얼마나 좋았을까 하며 세상일이 뜻대로만 되지 않는 것이 몹시 안타깝게 느껴졌다.

식사를 마치고 찻잔에 차를 따라 마시던 영감은 지금까지 누구도 찾아온 적이 없는 대문이 열렸을 때, 깜짝 놀라 찻잔을 내려놓고 입구 쪽을 바라보았다. 두 폭짜리 갈대발 병풍에 가려 아직 모습조차 보이기 전에 "아버지!" 하고 부르는 오타마의 목소리가 들려왔다. 당장 일어나 달려 나가고 싶은 심정이었지만 꾹 참고 앉아 있었다. 그리고 뭐라고 말을 할까 마음속으로 급히 생각했다. '용케도 이 아비를 잊지 않고 있었구나'라고 말하려 했으나, 한걸음에 달려 들어와 반가운 듯 곁에 선 딸을 보자 아무래도 그런 말은 입에서 나오지 않아, 스스로를 못마땅해하면서 묵묵히 딸의 얼굴을 바라보았다.

아, 얼마나 예쁜 아이란 말인가! 늘 자랑스러워서 가난한 살림에도 힘든 일은 시키지 않고 곱게 키운 딸은, 한 열흘 보지 못한 사이에 마치 다시 태어난 듯했다. 원래부터 아무리 생활이 고달파도 천성적으로 몸에 때가 끼는 일이 없던 딸이었지만, 일부러 몸을 다듬게 된 요즘과 비교해보니 노인의 기억 속 오타마의 모습은 가공되지 않은 옥석이었다. 부모가 자식을 보아도, 늙은이가 젊은이를 보아도 아름다운 것은 아름답다. 그리고 아름다움은 사람의 마음을 부드럽게 하는 위력을 가지고 있다. 그 앞에서는 부모든 늙은이든 굴복하기 마련이다.

일부러 입을 다문 영감은 자못 못마땅한 표정을 지을 작정이었으나 본의 아니게 그만 얼굴이 누그러지고 말았다. 오타마도 새로운 환경에 몸을 맡긴 후, 어려서부터 지금까지 한 번도 떨어져 지낸 적이 없는 아버지가 너무도 보고 싶었지만 열흘 동안이나 보지 못했던 터라 이야기하려고 생각했던 것도 한동안 입 밖에 내지 못하고 그저 반갑게 아버지의 얼굴만 바라보았다.

"이제 상을 치워도 될까요?" 하녀가 부엌에서 얼굴을 내밀고 말끝을 올리며 빠르게 말했다. 하녀의 말투에 익숙지 않은 오타마는 뭐라고 하는지 알아듣지 못했다. 머리칼을 틀어 올려 빗으로 고정시킨 머리와 머리 아래의 통통한 얼굴이 아무래도 어울리지 않았다. 그 얼굴이 거침없이 그리고 자못 놀란 듯 오타마를 쳐다보았다.

"어서 밥상을 물리고 차를 다시 내오너라. 선반 위 파란 통에 있는 것으로." 영감은 말하고 밥상을 앞으로 내밀었다. 하녀는 밥상을 들고 부엌으로 나갔다.

"어머, 굳이 좋은 차를 주지 않으셔도 돼요."

"어허, 가만있거라. 과자도 있단다." 영감은 일어나서 벽장에서 양철통을 꺼내 과자 그릇에 달걀이 들어간 전병을 담았다.

"호탄 약국 바로 뒷집에서 만든 거란다. 이 근처는 살기가 좋아. 그 옆 골목에는 조엔* 반찬 가게도 있단다."

"아아! 야나기하라의 공연장에 아버지랑 같이 만담을 들으러 갔을 때, 뭔가 맛있는 음식 이야기를 하다가 그 맛이 자기 가게의 조림 맛과 같다고 해서 사람들을 웃겼잖아요. 정말로 복스럽게 생긴 할아버지셨지요. 무대에 나오면 갑자기 엉덩이를 걷어 젖히고 앉았는데. 저는 그게 우스웠어요. 아버지도 그렇게 살이 좀 붙으시면 좋겠어요."

---

* 모모카와 조엔. 옛이야기를 재미있게 잘했던 예능인으로, 부업으로 반찬 가게를 했다.

"조엔처럼 살이 쪄서야 곤란하지." 노인은 전병을 딸 앞으로 내밀며 말했다.

그러는 사이 차가 나왔다. 부녀는 어제도 그제도 함께 있었던 것처럼 두서없이 이야기를 나누었다. 그러다가 영감이 문득 말을 꺼내기 어려운 듯 주저하며 말했다.

"어떠냐, 사는 게. 네 서방은 가끔 오느냐?"

"예." 오타마는 말했지만 대답하기가 좀 망설여졌다. 스에조가 오는 것은 가끔이 아니다. 매일 밤 얼굴을 내밀지 않은 적이 없다. 아버지의 말이 시집을 가서 부부 사이가 좋으냐고 묻는 말이라면, 아주 좋으니 안심하시라고 밝고 좋은 얼굴로 대답할 수 있었을 것이다. 그러나 지금 상태로는 아무래도 마음이 꺼림칙해서 스에조가 매일 밤 온다고는 말하기 어려웠다. 오타마는 잠시 생각하고는 "대체로 좋은 것 같으니, 아버지, 걱정하시지 않아도 돼요"라고 말했다.

"그렇다면 다행이다만." 영감은 말했지만 딸의 대답에 왠지 부족한 구석을 느꼈다. 묻는 사람이나 대답하는 사람이나 무의식적으로 애매한 태도로 말을 한 것이다. 지금까지 무엇이든 서로 털어놓고 지냈던 처지인지라 서로 간에 비밀 따위를 가져본 일이 없는 두 사람이, 억지로 비밀을 만든 듯 남남처럼 형식적으로 말을 하게 된 것이었다. 전에 나쁜 사위에게 사기를 당했을 때는 주위 사람들에게 면목은 없었지만 부녀의 마음 밑바탕에 잘못은 상대방에게 있다는 생각이 있어서 두 사람의 대화에는 조금도 거리낌이 없었다. 그때와는 달리 부녀가 일단 마음을 굳힌 상태에서 추진된 혼담이 잘 성사되어 부족할 것 없는 처지가 되었지만, 지금은 친근한 대화 속에 어두운 그림자가 드리우는 슬픔이 있었다. 잠시 후 영감은 딸의 입으로 무언가 더 구체적인 대답을 듣고 싶어서 "대체로 어떤 사람이더냐?"라고 다시 다른 방향으로 물어보았다. "글쎄요"라며 오타마는 고개를 갸웃거리다가 혼잣말 같은 어조로 말을 이었다. "아무래도 나쁜 사람 같지는 않아요. 아직 얼마 되진 않았지만 거친 말을 한 적은 없어요."

"흠!" 하며 영감은 납득이 가지 않는다는 표정을 지었다. "나쁜 사람일 리는 없잖니?"

아버지와 얼굴을 마주한 오타마는 갑자기 심장이 두근거렸다. 오늘 아버지에게 와서 이야기하려던 것을 꺼내기에는 지금이 좋은 때라고 생각하면서도, 모처럼의 편안한 생활로 안정을 찾고 계신 아버지께 새로운 고통을 드리는 것이 괴로웠기 때문이었다. 그런 생각이 들자 오타마는 아버지와의 거리감 때문에 느껴지는 아픔을 억누르고, 숨겨진 여자라는 비밀 안에 또 하나의 비밀을 여기까지 가지고 왔지만 뚜껑을 열지 않은 채 다시 돌아가야만 한다고 순간적으로 결심하고, 이야기를 다른 쪽으로 돌리고 말았다.

"그런데 말이에요, 온갖 고생을 해서 자수성가한 사람이라, 저는 어떤 사람인지 몰라 걱정을 했었거든요. 글쎄요, 뭐라고 하면 좋을까? 남자다운 면이 있는 사람 같아요. 정말로 그런 사람인지 어떤지 속까지는 잘 모르겠지만, 남에게 그렇게 보이려고 항상 말이나 행동에 신경을 쓰는 사람 같아요. 그래요, 아버지. 그런 마음가짐만으로도 좋은 것 아니겠어요?" 이렇게 말하고 아버지의 얼굴을 쳐다보았다. 여자들은 아무리 정직한 여자라도 마음에 담은 것을 숨기고 다른 이야기를 하는 것을 남자들만큼 어색해하지는 않는다. 그런 경우에 말이 많아지는 것은 여자들에게 있어서 어느 면으로는 정직함이라고 해도 좋을지 모르겠다.

"그래, 그럴지도 모르겠구나. 그런데 왠지 네가 서방을 믿지 못하겠다는 투로 말하는 것 같아서."

오타마는 생긋 웃었다. "저는 이제 조금씩 강해질 거예요. 앞으로는 남에게 바보 취급만 당하고는 있지 않을 거예요. 장하죠?"

아버지는 얌전하기만 하던 딸이 이상하게도 화살을 자신에게 겨눈 것 같아 불안한 표정으로 딸을 보았다. "그래, 아비는 남에게 아주 바보 취급을 당할 대로 당하며 이 세상을 살아온 사람이다. 그렇지만 얘야, 남을 속이는 것보다는 남에게 속는 편이 마음이 편하단다. 무슨 장사를 하더라도 남에게 피해를 입히지 않고, 은혜를 입은 사람에게는 늘 감사하는 마음을 가져야 한단다."

"괜찮아요. 아버지는 늘 오타마는 정직하다고 말씀하셨잖아요. 전 정말로 정직해요. 하지만 요즘 전 곰곰이 이런 생각을 해봐요. 이제 남에게 속는 일만큼은 그만두고 싶어요. 저는 거짓말을 하거나 남을 속이거나 하지 않는 대신 남에게 속지도 않을 거예요."

"그래서 그 사람이 하는 말도 그대로는 못 믿겠다는 게냐?"

"네, 그래요. 그 사람은 저를 마치 어린애처럼 생각해요. 그야 뭐 빈 틈없는 사람이니까 그렇게 생각하는 것도 무리는 아니겠지만, 전 이래 봬도 그 사람 생각처럼 어린애는 아니에요."

"그럼 뭐냐? 지금까지 그 사람 말 중에 뭔가 거짓이 있다는 것을 네가 느끼기라도 했다는 게냐?"

"네, 그래요. 중매해준 할멈이 가끔 이렇게 말했었죠. 그 사람 부인이 아이들을 남겨놓고 죽었기 때문에 그 사람에게 가는 것은 본처는 아니더라도 본처나 다름없다, 다만 남의 이목 때문에 뒷골목의 초라한 셋집에 살던 사람을 집으로 들이지 못하는 것이다, 라고요. 그런데 아내가 버젓이 있는 거예요. 본인이 아무렇지도 않게 그렇게 말한 걸요. 전 깜짝 놀랐어요."

노인은 눈을 크게 떴다. "그러냐? 역시 중매쟁이 말이란 믿을 게 못 되는구나."

"그러니 저에 대한 일은 부인에게는 비밀로 하고 있겠죠. 부인에게 거짓말을 할 정도이니 저도 속이지 않는다고 누가 믿겠어요? 저도 단단히 주의하지 않으면 안 되겠죠."

노인은 피우고 난 담뱃재를 터는 것도 잊고 어쩐지 갑자기 성숙해진 듯한 딸의 모습을 멍하니 바라보았다. 딸이 갑자기 생각난 듯 말했다. "오늘은 이만 돌아갈게요. 이렇게 한 번 찾아뵙고 나니 이제 마음이 편해지네요. 이제부터는 매일 아버지를 뵈러 올게요. 실은 그 사람이 가라고 하기 전에 오기가 좀 마음에 걸려서 참고 있었어요. 결국 어젯밤 말해서 허락을 얻고 오늘 아침에 온 거예요. 저희 집에 있는 하녀는 아직 어려서 점심 준비도 제가 돌아가서 도와주지 않으면 안 되거든요."

"그 사람에게 말하고 왔으면 점심도 여기서 먹고 가면 되잖니?"

"아니, 마음이 놓이지 않아요. 금방 다시 올 테니까요. 아버지, 안녕히 계세요."

오타마가 일어서자 하녀가 허둥지둥 신발을 바로 놓아주려고 나왔다. 눈치가 없는 것 같은 여자도 다른 여자들을 보면 관찰하기 마련이

다. 길에서 우연히 마주쳐도 여자들은 자신의 경쟁자로 다른 여자를
본다고 어느 철학자가 말했다. 국그릇 안에 엄지손가락을 넣는 시골
뜨기 여자라도 아름다운 오타마를 경계하여 엿듣고 있었나보다.

"그럼 또 오너라. 그 사람에게도 안부 전하고." 노인은 앉은 채 말
했다.

오타마는 자그만 지갑을 검은 공단 허리띠 사이에서 꺼내 돈 몇 푼
을 종이에 싸서 하녀에게 주고는 게다를 신고 격자문 밖으로 나섰다.

의지하고 싶은 아버지에게 괴로운 심정을 토로하며 같이 불행을 한
탄할 작정으로 들어갔던 문을 오타마는 스스로도 이상하리만큼 기운
차게 나왔다. 모처럼 안심하고 계신 아버지에게 쓸데없는 걱정을 끼
쳐드리고 싶지 않은, 아니 그보다 자신을 강하고 믿음직스럽게 보여
드리고 싶은 심정에서 애써 이야기하는 동안, 지금까지 내면에 잠자
고 있던 어떤 것이 깨어난 듯한, 지금까지 다른 사람에게 의지하여 살
아왔던 자신이 뜻밖에도 독립한 듯한 기분이 들어 오타마는 시노바즈
연못 주위를 밝은 표정으로 걸었다. 벌써 우에노 산을 꽤 벗어난 해가
쨍쨍 내리쬐어 연못 중앙의 섬에 있는 벤텐 신사를 붉게 물들이고 있
는데도 오타마는 가지고 온 작은 양산도 쓰지 않고 걸음을 옮겼다.

12

어느 날 밤 스에조가 무엔자카에서 돌아와 보니 아내가 벌써 아이
를 재워놓고 혼자 깨어 있었다. 언제나 아이가 자면 함께 누워 있었는

데 그날 밤은 머리를 약간 숙이고 앉아 스에조가 모기장 안으로 들어온 것을 알면서도 돌아보지 않았다.

스에조의 잠자리는 가장 안쪽 벽에서 좀 떨어진 곳에 마련되어 있고, 그 베개맡에는 방석이 깔려 있고 담뱃갑과 찻잔 등이 놓여 있었다. 스에조는 방석 위에 앉아 담배를 피우면서 상냥한 목소리로 말했다.

"어쩐 일이야? 아직 자지 않고."

아내는 잠자코 있었다.

스에조도 재차 양보하려 들지는 않았다. 이쪽에서 화해의 깃발을 들고 나왔는데 상대가 응하지 않는다면 그뿐이라고 생각하고 일부러 아무렇지도 않게 담배를 피웠다.

"당신, 지금까지 어디 있었어?" 아내는 돌연 머리를 쳐들고 스에조를 바라보았다. 고용인을 두면서부터 점차 말을 품위 있게 했으나 마주 대하면 난폭해진다. 간신히 '당신'이라는 말만 유지하고 있다.

스에조는 날카로운 눈으로 아내를 한 번 보았으나 뭐라고도 하지 않았다. 아내가 뭔가 낌새를 차린 것이라고 생각했지만 그 낌새의 범위가 어디까지인지 알 수 없었기 때문에 아무 말도 할 수가 없다. 스에조는 함부로 지껄여서 상대에게 구실을 제공하는 남자는 아니다.

"이미 다 알고 있어." 날카로운 목소리다. 끝 부분은 울음이 섞여 있었다.

"이상한 말을 하는군. 도대체 뭘 안다는 거야?" 자못 뜻하지 않은 일을 만났다는 듯한 어조에 목소리는 위로하는 듯 부드럽다.

"너무 심하잖아요. 잘도 그렇게 시치미를 떼고 있군요." 남편의 침착한 태도가 오히려 강한 자극이 되어 아내는 갈라진 목소리로 외치면서 솟아오르는 눈물을 소매로 닦았다.

"이거 참 곤란한데, 무슨 소리야? 전혀 짐작이 안 가는걸."

"뭐라고? 오늘 밤 어디에 있었는지 말해달라고 하는데, 당신은 꽤나 연극을 잘하시네요. 내게는 일이 있네 뭐가 있네 하면서 딴살림을 차려?" 낮은 코에 눈물범벅이 된 불그스레한 얼굴 위로 흐트러진 머리카락이 한줌 달라붙어 있다. 아내는 눈물 어린 가느다란 눈을 애써 부릅뜨고 스에조의 얼굴을 보다가 무릎걸음으로 옆으로 쓱 다가와 타다 남은 담뱃대를 쥐고 있던 스에조의 손에 힘껏 덤벼들었다.

"그만둬!" 스에조는 그 손을 뿌리치고 다다미 위에 떨어진 담배를 주워서 비벼 껐다.

아내는 흐느껴 울면서 다시 스에조의 손에 매달렸다. "세상천지 어디에 당신 같은 사람이 있겠어? 아무리 돈이 좀 생겼다 해도, 자기만 나리 행세를 하고 아내에게는 옷 한 벌 안 해주면서 애나 돌보게 하고 우쭐해서 계집질이나 하다니!"

"그만하라니까." 스에조는 재차 아내의 손을 뿌리쳤다. "애 깨겠어. 게다가 하녀 방에까지 들린다고." 조그맣게 낮춘 목소리에 힘을 넣어 말했다.

막내가 몸을 뒤척이며 잠결에 뭐라고 중얼거렸기 때문에 아내도 엉겁결에 소리를 낮추어 "도대체 제가 어떻게 하면 좋겠어요?"라며 이번에는 스에조의 가슴에 얼굴을 대고 훌쩍훌쩍 울었다.

"어쩌긴 뭘 어째? 당신은 사람이 좋아서 남들이 속닥거리는 거야. 첩이니, 딴살림을 차렸다느니 도대체 누가 그런 소릴 해?" 스에조는 아내의 흐트러진 머리가 부들부들 떨리는 것을 보고, 어째서 못생긴 여자들은 어울리지도 않게 머리를 올려 묶고 싶어 하는 걸까 하는 태평스러운 생각을 했다. 틀어 올린 머리의 떨림이 점차 약해짐과 동시에, 어느 아이에게나 충분한 영양을 공급했던 커다란 유방 때문에 스에조의 명치 부분이 화로를 안은 듯 꽉 눌렸다. 스에조는 "누가 그런 소릴 했지?"라고 반복했다.

"누가 말했건 상관없잖아요. 사실이니까." 유방의 압력은 더욱 강해졌다.

"사실이 아니니까 상관없지 않아. 누가 그런 말을 했는지 말해."

"그야 말해도 되고말고요. 우오킨의 안주인이 그랬어."

"뭐야, 너구리가 웅얼거리는 것 같아서 알아들을 수가 없어. 웅얼웅얼 도대체 무슨 소리야?"

아내는 스에조의 가슴에서 얼굴을 떼고 분한 듯 웃었다. "우오킨의 안주인이라구."

"응, 그 사람이야? 내 그럴 줄 알았지." 스에조는 부드러운 눈길로 아내의 화난 얼굴을 보면서 조용히 담뱃대에 불을 붙였다. "신문 같은 데에서 자주 사회의 제재(制裁)인가 뭔가에 대해 떠드는데, 나는 그 사회의 제재라는 놈들을 본 적이 없어, 어쩌면 떠벌이들이 그 제재라는 놈일지도 몰라. 주변 사람들 일에 죄다 쓸데없는 참견을 해댄단 말야. 그런 놈들이 하는 말을 다 받아들이다간 어찌 살겠어? 내가 지금부터 사실을 이야기해줄 테니 잘 들어."

아내의 머리는 안개가 낀 것처럼 멍했지만 어쩌면 속을지도 모른다는 의심만은 깨어 있었다. 그러나 열심히 스에조의 얼굴을 보며 주의 깊게 듣고 있다. 방금 사회의 제재라는 말을 들었을 때도 그랬지만,

스에조가 언제나 신문에서 읽은 어려운 말을 사용해서 무언가 말을 하면 아내는 주눅이 들어 아무것도 모르는 채로 굴복해버리곤 했다.

스에조는 때때로 담배를 물고 연기를 뿜어내면서 역시 아내의 얼굴을 암시하듯 가만히 바라보며 이렇게 말했다. "그게, 당신도 알 거야. 대학이 저쪽에 있을 때, 우리 집에 자주 오던 요시다란 사람이 있었지. 금테 안경을 쓰고 흐느적거리는 기모노를 입던 사람 말이야. 그 사람이 치바의 병원에 가 있는데 나와 했던 거래가 아직 이삼 년째 해결이 안 되고 있어. 그 요시다가 기숙사에 있을 때부터 사귀던 여자가 얼마 전까지 나나마가리에서 셋집을 얻어 살았어. 처음에는 다달이 얼마간의 돈을 보내주었는데 금년 들어서는 편지도 보내지 않고 돈도 보내지 않는다더군. 그래서 여자가 나를 찾아와 그 사람과 담판을 지어달라고 부탁하지 뭔가? 어떻게 나를 아느냐고? 내 집에 오면 남의 이목 때문에 곤란하다며, 요시다는 종종 나를 나나마가리에 있는 집으로 불러 차용증을 바꿔 쓰는 일에 대해 이야기하곤 했어. 그때부터 여자가 나를 알고 있었던 거야. 꽤 성가신 이야기이긴 했지만 나에게도 좋은 기회라 생각하고 담판지어주려 했지. 그런데 좀처럼 해결이 안 되는 거야. 여자는 끈질기게 부탁을 했어. 나는 엉뚱한 계집한테 붙잡혔다는 생각에 곤란했어. 게다가 깨끗하고 집세가 싼 집으로 이사를 가고 싶으니 도와달라는 거야. 어쩔 수 없이 기리도시 전당포의 할아범이 살던 곳으로 이사하는 걸 도와줬어. 이럭저럭해서 요전 날 가끔씩 들러 담배를 두세 모금 피운 걸 가지고 주변 사람들이 이러쿵저러쿵 떠들어댄 거겠지. 옆집은 여자들을 모아놓고 바느질을 가르치고 있으니 말들이 많았을 거야. 그런 곳에 여자를 숨겨두는 바보가 어디 있어?" 말을 마친 스에조는 가소롭다는 듯 웃었다.

아내는 조그만 눈을 반짝이며 열심히 듣고 있다가 이번에는 아양을 떠는 듯한 어조로 말했다. "그건 네 말대로일지 모르겠지만 그런 여자의 집에 그렇게 드나들다가는 어떻게 될지 빤하잖아. 어차피 돈만 있으면 되는 여잔데." 아내는 어느새 '당신'이라는 말도 잊고 있다.

"바보 같은 소리. 내가 당신이 있는데 다른 여자에게 어떻게 할 사람인가? 지금까지 내가 다른 여자를 사귄 적이 단 한 번이라도 있었어? 이제 사랑싸움할 나이는 지났잖아. 적당히 해둬, 응?" 스에조는 의외로 쉽게 변명이 효과를 거둬 내심 쾌재를 불렀다.

"그렇지만 너 같은 사람을 여자들이 좋아하니 탈이지."

"아이구, 당신이나 날 그렇게 생각하지."

"무슨 뜻이야?"

"나 같은 사내를 사랑해줄 사람은 당신뿐이라는 거야. 뭐야, 벌써 한시가 넘었잖아? 자자, 응? 자자."

13

진실과 꾸며낸 말로 둘러댄 스에조의 변명이 일시적으로 아내의 질투의 불을 끈 듯했지만 그 효과는 물론 일시적인 것이어서, 무엔자카에 의연히 실체가 존재하는 한 사람들의 험담과 뒷공론이 끊일 리 없었다. 그런 것들이 하녀들 입을 통해 "오늘도 아무개가 주인어른이 격자문으로 들어가시는 것을 보았대요"라는 말로 아내의 귀에 들어왔다. 그러나 스에조는 변명하는 데 궁하지 않았다. 사업상의 일이라는 것이 그렇게 꼭 밤에 있지는 않을 거라고 아내가 말하면, "돈을 빌리는 이야기를 새벽부터 하는 놈이 있겠어"라고 대답한다. 왜 여태까지는 지금 같지 않았느냐고 하면, "그건 장사를 크게 하기 전의 일이야"라고 한다. 스에조는 연못가로 이사하기 전까지는 모든 일을 혼자 도맡아서 했는데 지금은 집 근처에 사무실이 있을 뿐 아니라, 류센지 거리에도 출장소가 있어서 학생들이 돈을 빌리기 위해 먼 길을 오지 않아도 되었다. 네즈에서 돈이 필요한 사람은 사무실로 찾아왔고 요시와라에서 돈이 필요한 사람은 출장소로 찾아왔다. 후에는 요시와라의 니시노미야라는 찻집과 스에조의 출장소가 한통속이 되어, 출장소에서 허락만 하면 돈이 없어도 유곽에서 즐길 수 있게 되었다.* 마치 방탕으로 이어지는 병참 기지처럼 짜인 것이다.

스에조 부부는 다시 불화의 단계로 더 진행될 만한 충돌을 겪지 않고 한 달가량을 지냈다. 요컨대 그동안에는 스에조의 궤변이 효과를 거두고 있었던 셈이다. 그러던 어느 날 의외의 일로 파탄이 일어났다.

다행히 남편이 집에 있었기 때문에 아침에 선선할 때 장을 봐 온다며, 오쓰네는 하녀를 데리고 히로코지까지 나갔다. 돌아오는 길에 나카초를 지나가려는데 뒤에서 하녀가 소매를 살짝 잡아끌었다. "왜 그래?" 오쓰네는 나무라는 투로 말하며 하녀의 얼굴을 보았다. 하녀는 잠자코 왼쪽 가게에 서 있는 여자를 가리켰다. 오쓰네는 마지못해 그쪽을 보다가 자신도 모르게 발걸음을 멈췄다. 그때 여자가 뒤를 돌아

---

* 당시 류센지, 네즈, 요시와라 등의 일류 유곽에서는 손님을 직접 받지 않고 찻집을 통해 받았다.

보았다. 오쓰네와 그녀의 얼굴이 마주쳤다.

오쓰네는 처음에는 게이샤인가 생각했다. 만일 게이샤라면 스키야 거리에 이 여자만큼 어느 한 군데 빠진 데 없이 아름다운 여자는 없을 거라고 재빠르게 판단했다. 그러나 다음 순간, 이 여자에게는 게이샤들에게 있는 무언가가 빠져 있다는 것을 알아차렸다. 그 무엇인가를 오쓰네는 말로 표현할 수가 없었다. 굳이 설명하려 한다면 과장된 태도라고나 할까. 게이샤들은 기모노를 멋지게 차려입는다. 그 멋들어진 옷차림은 반드시 어느 정도 과장되어 있다. 과장된 면이 있기 때문에 정숙함을 잃는다. 오쓰네가 그녀에게 뭔가가 없다고 느낀 건 바로 그런 과장된 모습이었다.

가게 앞에 서 있는 여자는 옆을 지나던 누군가가 발걸음을 멈춘 것을 거의 의식하지 않고 돌아보았으나, 그 지나가는 사람에게서 주의할 만한 어떤 점도 발견하지 못했기 때문에 양산을 조금 안쪽으로 돌려 무릎 사이에 기대어놓고, 허리띠 사이에서 꺼내 들고 있던 작은 지갑 속을 고개 숙여 들여다보았다. 작은 은화를 찾는 것이었다.

가게는 나카 거리의 남쪽에 있는 '다시가라야'였다. "'다시가라야'를 거꾸로 읽으면 '야라카시타*'라네." 누군가가 이렇게 이야기했던 별난 상호의 이 가게에서는 금색 글자가 인쇄된 빨간 주머니 속에 치약을 넣어 팔았다. 크림 치약 같은 수입품이 없었던 그 무렵, 혀가 껄끄럽지 않은 고급 제품은 목단 향기가 나는 기시다의 가오산 치약과 다시가라야 가게의 치약뿐이었다. 가게 앞에 서 있는 여자는 다른 사

---

* 일본어 やらかした(야라카시타)는 '저질렀다'라는 뜻이다.

람이 아니었다. 아침 일찍 아버지를 찾아뵙고 돌아가는 길에 치약을 사러 들른 오타마였다.

오쓰네가 네다섯 걸음 지나쳐 갔을 때 하녀가 속삭였다. "마님, 저 사람이에요. 무엔자카의 여자가."

잠자코 고개만 끄덕이는 오쓰네를 보고, 이 말이 별다른 효과를 주지 못함에 하녀는 의외라고 생각했다. 여자가 게이샤가 아니라고 생각함과 동시에 오쓰네는 본능적으로 무엔자카의 여자임을 알아차렸던 것이다. 거기에는 하녀가 그저 아름다운 여자가 있다는 이유만으로 소매를 끌어 가르쳐주지는 않았을 거라는 판단도 작용했지만, 또 한 가지 뜻밖의 물건이 영향을 주었다. 바로 오타마가 무릎에 기대어 놓은 양산이었다.

한 달 정도 전의 일이었다. 남편이 어느 날 요코하마에서 돌아오는 길에 선물로 양산을 사 왔다. 손잡이가 매우 길고 양산 살에 덧씌운 천은 상대적으로 작았다. 키가 큰 서양 여자들이 손에 들고 노리개로 삼기에는 좋겠지만, 땅딸막한 오쓰네가 들어보니 극단적으로 말해 바지랑대 끝에 기저귀를 걸어서 들고 있는 것 같았다. 그래서 쓰지 않고 그대로 넣어두었다. 흰 바탕에 큼직한 줄을 남색으로 촘촘하게 그어 놓은 양산이었다. 다시가라야 가게에 있던 여자의 양산이 그것과 똑같은 것을 오쓰네는 분명히 보았다.

술 가게 모퉁이를 연못 쪽으로 돌았을 때 하녀가 비위를 맞추듯 말했다.

"저, 마님. 그다지 예쁜 여자는 아니지요? 얼굴이 납작하고 키가 너무 커서."

154

"그런 말 하는 게 아니야." 한마디 대꾸하고는 말상대를 하지 않고 성큼성큼 걸어갔다. 하녀는 예상이 빗나가서 불만스러운 얼굴로 뒤따라갔다.

오쓰네는 가슴속에서 뭔가가 치밀어 올라 아무것도 제대로 생각할 수가 없었다. 남편에게 어떻게 뭐라고 말할까 하는 생각도 들지 않았다. 그러면서도 빨리 남편을 만나 무슨 말이라도 하지 않고는 견딜 수 없는 마음이었다. 그리고 이런 생각을 했다. 그 양산을 사 왔을 때 나는 얼마나 기뻐했던가. 여태껏 내가 말하지 않으면 뭐 하나 사준 적이 없었다. 이번에는 무슨 일로 선물을 다 사 왔을까 이상하게는 생각했지만, 그 이상함도 어째서 남편이 갑자기 친절해졌을까 하고 생각한 정도였다. 지금 생각해보니 아마도 그 여자 부탁으로 사는 김에 내 것도 샀을 것이다. 분명히 그랬음에 틀림없다. 그런 줄도 모르고 나는 고맙게 생각했다. 나는 쓸 수도 없는 그런 양산을 받고 고맙게 생각했지. 양산뿐만 아니다. 그 여자가 입고 있는 기모노나 머리 장식도 남편이 사준 것일지 모른다. 마치 내가 쓰고 있는 이 보통 양산과 그 외제 양산이 다른 것처럼 나와 그 여자는 몸에 걸치고 있는 것이 모두 다르다. 나뿐만이 아니라 아이들에게 기모노를 해 입히고 싶어도 좀처럼 해주질 않는다. 사내아이는 통소매 옷 한 벌 있으면 그것으로 족하다고 한다. 여자아이는 어릴 때 기모노를 장만하는 것은 낭비라고 한다. 몇만이나 되는 많은 돈을 가진 사람의 아내와 자식 중에 우리처럼 입고 사는 사람들이 있을까? 이제 와 생각해보니 그 여자가 있는 탓에 우리에게 마음 써주지 않았을지도 모른다. 요시다 씨의 여자라는 말도 사실인지 아닌지 믿을 수 없다. 나나마가리에 있었을 때부터 딴살림을 차렸을지 모른다. 아니, 틀림없다. 돈이 좀 있고부터 기모노나 소지품이 사치스러워졌던 것이 손님 접대에 필요한 예의라느니 뭐라느니 하더니 그 여자 때문이었을 것이다. 나는 아무 데도 데려가지 않으면서 그 여자는 데리고 다녔을 것이다. 아아, 분해. 이런 생각을 하는데 갑자기 하녀가 소리쳤다.

"어머, 마님. 어디로 가시는 거예요?"

오쓰네는 깜짝 놀라 발걸음을 멈췄다. 발밑만 보고 성큼성큼 걷다가 집 문 앞을 지나쳐 가려고 했던 것이다.

하녀가 마구 웃어댔다.

14

아침 식사 후 설거지를 마친 오쓰네가 장을 보러 나갈 때 스에조는 담배를 피우면서 신문을 읽고 있었는데, 돌아와 보니 그는 이미 나가고 집에 없었다. 만약 집에 있었다 해도 뭐라고 말해야 할지 몰랐겠지만, 어쨌든 직접 부딪쳐 모질게 무슨 말이라도 하고 싶은 심정으로 돌아온 오쓰네는 맥이 빠졌다. 점심 식사 준비도 해야 했다. 아이들이 이제 곧 입게 될 꿰매다 만 겹옷도 마무리해야 했다. 기계적으로 늘 하던 일을 하는 동안, 남편과 맞붙어보리라 생각했던 날이 선 감정이 점차 수그러들었다. 여태까지도 맹렬한 기세로 돌담에 머리를 부딪치는 셈치고 남편과 충돌했던 적은 가끔 있었다. 그러나 언제나 저항해야 할 돌담이 아무런 반응을 보이지 않는 데 놀라곤 했다. 그리고 남편이 매끄러운 말로 도리를 내세우며 둘러대는 말을 듣고 있노라면, 그 도리에 굴복한다기보다 어느새 그냥 무언가 주눅이 들어버렸다. 오늘은 어쩐지 첫번째 시도부터 잘될 것 같지 않았다. 오쓰네는 아이들과 같이 점심을 먹었다. 싸움을 한 아이들을 꾸짖었다. 겹옷을 바느질했다. 또 저녁 식사 준비를 했다. 아이들을 목욕시키고 자신도 했다. 모기향을 피우고 저녁을 먹었다. 밥을 먹고 놀러 나갔던 아이들이 놀다 지쳐 돌아왔다. 하녀가 부엌에서 나와 항상 펴던 자리에 잠자리를 펴고 모기장을 쳤다. 세수를 시키고 아이들을 재웠다. 남편의 저녁상에 상보를 씌우고 화로에 쇠 주전자를 올려서 골방에 두었다. 남편이 저녁 식사 시간에 돌아오지 않을 때면 언제나 이렇게 해두었다.

오쓰네는 이런 일들을 기계적으로 해치웠다. 그리고 부채를 하나 들고 모기장 안으로 들어가 앉았다. 그때 오늘 아침 길에서 만난 여자의 집에 지금 남편이 가 있을 거라는 생각이 새삼스럽게 머리에 떠올랐다. 아무래도 몸을 진정시켜 차분하게 앉아 있을 수 없는 심정이었다. 어떻게 할까! 어쩌면 좋을까! 생각하는 사이에 마음이 저절로 무엔자카의 집 근처까지라도 가보고 싶어졌다. 언젠가 후지무라 가게에 아이들이 제일 좋아하는 찐만두를 사러 갔을 때, 바느질 선생 집 옆이라면 바로 이 집일 거라며 보고 지나친 적이 있어서 그 격자문 집은 알고 있었다. 문득 그곳까지 가보고 싶어졌다. 등불에 비친 그림자가 밖에서 보일까? 이야기 소리가 희미하게나마 들릴까? 그것만이라도 보고 싶었다. 아니, 안 돼. 그럴 수는 없어. 밖으로 나가려면 하녀 방 옆의 복도를 지나야만 한다. 요즘엔 그 복도 쪽의 장지문을 떼어놓고 있다. 마쓰는 아직 자지 않고 바느질을 하고 있을 거야. 이 시간에 어딜 가느냐고 물었을 때 뭐라고 대답할 말이 없었다. 뭘 좀 사러 간다고 하면 마쓰는 자기가 가겠다고 할 것이다. 그러고 보니 아무리 가보고 싶다 해도 몰래 가볼 수는 없었다. 에이! 어떻게 하면 좋을까? 오늘 아침 집으로 돌아올 때 나는 한시라도 빨리 남편을 만나고 싶었는데 그때 만났다면 뭐라고 했을까? 만났다면, 나였으니 횡설수설 두서도 없는 말만 했을 것이다. 그러면 그 사람은 또 적당히 둘러대어 나를 속였을 거야. 그런 영리한 사람이니 어차피 싸움을 해봤자 당해낼 수가 없어. 차라리 가만히 있을까? 그런데 가만히 있으면 어떻게 되는 거야? 그런 여자가 옆에 붙어 있으면 나 같은 건 어떻게 돼도 상관없다는 마음이 들겠지. 어떡하지, 어떡하면 좋을까.

이런 생각을 몇 번이나 되풀이했지만 몇 번이고 생각이 다시 처음으로 돌아갔다. 그러는 사이 머리가 멍해져서 뭐가 뭔지 알 수 없어졌다. 어쨌든 작정하고 남편에게 따져 물어봤자 소용이 없으니 그만두자는 결론만은 내릴 수 있었다.

그때 스에조가 들어왔다. 오쓰네는 부자연스럽게 들고 있던 부채의 손잡이를 만지작거리며 잠자코 있었다. "어, 또 이상한 분위기네. 무슨 일이야?" 스에조는 아내가 늘 하던 '지금 오세요?'라는 인사를 하지 않았는데도 그다지 화를 내지 않았다. 기분이 좋기 때문이었다.

오쓰네는 아무 말도 하지 않았다. 충돌은 피하자고 생각했지만 남편이 돌아오자 분한 마음이 치밀어 올라 뭔가 따지지 않고는 견딜 수 없었다.

"또 뭔가 쓸데없는 생각을 하고 있지? 그만해, 그만." 스에조가 아내의 어깨에 손을 얹고 두세 번 흔들고는 이부자리에 앉았다.

"내가 어떻게 하면 좋을까 생각하던 중이에요. 돌아가고 싶어도 돌아갈 집은 없고 게다가 아이들까지 있으니."

"뭐라고? 어떻게 하면 좋을까 생각한다고? 아무것도 안 해도 되잖아? 세상은 아무 일도 없이 잘 돌아가고 있으니."

"그야 당신은 태평하게 즐기면서 있을 수 있겠지요. 나 같은 건 어떻게 돼버려도 상관없이."

"이상하군. 어떻게 되다니. 어떻게 될 것도 없어. 그냥 이대로 있으면 되잖아."

"실컷 놀려봐요. 있으나 마나 한 인간이니 상대가 못 된다 이거죠? 아니, 있으나 마나 한 게 아니죠. 없는 편이 좋겠지."

"아주 심사가 뒤틀린 말을 하는군. 없는 편이 좋다니. 큰 착각이야. 없어서는 안 되지. 애들을 키우는 것만으로도 큰일을 하고 있잖아."

"나중에 예쁜 엄마가 와서 돌봐주겠지요. 의붓자식이 될 테지만 말이에요."

"무슨 말인지 모르겠네. 부모가 버젓이 있는데 의붓자식이 될 리가 있어?"

"그래요, 그렇겠지요. 참 뻔뻔한 사람. 그럼 계속 지금처럼 지낼 모양이군."

"뻔한 일이잖아."

"그래요. 미인과 추녀에게 같은 양산을 주고."

"아니, 뭐라고? 갑자기 농담 같은 말을 하는군."

"예, 그래요. 어차피 나 같은 건 제대로 된 농담은 할 수 없으니."

"농담보다, 말을 좀 더 진지하게 해주면 좋겠어. 도대체 그 양산이란 게 뭐야?"

"알고 있잖아요."

"어떻게 알아? 전혀 짐작도 안 가는데."

"그럼 말하죠. 언젠가 요코하마에서 양산 사 왔죠?"

"그게 어쨌다는 거야?"

"내게만 사다 준 게 아니었어."

"당신 말고 또 누구에게 사다 주겠어."

"아니에요. 그렇지 않죠. 무엔자카 여자 것을 사면서 내 것도 하나 사 온 거겠죠." 아까부터 양산 이야기를 하고는 있었지만 이렇게 구체적으로 이야기하자 오쓰네는 분한 감정이 치밀어 오름을 느꼈다.

'양심이 찔릴' 만큼 적중했기 때문에 스에조는 가슴이 덜컥했으나 오히려 어처구니없다는 표정을 지어 보였다. "터무니없는 이야기군. 뭐야, 그럼 당신에게 사다 준 양산과 똑같은 양산을 요시다의 여자가 갖고 있기라도 한다는 거야?"

"그야 같은 것을 사다 줬으니 같은 것을 갖고 있겠죠." 목소리가 매우 날카로워졌다.

"무슨 소리야? 기가 막히네. 말 같지 않은 소리 좀 그만해. 그래, 요코하마에서 당신에게 사다 줬을 때는 샘플로 나온 것이었는데 벌써 지금쯤은 긴자 일대에서 숱하게 팔고 있겠지. 연극에서 자주 나오는 말인데, 이게 바로 누명이라는 거야. 그리고 뭐야, 당신, 요시다의 여자를 어디서 만나기라도 한 거야? 용케도 알아봤군그래."

"알 수 있고말고요. 이 일대에선 모르는 사람이 없어요. 미인이니까." 증오가 가득 찬 목소리였다. 지금까지는 스에조가 시치미를 떼면 그만 그런가보다 하고 넘어갔는데 이번에는 아주 강렬한 직감으로 일의 전말을 눈으로 본 것처럼 느꼈기 때문에, 스에조의 말에 '과연 그렇겠구나' 하고 도저히 생각할 수가 없었다.

'어떻게 만났을까, 말이라도 나눈 걸까.' 스에조는 여러 가지로 생각하면서 이런 경우 시시콜콜 캐묻는 것은 불리하다고 생각해 일부러 추궁하지 않았다. "미인이라고? 그렇게 생긴 걸 미인이라고 하나보지? 묘하게 얼굴이 납작한 여자인데."

오쓰네는 잠자코 있었다. 그러나 밉살스러운 여자의 얼굴에 트집을 잡는 남편의 말에 다소 마음이 누그러졌다.

이날 밤에도 서로 말싸움을 하며 흥분한 뒤, 부부는 화해를 했다. 그러나 오쓰네의 마음에는 찔린 가시가 빠지지 않은 듯한 아픔이 남아 있었다.

15

집 안 공기는 점점 가라앉아 무거운 분위기로 흘러갔다. 오쓰네는 그저 멍하니 하늘만 쳐다보며 아무 일도 손에 잡지 않을 때가 많았다. 그럴 때마다 아이들이고 뭐고 다 귀찮아져서 아이들이 뭔가 졸라대기라도 하면 몹시 심하게 야단을 쳤다. 야단을 쳐놓고는 문득 정신이 들어 아이들을 달래기도 하고 혼자서 울기도 했다. 하녀가 반찬을 무엇으로 할지 물어도 대답을 하지 않거나 "네가 알아서 해라" 하고 말했다. 스에조의 아이들은 학교에서는 고리대금업자의 자식이라고 친구들에게 따돌림을 당하기는 해도 스에조의 깔끔한 성격 탓에 아내가 잘 보살폈으므로 눈에 띄게 깨끗했었다. 그러나 지금은 머리에 먼지를 뒤집어쓰고 실밥이 터진 옷을 입고 길거리에서 놀았다. 하녀는 안주인이 그래서는 안 된다고 불평을 하면서도, 서투른 사람이 탄 말이 게으름을 피우며 길가의 풀을 뜯어먹듯, 일거리를 팽개쳐두어 찬장 안에서 생선이 썩거나 야채가 말라비틀어져갔다.

집안일에 꼼꼼한 스에조는 이런 칠칠치 못한 행동을 보는 것이 괴로워 견딜 수가 없었다. 그러나 이렇게 된 원인을 자신이 잘못한 탓이라고 생각했기 때문에 잔소리를 하기도 어려웠다. 게다가 스에조는 평소 잔소리를 할 때도 농담처럼 가볍게 함으로써 상대가 반성하도록 만드는 것이 장기였는데, 그런 농담 같은 태도가 오히려 아내의 기분을 상하게 했다.

스에조는 잠자코 아내를 관찰하기 시작했다. 그러고는 의외의 사실을 발견했다. 그것은 오쓰네의 이상 행동이 남편이 집에 있을 때 특히 심하고, 외출 중이면 오히려 정신이 들어 일을 하는 경우가 많다는 것이었다. 아이들이나 하녀의 이야기를 듣고 이 사실을 알았을 때 스에조는 처음에는 놀랐으나 영리한 머리로 여러모로 생각해보았다. 매사에 보기 싫은 내 얼굴을 보는 동안 요즘 같은 증세를 보이는 것이다. 나는 아내에게, 어떻게든 냉담해졌다거나 거리감이 들지 않도록 노력했었는데, 오히려 내가 집에 있을 때가 불쾌하다면 마치 약을 먹여 병을 악화시키는 셈이다. 그렇게 한심한 일은 없다. 스에조는 이제부터 한번 반대로 해보자고 생각했다.

스에조는 여느 때보다 일찍 집을 나가거나 여느 때보다 늦게 집으로 돌아오게 되었다. 그러나 그 결과는 매우 좋지 않았다. 일찍 나가자, 아내는 처음에는 그저 놀라서 잠자코 보고 있었다. 늦게 돌아오자 언제나 보이던 토라진 듯한 소극적 태도와는 달리 이제 더는 참을 수 없어 울화통이 터지겠다는 듯 "당신 지금까지 어디 있었어요?"라며 따지고 들었다. 그러고는 폭발적으로 울음을 터뜨렸다. 그다음부터는 일찍 나가려고 하면 "당신 지금 어디 가는 거예요?"라며 무리하게 붙잡으려고 했다. 행선지를 말하면 거짓말하지 말라고 했다. 상관하지 않고 나가려고 하면 꼭 묻고 싶은 말이 있으니까 잠깐이라도 좋으니 기다려달라고 했다. 옷자락을 붙들고 놓지 않기도 하고 현관을 막아서기도 하며, 하녀가 보는데도 아랑곳하지 않고 나가는 것을 방해했다. 스에조는 원래 못마땅한 일도 농담처럼 말해서 시끄러워지지 않게 마무리하는 요령이 있었지만, 아내가 격렬하게 달라붙는데 뿌리쳐서 아내가 쓰러지는 꼴사나운 모습을 하녀에게 보이기도 했다. 그럴 때 스에조가 순순히 포기하고 집에 남아 '자, 용건을 들어보자'고 말하면 아내는 "당신은 절 어쩔 셈이에요?"라든가 "이러다가 저는 앞으로 어떻게 되는 거죠?"라든가 하는, 아무래도 하루아침에 해결될 수 없는 어려운 문제를 들고나왔다. 결국 스에조가 아내의 증세를 두고 시도해본, 아침 일찍 나갔다가 저녁 늦게 돌아오는 치료법은 전혀 실효를 거두지 못했다.

스에조는 다시 생각해보았다. 아내는 내가 집에 있을 때면 기분이 나쁘다. 그래서 내가 집에 있지 않으려고 하면, 나를 억지로 집에 있게 하려고 한다. 그러고 보면 아내는 일부러 나를 집에 있게 하고 일부러 자신의 기분을 상하게 한다. 이런 일을 겪으니 생각나는 것이 있었다. 대학이 이즈미바시에 있던 시절 돈을 빌려준 학생 중에 이카이라는 사람이 있었다. 옷차림에는 조금도 신경을 쓰지 않는 듯 맨발에 게다를 신고 왼쪽 어깨를 두세 치 정도 치켜들고 걸어 다녔다. 아무리해도 그 녀석은 돈을 갚지 않고, 차용증을 다시 쓰려고도 하지 않으면서 도망을 다녔는데, 어느 날 아오이시 골목길 모퉁이에서 우연히 만났다. "어디 가시는 길인가?"라고 묻자, "요 근처 유도 사범 댁에 가는 길이네. 전에 빌린 돈은 조만간 갚을 거네"라며 지나가버렸다. 나는 그대로 헤어져 걷는 체하다가 살짝 뒤로 되돌아가 길모퉁이에서 지켜보았다. 이카이는 이요몬이라는 요릿집으로 들어갔다. 나는 그것을 확인하고 히로코지로 나가 용무를 마치고 잠시 후 이요몬을 습격했다. 이카이는 깜짝 놀란 눈치였으나 천성이 통이 큰 척하는 사람이어서 게이샤를 둘이나 불러놓고 흥청거리고 있는 자리에 나를 억지로 끌어 앉히더니 "촌티 내지 말고 오늘은 한잔 마시게나" 하며 나에게 술을 먹이려고 하였다. 그때 나는 처음으로 손님 자리에 앉아서 게이샤를 보았는데 그중에 굉장히 기가 센 여자가 있었다. 오슌이라던가. 그 여자는 술에 취해 이카이 앞에 앉아서는 뭐가 뒤틀렸는지 욕설을 퍼붓기 시작했다. 그때 가만히 듣고 있던 나는 지금도 그 말을 잊지 못한다. "이카이 씨, 당신은 강한 척해도 전혀 기개가 없는 분이로군요. 당신에게 말해두겠는데 여자라는 건 때때로 강하게 몰아치는 남자가 아니고는 반하지 않아요. 잘 알아두세요." 게이샤에게만 해당되는 말이 아니다. 여자란 그런 것일지도 모른다. 요즘 오쓰네는 나를 곁에 끌어다놓고 불평스러운 얼굴로 바보 같은 언쟁만 하려 든다. 내가 뭔가 해주길 바라는 모습이다. 맞고 싶은 거다. 그래, 얻어맞고 싶은 거야. 틀림없어. 지금까지 음식도 제대로 먹이지 않고 소나 말처럼 일만 시켰기 때문에 오쓰네는 짐승처럼 되어버려 여자다운 면이 드러나지 않았다. 그러다가 이 집으로 이사를 오면서 하녀를 부리고 마님이란 소리를 들으며 사람답게 살게 되니 조금이나마 보통 여자처럼 된 것이다. 그래서 오슌의 말처럼 강하게 몰아쳐주기를 바라게 된 것이다.

그럼 나는 어떤가. 돈을 얻기까지는 남에게 어떤 말을 들어도 상관없다. 젖비린내 나는 풋내기에게도 도련님이라며 인사를 한다. 밟히거나 차여도 손해만 보지 않으면 된다는 생각으로 세상을 살아왔다. 매일매일 어디에 가나 누구 앞에서나 굽실거리며 설설 기었다. 세상 사람들과 사귀어보니 윗사람에게 허리를 굽히는 놈들은 아랫사람을 학대하고 약한 사람들을 못살게 군다. 술에 취해 여자나 자식들을 두들겨 팬다. 나에게는 윗사람도 아랫사람도 없다. 나에게 돈을 벌게 해주는 사람 앞에서는 엎드려 긴다. 그렇지 않은 놈들은 누구라도 있으나 없으나 똑같다. 아예 상대도 안 한다. 그냥 내버려둔다. 두들겨 패는 따위의 쓸데없는 수고는 하지 않는다. 그런 불필요한 짓을 할 바에야 나는 차라리 이자 계산이나 한다. 아내도 그렇게 취급해왔다.

오쓰네는 나에게 두들겨 맞고 싶어진 것이다. 하지만 본인에게는 안됐지만 나는 그런 짓만은 사양한다. 채무자에게 받을 돈이라면 유자나무에서 쓴 즙이 나올 정도로 짜낼 수 있다. 그러나 누군가를 때리는 짓은 못 하겠다. 스에조는 이런 생각을 했다.

16

무엔자카에 사람들의 왕래가 빈번해졌다. 9월에 접어들면서 대학의 학기가 시작되어 고향에 돌아가 있던 학생들이 동시에 혼고 일대의 하숙집으로 돌아온 것이었다.

아침저녁은 이제 선선해졌지만 한낮은 아직 더웠다. 오타마가 이사 왔을 때 바꿔 걸어놓은 푸른 대나무 발은 색이 바랠 틈도 없이 나지막한 대나무 격자창 안쪽을 위에서 아래까지 빈틈없이 가리고 있었다. 창문 안의 오타마는 심심함을 견디기 어려웠기 때문에, 풍속 화가인 교사이나 제신의 그림이 그려진 부채 몇 개가 꽂힌 부채꽂이 밑 기둥에 기대어, 멍하니 거리를 내다보았다. 세시가 지나자 학생들 서넛이 무리를 지어 지나갔다. 그때마다 옆의 바느질 선생 집에서 작은 참새들이 지저귀는 듯한 처녀들의 소리가 한층 시끄러워졌다. 그 소리에 이끌려 오타마도 어떤 사람이 지나가는지 자기도 모르게 유심히 바라볼 때가 있었다.

그 무렵 학생들은 칠팔 할이 건달 같은 스타일이었다. 어쩌다 신사 같은 학생이 보이면 그들은 졸업 직전의 학생들이었다. 살결이 희고 이목구비가 뚜렷한 남자는 자칫하면 경박하고 건방져 보이기 때문에 마음이 끌리지 않았다. 그렇지 않은 사람 중에 공부를 잘하는 사람이 있는지는 모르겠지만 여자의 눈에는 우악스럽게 보여서 싫었다. 그래도 오타마는 매일 무심결에 창밖으로 지나가는 학생들을 보고 있었다. 그러던 어느 날 자신의 가슴속에 무엇인가가 싹트고 있음을 느끼고 깜짝 놀랐다. 의식의 문턱 밑에서 잉태되고, 형태가 생겨서, 갑자기 뛰기 시작한 듯한 상상의 덩어리에 놀랐던 것이다.

오타마는 아버지를 행복하게 해드리겠다는 희망 외에는 어떠한 희망도 없었기 때문에 완고한 아버지를 무리하게 설득해서 남의 첩이 되었다. 그리고 그것을 타락할 만큼 타락한 것이라 여기면서도, 그 이타적 행위 속에서 일종의 위안을 찾고 있었다. 그러나 남편이라고 믿었던 사람이 하필이면 고리대금업자라는 사실을 알았을 때는 너무나 뜻밖이어서 어찌할 바를 몰랐다. 혼자서는 가슴속의 괴로움을 이겨낼 수가 없어서 그 마음을 아버지께 털어놓고 같이 아픔을 나눌 생각이었다. 그렇게 생각했지만 연못가에 사시는 아버지를 찾아가 평온한 생활을 직접 눈으로 보고는, 차마 노인의 손에 들려 있는 술잔 속에 한 방울의 독을 넣을 수가 없었다. 설령 참기 어려운 심정이라 해도 그 심정을 자신의 마음속 한구석에 접어두자고 결심했다. 이렇게 결심하자 지금껏 남에게 의지하는 것밖에 몰랐던 오타마는 비로소 독립한 듯한 기분이 들었다.

이때부터 오타마는 자신의 말이나 행동을 가만히 관찰하게 되었다. 스에조가 와도 예전처럼 순수한 감정으로 대하지 않고 의식적으로 대했다. 그러는 사이 오타마의 다른 본심은 몸을 벗어나 곁에 물러서서 바라보았다. 그 본심은 스에조를, 그리고 스에조의 소유가 된 자신을 비웃었다. 오타마는 그것을 처음 깨달았을 때 소름이 끼쳤다. 그러나 시간이 지남에 따라 익숙해져서, 자신의 마음은 그렇게 하지 않으면 안 된다고 느꼈다.

오타마는 스에조를 점점 극진하게 대접했지만, 오타마의 마음은 스에조에게서 점점 소원해져갔다. 스에조의 보살핌이 고맙지도 않았고,

스에조가 베풀어주는 것을 은혜로 생각하지 않더라도 그것을 미안해할 필요는 없다고 생각했다. 또한 아무 교육도 받지 못해 재주가 없기는 하지만, 자신이 스에조의 소유물로 일생을 마치는 것은 아까운 일이라고 생각했다. 결국 거리를 오가는 학생들을 보면서 그중에 혹 믿음직스러운 사람이 있어 자신을 지금의 처지에서 구해주지는 않을까 하는 생각까지 하게 되었다. 그리고 그러한 상상에 빠져 있는 자신을 문득 깨닫고 깜짝 놀라곤 했다.

이때 오타마와 얼굴을 알게 된 사람이 오카다였다. 처음에는 오타마에게 오카다도 그냥 창밖을 지나가는 학생들 중 한 사람에 불과했다. 그러나 눈에 띄게 잘생긴 홍안의 미소년이면서도 건방지거나 아니꼬운 태도가 없는 것을 보고, 오타마는 어쩐지 괜찮은 사람이라고 생각하기 시작했다. 그 후로는 매일같이 창밖을 내다볼 때마다 그 사람이 지나가지는 않을까 하고 기다리게 되었다.

이름도 모르고 어디에 사는지도 몰랐지만 때때로 얼굴을 마주쳤기 때문에 오타마는 어느새 자연히 친근한 느낌을 갖게 되었다. 어쩌다 먼저 웃음을 보일 때도 있었지만 그것은 마음이 해이해지고 억제가 안 되었을 때의 순간적인 행동으로, 얌전한 성격의 오타마는 사랑을 시도해보려는 분명한 의식을 가지고 고의적으로 그런 행동을 하지는 않았다.

오카다가 처음으로 모자를 벗고 가볍게 인사했을 때, 오타마는 가슴이 설레어 얼굴이 붉어짐을 느꼈다. 여자의 직감은 예민하다. 오타마는 오카다가 모자를 벗은 것은 돌발적인 행동이었을 뿐 고의로 한 일이 아님을 명백히 알고 있었다. 그래도 격자창을 사이에 둔 막연한 침묵의 교제가 새로운 전기를 맞이했다는 것이 너무도 기뻐서, 몇 번이고 반복해서 그때의 오카다를 상상 속에 떠올려보았다.

첩이라 해도 서방의 집에 있으면 일상적인 생활을 보호받을 수 있지만, 숨겨진 첩에게는 남들이 모르는 고생이 있다. 오타마의 집에 어느 날 시루시반텐*을 뒤집어 입은 30대 전후의 남자가 찾아왔다. 그는 시모사가 고향인데, 고향에 가고 싶으나 다리를 다쳐 걸을 수가 없으니 좀 도와달라고 말했다. 10전짜리 은화를 종이에 싸서 우메에게 줘 보냈더니 남자는 종이를 펴 보고는 히죽 웃으며 "겨우 10전이야! 아마 잘못 생각한 모양인데 다시 한 번 물어보고 오너라" 하고 말하며 내던졌다.

화가 난 우메가 동전을 주워 들어오자, 남자는 그 뒤를 거침없이 따라와서 방으로 올라오더니 오타마가 숯을 넣고 있는 화롯가 맞은편에 앉았다. 횡설수설 이런저런 말을 하는데 종잡을 수가 없었다. 감옥에 있을 때 어떠했다는 말을 몇 번이나 하면서 겁을 주는가 하면 또 우는 소리를 한다. 술 냄새에 속이 메스꺼울 정도였다.

오타마는 무서워서 울고 싶은 것도 참고, 그때 통용되던 화투장 모양의 파란 50전짜리 지폐를 두 장, 보는 앞에서 꺼내어 종이에 싸서 잠자코 남자의 손에 건네주었다. 남자는 의외로 간단히 만족해하며 "50전짜리라도 두 장 정도면 되지. 아가씨는 눈치가 빠른 사람이군.

---

* 옷깃이나 등에 상점의 이름을 새긴, 직공이나 상인들이 입는 작업복의 일종.

꼭 출세할 거요"라고 말하고는 불편한 발걸음으로 걸어 나갔다.

이런 사건이 있은 후 오타마는 불안해 견딜 수가 없어서, '이웃을 산다*'라는 말을 떠올리며 특별한 반찬이라도 만들 때는 혼자 사는 오른쪽 옆집 바느질 선생 집에 우메를 시켜 갖다주도록 했다.

재봉 선생은 오테이라는 사람인데 마흔이 넘었는데도 아직 어딘지 모르게 젊어 보이는 살결이 흰 여자였다. 마에다 가문의 집안일을 서른 살까지 했고, 결혼했지만 남편은 일찍 죽었다고 했다. 말씨가 품위 있고 오이에류체**를 잘 썼다. 오타마가 배우고 싶다고 하자 글씨본 등을 빌려주었다.

어느 날 아침, 전날에 오타마가 보낸 뭔가에 대한 감사 인사를 하러 뒷문으로 오테이가 찾아왔다. 잠시 이야기를 나누는 동안 오테이가 물었다. "오카다 씨와 친한 사이지요?"

오타마는 아직 오카다라는 이름을 몰랐다. 그래서 재봉 선생이 말하는 사람이 그 학생이라는 것, 이러한 말을 하는 이유는 그의 인사를 보았다는 것, 이런 경우에는 하는 수 없이 아는 체를 할 수밖에 없다는 것 등이 번개처럼 뇌리를 스치고 지나갔다. 오타마는 망설이다가 오테이가 알아들을 수 없을 만큼 재빠르게 "예"라고 대답했다.

"정말 멋지고 잘생겼죠. 아주 품행이 좋은 분이래요." 오테이가 말했다.

"잘 알고 계시네요." 오타마가 대담하게 말했다. 오테이는 "가미조의 여주인이 말하길, 많은 학생들이 하숙하고 있지만 그런 분은 좀처

170

럼 드물대요"라고 말하고 돌아갔다.

오타마는 자신이 칭찬이라도 받은 듯한 기분이 들었다. 그리고 '가미조, 오카다'라고 입속으로 되뇌었다.

17

오타마의 집에 스에조가 찾아오는 횟수는 날이 갈수록 줄어들기는 커녕 오히려 늘어났다. 그동안은 항상 밤에 찾아왔지만 이제는 아무 때나 종종 찾아왔다. 아내인 오쓰네가 귀찮게 달라붙어 제발 어떻게 좀 해달라고 매달리니, 불쑥 집을 뛰쳐나와 무엔자카로 오는 것이다. 아내가 매달릴 때마다 스에조는 어떻게도 할 수 없으니 이제까지 해왔던 대로 지내면 된다고 말한다. 그러면 아내는 어떻게든 하지 않으면 견딜 수 없다고 말한다. 그리고 친정에 돌아갈 수도 없는 사정, 아이들을 버릴 수 없는 사정, 나이가 들었다는 것 등, 생활 상태를 바꾸는 데 대한 모든 장애 요소를 늘어놓으면서 끈질기게 스에조를 설득하려 든다. 스에조는 어떻게 할 것도 없고, 어떻게 안 해도 된다고 거듭 말한다. 그러는 사이 오쓰네는 점점 화를 더 내며 달려들어서 달리 손쓸 방도가 없게 된다. 그래서 뛰쳐나오게 되는 것이다. 매사를 이론적으로 따지며 수학적으로 생각하는 스에조는 오쓰네가 하는 말이 납득이 되지 않았다. 마치 한 면이 열려 있고 세 면이 벽으로 막혀 있는 방에서, 열린 출입구를 등지고 서서는 아무 데도 못 간다며 발버둥치며 괴로워하는 사람 같다. '문은 열려 있잖아? 왜 뒤돌아보지 않는 거야?' 이 말 이외에는 그 사람에게 해줄 말이 없었다. 오쓰네의 처지는 전보다 편해졌으면 편해졌지 조금도 압제라든지 간섭 따위는 받지 않았고 생활도 군색하지 않았다. 물론 무엔자카라는 문제가 새로 생겼음에는 틀림없다. 그러나 세상 다른 남자들처럼 자신이 그것 때문에 아내에게 냉담해지거나 가혹해진 적은 없었다. 오히려 전보다 더 친절하고 더 관대하게 대해주었다. 스에조는 '출입문은 여전히 열려 있잖아!' 하고 생각했다.

물론 스에조의 이런 생각에는 제멋대로인 면이 없지 않았다. 왜냐하면 물질적으로 아내를 대하는 것은 지금까지와 다르지 않다 해도, 또 아내에 대한 말과 태도가 변하지 않았다 해도 오타마라는 여자가 있는 지금을 그녀가 없었던 예전과 마찬가지로 생각하라는 것은 무리한 요구였다. 오쓰네에게는 눈엣가시인 오타마 아닌가? 그것을 뽑아내어 안심시켜주려는 의지가 그에게는 없지 않은가? 원래부터 오쓰네는 모든 일을 조리 있게 생각하는 여자가 아니었기 때문에 그런 일들을 확실히 의식하지는 않았지만, 스에조가 말하는 문은 여전히 열려 있는 것이 아니었다. 오쓰네가 들여다보는 현재의 안정과 미래의 희망의 문에는 무겁고 어두운 그림자가 드리워져 있었다.

어느 날 스에조는 싸움을 하고 집을 갑자기 뛰쳐나왔다. 시각은 오전 열시가 넘었을 것이다. 곧장 무엔자카로 갈까 생각했지만 마침 하녀가 작은 아이를 데리고 시치겐초에 나가 있었기 때문에 일부러 기리도시 쪽으로 벗어나 정처 없이 덴진 거리에서 고켄 거리 쪽으로 바쁜 듯이 걸어갔다. 그는 때때로 '제기랄', '씨팔' 따위의 저속한 단어를 입속으로 중얼거렸다. 쇼헤이 다리에 이르렀을 때 맞은편에서 게이샤가 걸어오는 것이 보였다. 어딘지 오타마와 닮았다고 생각하며 옆으로 스쳐 지나가는데 얼굴이 온통 주근깨투성이였다. 역시 오타마가 미인이라고 생각하며 마음속으로 유쾌함과 만족감을 느꼈다. 스에조는 잠시 다리 위에서 발걸음을 멈추고 게이샤의 뒷모습을 지켜보았다. 아마 물건이라도 사러 나왔겠지. 주근깨투성이의 게이샤는 고부쇼 골목길로 모습을 감춰버렸다.

그 무렵 아직 보기 드문 구경거리였던 아치형 다리 옆을 지나 야나기하라 쪽을 향해 어슬렁거리며 걸어갔다. 강변의 버드나무 밑에 큰 우산을 펴놓고 그 아래에서 열두서너 살 정도 되는 소녀들에게 갓포레*를 추게 하고 있는 남자가 있었다. 여느 때처럼 사람들이 둘러 모여 구경하고 있었다. 스에조가 잠시 발을 멈추고 춤을 보고 있는데 시루시반텐을 입은 남자가 부딪칠 듯 스쳐 지나간다. 재빠르게 뒤를 돌아본 스에조와 그 남자는 눈이 마주쳤지만 남자는 곧 등을 돌리고 지나가버렸다. "뭐야, 앞이 안 보이나"라고 중얼거리며 스에조는 소맷자락에 넣고 있던 손으로 주머니를 만져보았다. 물론 아무것도 잃어버리진 않았다. 이 소매치기는 실제로 눈이 보이지 않는 자였다. 스에조는 부부 싸움을 한 날에는 신경이 긴장되어 평소 신경을 쓰지 않는 것에까지 신경을 썼다. 예민한 감각이 더욱 예민해졌다. 소매치기가 훔치려는 생각을 하기도 전에 스에조가 그것을 느낄 정도였다. 스스로를 억제할 수 있는 능력을 자랑스러워하는 스에조이지만 이런 때에는 억제력이 느슨해진다. 그러나 대부분의 사람들은 그것을 모른다.

---

* 속요(俗謠)에 맞추어 익살스럽게 추는 춤.

만일 극도로 감각이 발달한 사람이 있어 주의 깊게 스에조를 관찰한다면 그가 평소보다 다소 말을 많이 함을 알 수 있을 것이다. 그리고 다른 사람들을 보살피거나 다른 사람들에게 친절이 넘치는 말을 할 때에도, 그의 말과 행동 사이에 어딘지 산만하고 부자연스러운 점이 있음을 느낄 것이다.

집을 나선 지 꽤 시간이 지났다고 생각하며 강변을 뒤로하고 되돌아가면서 회중시계를 꺼내 보았다. 겨우 열한시였다. 집을 나와 30분도 지나지 않았다.

스에조는 다시 정처 없이 아와지초에서 진보초를 향해 뭔가 급한 용무라도 있는 듯 걸어갔다. 당시 이마카와코지 도로에 조금 못 미친 곳에 오차즈케*라는 간판을 내건 집이 있었다. 20전만 내도 밥 한 상에 야채 절임, 차까지 나왔다. 스에조는 그 집에 점심을 먹으러 들를까 생각했지만 그렇게 하기에는 좀 이른 감이 있었다. 그곳을 지나 오른쪽으로 돌아 마나이타 다리 앞의 넓은 길로 나왔다. 지금처럼 스루가다이 아래까지 넓은 길로 연결되어 있지는 않았다. 후쿠로 거리와 비슷하게, 지금 스에조가 온 방향으로 구부러진 곳에서 큰길이 끝나고, 의대생들이 충양돌기라고 이름을 붙인 좁은 골목길이 야마오카 뎃슈**라는 글자를 기둥에 새긴 신사 앞으로 통해 있었다. 이것은 후쿠로 거리와 비슷한 마나이타 다리 앞쪽의 넓은 길을 인체의 맹장에 비유한 것이었다.

스에조는 마나이타 다리를 건넜다. 오른편에 애완용 새를 파는 가

174

게가 있어서 각종 새들이 요란하게 지저귀는 소리가 들렸다. 스에조는 지금도 남아 있는 이 가게 앞에 멈춰 서서, 처마에 높이 매달려 있는 앵무새와 잉꼬 새장 그리고 밑에 놓인 흰 비둘기와 조선에서 가져온 관상용 비둘기 새장을 바라본 뒤 안쪽에 몇 겹이나 쌓여 있는 작은 새들의 새장으로 눈을 돌렸다. 우는 것도 날갯짓하는 것도 작은 새들의 무리가 가장 소리가 크고 활기찼지만 그중에서도 눈에 띄게 새장이 많고 요란스러운 것은 밝은 노란색의 외국산 카나리아 새들이었다. 그런데 좀 더 자세히 살펴보던 중에 차분하고 강한 색깔로 작은 몸을 단장한 단풍새가 스에조의 눈길을 끌었다. 스에조는 문득 저걸 사 가지고 가서 오타마에게 기르게 하면 아주 잘 어울릴 거라는 생각이 들었다. 그래서 그다지 팔고 싶어 하지도 않는 표정을 짓고 있는 영감에게 값을 묻고는 단풍새 한 쌍을 샀다. 값을 치렀을 때 영감이 어떻게 가져가겠느냐고 물었다. 새장에 넣어 파는 게 아니냐고 물으니 그렇지 않다고 했다. 새장 하나를 부탁하듯 겨우 사서 거기에 단풍새를 넣어달라고 했다. 영감이 새가 몇 마리나 든 새장 안에 쭈글쭈글한 손을 집어넣어 두 마리를 붙잡아 꺼내 빈 새장에 옮겨 담았다. 그렇게 하면 암놈인지 수놈인지 알 수 있는지 묻자 마지못해 "그려"라고 대답했다.

스에조는 단풍새 새장을 손에 들고 마나이타 다리 쪽으로 되돌아갔다. 이번에는 발걸음에 여유가 있었고 가끔씩 새장을 들어 올려 새장 안의 새를 들여다보았다. 싸움을 하고 집을 뛰쳐나왔을 때의 기분이 씻은 듯 사라져버리고, 평소 이 남자의 어딘가에 숨겨져 있는 부드러운 마음이 표면으로 떠올랐다. 새장 속의 새는 새장이 흔들리는 것이 무서운지 홰를 꼭 잡고 날개를 움츠린 채 꼼짝도 하지 않았다. 스에조는 몇 번이고 들여다보면서 빨리 무엔자카의 집으로 가서 창가에 매달아줘야겠다고 생각했다.

이마카와코지 도로를 지날 때, 스에조는 오차즈케 가게에 들러 점심을 먹었다. 하녀가 차려온 검은 칠이 된 상 건너편에 단풍새 새장을 놓고, 눈으로는 귀여운 작은 새를 바라보며 마음속으로는 사랑스러운 오타마를 생각하면서, 스에조는 그다지 잘 차린 음식도 아닌 오차즈케 가게의 밥을 맛있게 먹었다.

18

스에조가 오타마에게 사 준 단풍새는 뜻밖에도 오타마와 오카다가 말을 주고받는 매개체가 되었다.

이 이야기를 꺼내고 보니 그해의 날씨가 생각난다. 그 무렵, 돌아가신 아버지가 기타센주에 있는 집 뒤뜰에 가을에 꽃이 피는 풀을 가꾸고 있어서, 토요일에 가미조에서 집으로 돌아가 보면, 이제 태풍이 부는 이백십일*이 멀지 않았다고 하시며 대를 잔뜩 사다가 마타리와 등골나물에 하나씩 묶어세우고 계셨다. 그러나 이백십일 태풍은 무사히 지나갔다. 다시 이백이십일** 태풍이 위험하다고 했지만 그것도 무사

---

* 입춘에서 210일째 되는 날. 9월 1일경으로 이날을 전후로 태풍과 해일이 많이 와서 농업과 수산업에 피해를 입기 쉽다.
** 입춘에서 220일째 되는 날. 9월 10일경.

히 지나갔다. 그러나 그 무렵부터 매일 구름의 움직임이 심상치 않더니 날씨가 거칠어질 조짐이 보였다. 때때로 다시 여름으로 되돌아갔나 생각될 정도로 무더운 적도 있었다. 동남쪽에서 불어오는 바람이 강해지는 듯하다가 다시 그쳤다. 아버지는 이백십일 태풍이 '조금씩 나뉘어 부는 바람'이 되었다고 말했다.

나는 어느 일요일 저녁 무렵에 기타센주에서 가미조로 돌아왔다. 학생들은 모두 외출하고 하숙집은 쥐죽은 듯 조용했다. 내 방에 들어와 잠시 멍하니 있는데 지금까지 아무도 없다고 생각한 옆방에서 성냥 켜는 소리가 났다. 나는 마침 적적했던 터라 곧 말을 걸었다.

"오카다 군, 자네 있었나?"

"응." 대답인지 뭔지 알 수 없는 목소리였다. 나와 오카다는 꽤 친해져서 서먹서먹하게 지내고 있지는 않았는데, 이때의 대답은 평소와 달랐다.

나는 속으로 생각했다. 나도 멍하니 있었지만 오카다도 역시 멍하니 있었던 것 같다. 뭔가 생각에 잠겨 있었던 것은 아닐까? 동시에 오카다가 어떤 표정을 짓고 있는지 보고 싶은 생각이 들었다. 그래서 다시 한 번 말을 걸어보았다. "여보게, 잠깐 건너가도 괜찮겠나?"

"마침 잘됐네. 실은 아까 들어와서 멍하니 있던 차에, 자네가 옆방에 돌아와 달그락거리는 소리를 내기에 일어나 불이라도 켤까 생각했네." 이번에는 목소리가 분명했다.

나는 복도로 나가 오카다의 방 장지문을 열었다. 오카다는 대학 철문을 마주 보는 창문을 열어놓고 책상에 팔꿈치를 대고 어두운 밖을 내다보고 있었다. 세로로 쇠막대기를 박아놓은 창인데, 창 바깥쪽으로 좁은 통로에 심어진 노송나무 두세 그루가 먼지를 뒤집어쓰고 서 있었다.

오카다는 내 쪽을 돌아보며 말했다. "오늘도 또 이상하게 후텁지근하지 않나? 내 방에는 모기 두세 마리가 극성을 부려 못 견디겠네."

나는 오카다의 책상 옆에 책상다리를 하고 앉았다. "그러게 말일세. 우리 아버지는 이백십일 태풍이 조금씩 나뉘어 바람으로 분다고 하셨다네."

"음, 이백십일 태풍이 조금씩 나뉘어 부는 바람이 되었다니 재미있군. 정말 그럴지도 모르지. 나는 하늘이 흐렸다 갰다 하는 걸 보고 나갈까 말까 생각하다가 결국 오전 내내 뒹굴거리며 자네에게 빌린『금병매』를 읽었네. 그러다 보니 머리가 멍해져서 점심을 먹은 후에야 어슬렁거리며 나갔다가 묘한 일을 겪었다네." 오카다는 내 얼굴을 보지 않고 창밖을 향한 채 이렇게 말했다.

"어떤 일인데?"

"뱀을 물리쳐주었어." 오카다는 내 쪽으로 얼굴을 돌렸다.

"미인이라도 구해준 거야?"

"아니, 구해준 건 새지만 미인과도 관계가 있어."

"그거 재미있겠군. 얘기 좀 들려주게나."

19

오카다의 이야기는 이러했다.

정오가 좀 지났을 무렵, 구름이 급하게 흩어지고 광포한 바람이 한 두 번 세차게 일더니 거리의 먼지를 휘감아 올리고는 다시 잠잠해졌다. 반나절 내내 읽고 있던 중국 소설에 머리가 아파온 오카다는 어디에 가겠다는 생각도 없이 가미조를 나와 습관적으로 무엔자카 쪽으로 향했다. 머리는 멍한 상태였다. 원래 중국 소설은 거의 다 그렇지만 그중에서도 『금병매』는 잔잔한 내용이 열 장인가 스무 장 정도 이어지는가 싶다가 약속이라도 한 듯 당치도 않은 이야기가 나온다.

"그런 책을 읽은 뒤라 나는 분명히 정신 나간 얼굴로 걷고 있었을 거네." 오카다가 말했다.

잠시 걷다 보니 오른편에 이와사키 저택의 돌담이 보이고 길이 점차 내리막길로 접어들었다. 오카다는 왼편에 사람들이 서 있는 걸 보고 정신이 들었다. 그곳은 마침 언제나 자신이 눈여겨보던 집 앞이었는데, 오카다는 이야기할 때 이것은 밝히지 않았다. 모여 있는 사람들은 모두 여자들로 열 명 정도 되었던 것 같다. 대부분 여자아이들이었고 어린 새들이 지저귀듯 뭔가 말하며 소란스럽게 떠들고 있었다. 오카다는 아무것도 모른 채 또 알고 싶다는 호기심을 낼 겨를도 없이 지금까지 길 한복판을 걷고 있던 발걸음을 두세 걸음 그쪽으로 옮겼다.

많은 여자들의 눈이 단 하나에 집중되어 있었기 때문에 오카다는 그 시선을 따라가 소란의 원인을 찾아냈다. 그 집 격자창 위에 매달려 있는 새장이었다. 여자들이 소동을 피우는 것도 무리는 아니었다. 오카다도 새장 안 광경을 보고 놀랐다. 새는 파닥파닥 날갯짓을 하고, 울면서 좁은 새장 안을 빙빙 날고 있었다. 무엇이 새를 불안에 떨게 하는가 잘 살펴보니 커다란 구렁이가 머리를 새장 안에 집어넣고 있었다. 비녀처럼 가느다란 대나무 살 사이로 머리를 집어넣은 듯 보였는데 언뜻 보아 새장은 부서지지 않았다. 뱀이 자기 몸통이 들어갈 만큼만 틈을 벌리고 머리를 집어넣은 것이었다. 오카다는 자세히 살펴보려고 두세 걸음 앞으로 나아갔다. 그러자 여자아이들이 어깨를 나란히 하고 선 곳에 가까워졌다. 여자아이들은 오카다를 구조자로 맞이하려는 듯 의논이라도 한 것처럼 길을 열어 오카다를 앞으로 나아가게 했다. 오카다는 순간 새로운 사실을 발견했다. 새가 한 마리가 아니라는 것이었다. 파닥거리며 도망쳐 다니는 새 외에 같은 깃털색의 다른 새 한 마리가 이미 뱀에게 잡아먹히고 있었다. 뱀이 한쪽 날개를 입에 집어넣은 것에 불과했지만, 공포 때문인지 죽은 듯이 다른쪽 날개를 축 늘어뜨리고 몸이 축 처져 있었다.

이때 집주인인 듯한 좀 연상인 여자가 당황해하면서도 주저하듯 오카다에게 말을 건넸다. 뱀을 어떻게 해줄 수 없느냐는 것이었다. "옆집에 재봉 일을 배우러 와 계시던 분들 여럿이 곧 와주셨지만 도저히 여자들 손으로는 어떻게 할 수 없어서요." 여자가 말했다. 여자아이들 중 하나가 "새들이 시끄러운 소리를 내기에 이분이 장지문을 열어보셨지요. 그런데 뱀을 보시고 꺅 하고 큰 소리로 비명을 지르셨어요. 우리 모두 하던 일을 멈추고 나왔지만 정말 어떻게도 할 수가 없었어요. 재봉 선생님은 안 계시지만 설사 계셨다고 해도 나이 드신 분이라 도움이 안 되었을 거예요" 하고 말했다. 재봉 선생은 일요일에 쉬지 않고 1일과 6일에 쉬었기 때문에 제자들만 나와 모여 있었다.

이 이야기를 할 때 오카다는 "그 주인 여자라는 사람이 상당히 미인이었다네"라고 말했다. 그러나 전부터 얼굴을 알고 있으며 지날 때마다 서로 인사를 나누던 여자라는 말은 하지 않았다.

오카다는 대답을 하기보다 먼저 새장 아래로 다가가 뱀의 모습을 살펴보았다. 새장은 옆집인 재봉 선생 집 쪽에서 가까운 창가에 매달려 있었다. 뱀은 이 집과 이웃집 사이의 처마를 타고 다가와 새장을 노리고 머리를 집어넣은 것이었다. 뱀의 몸통은 새끼줄을 친 듯이 처마의 가로대를 횡단하고 있었으며 꼬리는 아직 구석의 기둥 끝에 감춰져 있었다. 꽤나 긴 뱀이었다. 필시 풀이 우거진 가가 저택 어딘가에 살던 놈이 요즈음 기압의 변화를 감지하고 나와 다니던 중에 이 새장의 새를 발견했을 것이다. 오카다는 어떻게 할까 하고 잠시 망설였다. 여자들이 손을 쓸 수 없었던 것도 무리가 아니었다.

"칼 같은 거 없습니까?" 오카다가 말했다. 주인 여자가 한 여자아이에게 "부엌에 있는 식칼을 가져오거라" 하고 말했다. 하녀로 보이는 여자아이는 재봉을 배우러 옆집에 와 있는 다른 여자아이들과 마찬가지로 유카타를 입고, 그 위에 보라색 모슬린으로 꿰맨 다스키[*]를 두르고 있었다. 생선을 요리하는 식칼로 뱀을 자르면 곤란하다고 생각했는지 여자아이가 항의하는 눈빛으로 주인의 얼굴을 쳐다보았다. "괜찮아. 네가 쓸 것은 새로 사줄 테니……" 주인이 말했다. 여자아이는 납득이 간 듯 집으로 뛰어 들어가 식칼을 가지고 나왔다.

오카다는 기다렸다는 듯 그것을 받아 쥐고는, 신고 있던 게다를 벗어 던지고 나지막한 창에 한 발을 걸쳤다. 체조는 그의 장기였다. 왼손은 벌써 처마의 가로대를 잡고 있었다. 오카다는 식칼이 새것이긴

---

[*] 양 어깨에서 겨드랑이에 걸쳐 X자 모양으로 옷소매를 걷어 매는 어깨띠 같은 끈. 주로 일할 때 두른다.

하지만 날이 서 있지 않음을 알고 처음부터 일격에 자르려고는 하지 않았다. 그는 식칼로 뱀의 몸통을 가로대에 밀어붙이고 누르면서 칼을 둥글둥글 두세 번 앞뒤로 움직였다. 뱀의 비늘이 잘리면서 마치 유리를 부수는 것 같은 촉감이 손에 전해졌다. 이때 뱀은 이미 새의 머리를 아가리 속으로 끌어 넣고 있었는데, 몸통에 중상을 입고 물결치듯 몸을 뒤틀면서도 사냥감을 입에서 토해내려고도, 머리를 새장에서 빼려고도 하지 않았다. 오카다가 손을 빼지 않고 식칼을 대여섯 번 앞뒤로 움직이자, 날이 서지도 않은 칼이 드디어 뱀을 도마 위 고기처럼 두 동강 냈다. 쉴 새 없이 몸을 비틀어대던 뱀의 아랫부분이 먼저 툭 하고 소엽맥문동이 심겨 있는 낙숫물 내려오는 곳 위로 떨어졌다. 이어서 윗부분이 들러붙어 있던 창틀 위에서 떨어지며, 머리가 새장 안에 처박힌 채 축 늘어졌다. 새장은 대나무 살이 활처럼 휘었을 뿐 부러지지 않아서, 새를 반쯤 물어서 부푼 뱀의 머리는 빠지지 않았다. 그 때문에 뱀의 상체 무게가 가중되어 새장은 45도 정도 기울었다. 새장 안에서는 살아남은 새 한 마리가 신기하게도 기력이 남은 듯 날개를 파닥거리며 빙빙 날아다녔다.

오카다는 가로대에 감고 있던 손을 풀고 뛰어내렸다. 여자들은 모두 숨을 죽인 채 지켜보고 있었는데 두세 명의 여자아이들은 더 이상 보지 않고 재봉 선생 집으로 들어갔다. "저 새장을 내려서 뱀 머리를 치우지 않으면……" 이렇게 말한 오카다는 여주인의 얼굴을 쳐다보았다. 그러나 축 늘어진 뱀의 반신이 잘린 곳에서 거무스름한 피가 뚝뚝 창틀로 떨어지고 있어서 주인도 하녀도 집으로 들어가 새장이 매달린 삼실 줄을 떼어낼 용기가 없었다.

그때 누군가가 "새장을 내려드릴까요?"라고 괴상한 목소리로 말했다. 모여 있던 사람들의 눈이 모두 그 목소리 쪽으로 향했다. 목소리의 주인은 술 가게의 어린 사환이었다. 오카다가 뱀을 처치하는 동안 조용한 일요일 오후의 무엔자카를 지나가는 사람은 없었다. 이 사환만이 가는 끈으로 묶은 호리병과 장부를 들고 지나가다가 뱀을 처치하는 광경을 보았다. 뱀의 아랫부분이 맥문동 위로 떨어지자, 사환은 호리병과 장부를 내려놓고 곧바로 그곳으로 가서 돌을 주워 뱀의 잘린 부분을 툭툭 쳐보았다. 그러고는 칠 때마다 아직 뱀의 아랫부분이 파도를 치듯 움직이는 것을 바라보았다.

"그럼 미안하지만, 좀." 여주인이 부탁했다. 어린 하녀가 사환을 데리고 격자문을 지나 집 안으로 들어갔다. 곧 창가에 나타난 사환은 만년청 화분이 놓여 있는 창틀 위로 올라가 힘껏 몸을 뻗어 새장을 매단 삼실 줄을 못에서 벗겨냈다. 사환은 하녀가 새장을 받아주지 않자 새장을 든 채 창틀에서 내려와 문을 돌아 밖으로 나왔다.

사환은 함께 따라온 하녀에게 "새장은 내가 들고 있을 테니 저 핏자국을 닦아. 다다미 위에도 떨어졌는데"라며 우쭐대듯 충고했다. "정말이네. 빨리 핏자국을 닦으려무나." 여주인이 말했다. 하녀는 격자문 안으로 되돌아 들어갔다.

오카다는 사환이 들고 나온 새장을 들여다보았다. 남은 새 한 마리는 홰에 앉아 부들부들 떨고 있었다. 뱀에게 먹힌 새의 몸은 반 이상이 입속에 들어가 있었다. 뱀은 몸이 잘리면서도 마지막 순간까지 새를 삼키려고 했던 것이다.

사환은 오카다의 얼굴을 쳐다보며 "뱀을 치울까요?"라고 물었다.

"응, 치우는 건 좋지만 머리를 새장 한가운데까지 들어 올려서 빼내지 않으면 아직 성한 대나무 살이 부러질 거야." 오카다가 웃으며 말했다. 사환은 솜씨 좋게 뱀 머리를 빼내고 손가락으로 새 꽁지를 잡아당겨보며 "죽어도 안 뱉으려고 하네" 하고 말했다.

그때까지 남아 있던 재봉 선생의 제자들은 이제 구경거리는 사라졌다고 생각했는지 모두 옆집 격자문 안으로 들어갔다.

"자, 저도 슬슬 가보겠습니다." 오카다가 주위를 둘러보았다.

여주인은 넋을 잃고 뭔가를 생각하다가, 이 말을 듣고 오카다 쪽을 바라보았다. 그리고 뭔가 말하려다가 주저하며 눈을 옆으로 돌렸다. 그와 동시에 여자는 오카다의 손에 피가 약간 묻은 것을 보았다. "어머, 어떡해요. 손이 더럽혀졌네요." 여자는 하녀를 불러 현관으로 세숫대야를 가져오게 했다. 오카다는 이 이야기를 할 때 여자의 태도에 대해 자세히 언급하지는 않았지만 "새끼손가락에 아주 약간 피가 묻은 것을 용케도 보았다고 생각했다네"라고 말했다.

오카다가 손을 한참 씻고 있는데 그때까지 뱀의 입에서 죽은 새를 끄집어내려 하던 사환이 "앗, 큰일 났다" 하고 외쳤다.

잘 접은 새 수건을 가지고 오카다의 옆에 서 있던 여주인이 열려 있는 격자문을 한쪽 손으로 잡고 밖을 내다보며 "얘, 무슨 일이니?"라고 물었다.

사환은 손을 펴서 새장을 막으며 대답했다. "하마터면 뱀 머리가 들어가 생긴 틈새에서 하나 남은 새가 도망칠 뻔했어요."

오카다는 여자가 건네준 수건으로 씻은 손을 닦으며 사환에게 말했다. "그 손을 떼지 말고 있거라." 그러고는 튼튼한 실 같은 것이 있으면 달라고 했다. 새가 틈새에서 나오지 못하게 하려는 것이었다.

여자는 잠시 생각하더니 물었다. "머리끈은 어떨까요?"

"좋습니다." 오카다가 대답했다.

여주인은 하녀를 시켜 경대 서랍에서 머리끈을 꺼내오게 했다. 오카다는 그것으로 새장의 대나무 살이 부러진 곳을 칭칭 감아 묶었다.

"그럼 내가 할 일은 이 정도로 끝났지요?" 이렇게 말하고 오카다는 문을 나섰다.

"정말 뭐라고 감사의 말씀을 드려야 좋을지." 여주인은 자못 대답이 궁한 듯 말하고 뒤따라 나왔다.

오카다는 사환에게 말을 걸었다. "애야! 수고하는 김에 그 뱀을 치워주지 않겠니?"

"예, 언덕 밑의 하수구 깊은 곳에 버리지요. 어디 새끼줄이라도 없을까." 사환 아이는 말하며 주변을 둘러보았다.

"새끼줄은 있으니 갖다줄게요. 잠시 기다려요." 여주인은 하녀에게 뭔가를 지시했다.

그사이 오카다는 "그럼 안녕히 계십시오" 하고 인사를 한 후, 뒤돌아보지 않고 언덕을 내려왔다.

여기까지 이야기한 오카다는 내 얼굴을 보며 물었다. "어때? 미인을 위해서이긴 하지만, 대단한 활약이었지?"

"응, 여자를 위해 뱀을 죽인다는 이야기는 신화처럼 재미있긴 한데, 아무래도 그 이야기가 거기서 끝날 것 같지는 않은데." 나는 솔직하게 생각한 대로 말했다.

"농담 말게. 미완성의 이야기라면 꺼내지도 않았네." 오카다의 말도 가식은 아니었던 것 같다. 그러나 그렇게 끝난 것에 얼마간의 아쉬움 정도는 있었을 것이다.

나는 오카다의 이야기를 듣고 그저 신화 같다고 말했지만, 실은 한 가지 마음속에 떠오른 생각을 숨기고 있었다. 그것은 『금병매』를 읽다가 나간 오카다가, 금련*과 만난 것은 아닌가라는 생각이었다.

대학의 사환 출신으로 지금 고리대금업을 하고 있는 스에조의 이름은 학생들 사이에 모르는 사람이 없었다. 돈을 빌리지 않은 학생들도 이름은 알고 있었다. 그러나 무엔자카의 여인이 스에조의 첩이라는 사실은 모르는 사람도 있었다. 오카다도 그중 한 사람이었다. 나는 그때 아직 그 여자의 내력은 잘 몰랐지만, 재봉 선생 옆집에 사는 여자를 첩으로 둔 사람이 스에조라는 것만은 알고 있었다. 내 정보는 오카다에 비해 좀 나았다.

20

오카다가 뱀을 처리해준 날의 일이었다. 오타마는 지금까지 눈인사밖에 한 적이 없는 오카다와 친밀히 말을 나눈 이후 자신의 마음이 스스로도 놀랄 만큼 급격히 변화했음을 느꼈다. 여자들에게는 갖고 싶다고는 생각하면서도 사려고까지는 생각하지 않는 물건이 있다. 그런

---

* 『금병매』의 주인공인 서문경의 첩 반금련.

시계나 반지 같은 것들이 쇼윈도 안에 장식되어 있는 가게를, 여자들은 지나칠 때마다 들여다보고 간다. 일부러 그 가게 앞에 가려고는 하지 않는다. 뭔가 다른 용무가 있어 그 앞을 지나게 되면 반드시 들여다보는 것이다. 갖고 싶다는 희망과 그것을 사는 일은 도저히 상상할 수도 없다는 체념이 하나가 되어, 사무치도록 절실하지는 않지만, 희미하면서 달콤한 애상적 정서가 생긴다. 여자들은 그런 기분을 즐긴다. 하지만 그와는 달리 여자들이 사려고 마음먹은 물건은 여자들에게 강렬한 고통을 준다. 여자들은 마음을 안정시킬 수 없을 만큼 그 물건 때문에 고민한다. 설사 며칠만 기다리면 손쉽게 손에 넣을 수 있음을 알면서도 그걸 기다릴 여유가 없다. 여자들은 더위나 추위, 어둠 그리고 진눈깨비 같은 것도 아랑곳하지 않고 충동적으로 결심하고 그것을 사러 가는 경우가 있다. 가게에서 물건을 훔치는 여자들도 신기한 나무로 조각된 어떤 사람들이 아니다. 단지 갖고 싶은 마음과 사고 싶은 마음의 경계가 희미해진 여자들에 지나지 않는다. 오카다는 지금까지 오타마에게 갖고 싶은 존재에 불과했지만 이제는 갑자기 사고 싶은 존재로 다가오게 되었다.

　오타마는 작은 새를 구해준 일을 인연으로 어떻게든 오카다에게 다가가고 싶었다. 우선 먼저 든 생각은, 우메를 통해 물건을 보내 고마움을 표시하는 것이었다. 그렇다면 물건은 뭐가 좋을까. 후지무라 가게의 과자라도 사서 보낼까. 그건 너무 옹색하다. 평범한 데다 누구라도 흔히 하는 것이다. 그렇다고 옷감 조각으로 팔꿈치보호대 같은 걸 만들어 보내면 오카다 씨는 숫처녀의 사랑 같다고 우스워할 것이다. 도무지 좋은 생각이 떠오르질 않는다. 물건을 정한다 해도, 우메를 통해 보내는 것만으로 될 일인가. 명함이라면 요전 날 나카초에서 만든 것이 있지만 그것을 함께 끼워 보내는 것만으로는 뭔가 부족하다. 뭐라고 한 마디 적어 보내고 싶다. 아, 어쩌지? 학교는 소학교를 마치고 그만두었고, 그 후로는 글씨 연습할 겨를이 없었기 때문에 도저히 제대로 된 편지는 쓸 수 없다. 물론 명문가에서 고용인으로 일했다는 옆집 재봉 선생에게 부탁하면 어렵지 않을 것이다. 그러나 그러기는 싫다. 특별히 사람들에게 말 못할 사연을 편지에 쓸 것은 아니지만, 어쨌든 오카다 씨에게 편지를 보내는 걸 아무에게도 알리고 싶지 않다. 아, 어쩌면 좋지?

마치 같은 길을 왔다 갔다 하듯 오타마는 이 일을 이렇게도 저렇게도 생각해보고, 화장을 하거나 부엌일을 지시하면서 잠시 잊었다가도 다시 생각하곤 했다. 그러던 중 스에조가 왔다. 오타마는 술을 따르면서도 생각에 빠져 있다가 "뭘 그리 골똘히 생각하고 있는 거야?"라는 핀잔을 들었다. "어머, 아무 생각도 안 해요." 오타마는 의미 없이 웃는 얼굴을 지어 보였지만 속으로는 가슴이 두근거렸다. 그러나 요즘은 상당히 익숙해져서 예민한 스에조에게도 뭔가를 숨기는 것을 쉽게 들키는 경우는 없었다. 오타마는 스에조가 돌아간 다음 잠을 자다, 결국 선물용 과자 상자를 사서 우메를 통해 서둘러 보내는 꿈을 꾸었다. 그런 다음 명함도 편지도 넣어 보내지 않은 것을 깨닫고 깜짝 놀라, 꿈에서 깨어났다.

이튿날이 되었다. 이날은 오카다가 산책을 안 나왔는지, 아니면 이쪽에서 보질 못했는지 오타마는 그리운 얼굴을 볼 수 없었다. 다음 날은 오카다가 다시 여느 때처럼 창밖을 지나갔다. 그는 창문 쪽을 흘깃 쳐다보며 지나갔지만 안이 어두웠기 때문에 오타마와 얼굴을 마주칠 수 없었다. 그다음 날은 늘 오카다가 지나가는 시간이 되자 오타마가 싸리비를 들고 나와 별로 지저분하지도 않은 격자문 안쪽을 정성껏 청소하며, 자신이 신은 겨울용 신발 외에 한 켤레 나와 있는 게다를 오른쪽에 놓았다 왼쪽에 놓았다 했다. "어머, 제가 쓸게요." 부엌에서 나오며 말하는 우메에게 오타마는 "아냐, 너는 국이 끓는지 보고 있으렴. 내가 일이 없어서 하는 거야"라며 쫓아 보냈다. 그때 마침 오카다가 지나다가 모자를 벗어 들고 인사를 했다. 오타마는 싸리비를 든 채 얼굴을 새빨갛게 붉히며 우두커니 서 있다가 아무 말도 못 하고 오카다를 그냥 지나쳐 보냈다. 오타마는 손을 데이고 부젓가락을 내던지듯, 싸리비를 팽개치고 신을 벗은 다음 서둘러 방으로 들어왔다.

오타마는 화롯가에 앉아 불을 뒤적거리며 생각했다. '아! 나는 왜 이리도 어리석을까. 오늘처럼 선선한 날에는 창을 열고 내다보는 게 이상하게 보일까봐 일부러 청소를 하는 척하며 기다렸는데 정작 만나서는 아무 말도 못 했어. 남편 앞에서는 어색하긴 해도 말하려고 마음먹으면 못 할 말은 없었어. 그런데 왜 오카다 씨에게는 말을 걸 수 없는 걸까? 그렇게 도움을 받았으니 감사를 표하는 게 당연한데. 오늘 말을 못 했으니 그분에게 말을 걸 기회는 이제 없어져버렸는지도 몰라. 우메를 시켜 뭔가를 보내려 해도 마땅치 않고, 만나게 되어도 말이 나오지 않으니 어쩔 수가 없잖아. 도대체 왜 그때 말이 안 나왔을까. 그래, 그렇지. 그때 나는 분명히 말을 하려고 했었어. 단지 뭐라고 해야 할지 몰랐을 뿐이야. '오카다 씨'라고 다정하게 부를 수가 없었어. 그렇다고 얼굴을 마주 보며 '여보세요'라고 하는 것도 이상해. 생각해보니 그때 우물쭈물한 것도 무리는 아니야. 이렇게 곰곰이 생각해봐도 뭐라고 해야 할지 모르겠는걸. 아니, 아니야. 이런 걸 생각하는 건 역시 내가 어리석기 때문이야. 말은 걸 필요가 없었어. 바로 밖으로 뛰어나갔더라면 좋았을걸. 그랬다면 오카다 씨가 발걸음을 멈췄을 거야. 걸음만 멈췄다면 "요전 날은 뜻하지 않게 폐를 끼쳤습니다"라든지 무슨 말이라도 했을 거야.' 오타마가 이런 생각을 하며 불을 뒤적이고 있는 사이 쇠 주전자 뚜껑이 들썩거리기 시작했다. 오타마는 김을 빼려고 뚜껑을 열었다.

오타마는 자기가 말을 걸까, 심부름을 시킬까 두 가지 방법을 놓고 고민하기 시작했다. 그러는 사이 날은 지나고 저녁은 점차 선선해져서, 창문을 열어두고 있기가 힘들어졌다. 뜰 청소도 이제까지 아침에 한 번만 했던 것을 요전 날 그 일 이후부터는 우메가 아침저녁으로 청소하기 때문에 역시 하기가 어색했다. 오타마는 목욕하러 가는 시간을 늦춰 도중에 오카다를 만나려고 했지만 언덕 아래 목욕탕까지는 너무 가깝기 때문에 좀처럼 만날 수가 없었다. 심부름을 보내는 일도 날이 지나면 지날수록 어려워지게 되었다.

그래서 오타마는 일단은 이런 생각을 하며 억지로 체념하려 했다. '나는 그날 이후, 오카다 씨에게 감사의 말을 하지 않고 있어. 해야만 하는 감사의 말을 하지 않고 있다는 건 아직 오카다 씨에게 은혜를 입고 있다는 거야. 내가 은혜를 입었다는 사실은 오카다 씨도 알고 있을 거야. 이렇게 된 것이 오히려 섣불리 감사의 말을 해버린 것보다 나을지 몰라.'

그러나 오타마는 은혜를 입었다는 것을 핑계 삼아 한시라도 빨리 오카다에게 다가가고 싶었다. 단지 그 수단과 방법을 찾을 수 없어 날마다 남모르게 속을 태웠다.

오타마는 남에게 지기 싫어하는 여자였다. 그런데 스에조의 소유가 된 후 기간은 짧았지만 주위로부터 겉으로는 멸시당하면서도 속으로는 시샘을 받는 첩이라는 신분의 어려움을 맛보았다. 그로 인해 일종의 세상을 조소하는 성격이 생겨나긴 했지만, 원래 천성이 착하고 아직 세상 사람들의 때가 묻지 않았기에, 하숙집에 사는 학생에 불과한 오카다에게 다가가는 일도 아주 어려워하고 있었다.

그러던 중, 가을의 쾌청한 날씨에 창문을 열어두고 다시 오카다와 인사를 나누는 날이 있었지만, 모처럼 친밀하게 말을 걸고 수건을 건네주었던 예전 사건 이후로는 전혀 다음 단계로 나아가지 못했다. 오타마는 그 사건이 있었던 이후나 아무 일도 없었던 이전이나 전혀 다르지 않음을 매우 속상해했다.

스에조가 와 있어도, 화로를 사이에 두고 마주 앉아 이야기를 하면서 이 사람이 오카다 씨라면 얼마나 좋을까 하고 생각했다. 처음에는 그런 생각을 할 때마다 스스로 자신의 뻔뻔스러움을 나무랐지만, 점점 아무렇지도 않게 오카다만을 생각하면서도 이야기의 장단을 맞추게 되었다. 그리고 스에조에게 안기면서도 눈을 감고 오카다를 생각했다. 때때로 오타마는 꿈속에서 오카다와 한 몸이 되었다. 번거로운 순서나 절차도 없이 한 몸이 되었다. 그리고 "아! 기쁘다" 하고 생각하는 순간 상대가 오카다가 아닌 스에조로 변했다. 깜짝 놀라 눈을 뜨지만, 그 뒤로는 신경이 예민해져 잠을 이룰 수 없고 몸이 달아 우는 일도 있었다.

어느 틈에 11월이 되었다. 화창한 날씨가 계속되어 창문을 열어놓아도 이상해 보이지 않았기 때문에 오타마는 다시 오카다의 얼굴을 매일 볼 수 있었다. 이전에 스산하게 추운 비가 내리는 날이 계속되거나 해서 이삼일 정도 오카다의 얼굴을 볼 수 없으면 오타마는 우울해졌다. 그렇지만 원래 착한 성격이라 억지를 부리며 우메를 괴롭히지는 않았다. 스에조에게도 우울한 얼굴을 보이지 않았다. 단지 그럴 때면 화롯가에서 팔꿈치를 괴고 멍하니 아무 말도 하지 않기 때문에 우메가 "어디 편찮으세요?"라고 묻는 경우가 있을 뿐이었다. 그러다가 요즈음 오카다의 얼굴을 매일 볼 수 있게 되자 오타마는 이상하게 마음이 들떠서 어느 날 아침에는 평소보다 상쾌하게 집을 나서 연못가에 사는 아버지 집에 놀러갔다.

오타마는 아버지를 일주일에 한 번씩 꼭 찾아가긴 했지만 한 시간 이상 앉아 있어본 적은 한 번도 없었다. 아버지가 허락하지 않았기 때문이다. 아버지는 오타마가 갈 때마다 잘 대해주었다. 뭔가 맛있는 것이라도 있는 날이면 꼭 내오면서 차도 곁들여 마시게 했다. 그러나 그것뿐 곧 돌아가라고 했다. 급한 성격 때문만은 아니었다. 남의 집에 보냈으니 마음대로 곁에 둘 수 없다는 생각 때문이었다. 오타마가 두 번째인가 세번째 아버지의 집을 찾았을 때, 오전 중에는 남편이 절대로 오지 않으니 좀 오래 있어도 된다고 말한 적이 있었다. 그러나 아버지는 허락하지 않았다. "지금까지는 찾아오지 않았어도, 언제 볼일이 있어 찾아올지 모르잖니. 남편에게 말을 하고 허락을 받으면 괜찮지만, 지금처럼 물건 사러 나온 길에 들렀는데 오래 앉아 있으면 안 돼. 그러면 네 남편이 어딜 그리 쏘다니는가 생각해도 어쩔 수 없어"
라고 말했다.

혹 아버지가 어디선가 스에조의 직업에 관해 듣고 마음을 상하지는
않았는지 오타마는 항상 걱정이 되어, 찾아갈 때마다 유심히 살피지
만 아버지는 전혀 모르는 듯했다. 그럴 만도 했다. 연못가로 이사 온
후 곧 아버지는 책을 빌려다 읽기 시작해, 낮에는 항상 안경을 끼고
빌린 책들을 읽었다. 실록이나 무용담 등의 필사본만 읽었는데, 요즘
읽고 있는 책은 『미카와고후도키(三河後風土記)』*였다. 이 책은 꽤
권수가 많아 당분간 이 책만 읽겠다고 했다. 책을 빌려주는 집에서 요
미혼**을 권하면 요미혼은 거짓말로 쓴 책이라며 손에 잡아보려고도
하지 않았다. 밤에는 눈이 피로하다며 책을 읽지 않고 연예장에 갔다.
연예장에서 듣는 것이면 참인지 거짓인지 따지지 않고 만담도 듣고
기다유도 들었다. 주로 무용담만 들려주는 히로코지 거리의 연예장에
는 정말 마음에 드는 사람이 나올 때에만 갔다. 취미는 그것뿐으로,
다른 사람과 잡담을 하지도 않기 때문에 친구도 없었다. 그래서 스에
조의 신상 따위를 물어볼 인연도 생기지 않았다.

그래도 이웃 사람 중에는 영감 집에 찾아오는 미인이 누군가 하고
수소문하여 결국 고리대금업자의 첩이라는 사실을 알아낸 사람도 있
었다. 만일 양쪽 이웃 중 말 많은 사람이 살았다면 영감이 아무리 이

---

* 전국 시대를 평정하고 에도 시대를 연 도쿠카와 이에야스와 그 가신(家臣)들의 사적을
기록한 책. 줄여서 『고후도키』라고도 한다.
** 에도 시대에 유행한 소설 형식 중 하나로, 전기적이고 권선징악을 내용으로 하는 교
훈적인 소설이 많다.

웃과의 교제가 없다 해도 억지로라도 나쁜 소문이 들어갔겠지만, 다행스럽게 한쪽 집은 박물관에서 일하는 공무원으로 법첩(法帖)* 같은 것을 보며 습자 연습만 하는 남자였고, 다른 한쪽 집은 지금은 보기 드문 판목사(板木師)** 인데 도장을 파는 일은 하지 않아서 양쪽 모두 영감 마음의 평화를 깨뜨릴 염려는 없었다. 당시 죽 늘어선 집들 중에 가게를 열어 장사를 하는 곳은 메밀국숫집인 렌교쿠안과 센베이 가게, 그리고 좀 더 가서 히로코지 거리 모퉁이 근처의 주산야라는 빗 가게 외에는 없었다.

영감은 다정한 목소리를 듣지 않았음에도 격자문을 열고 들어서는 인기척과 경쾌한 게다 소리만으로 이미 오타마가 왔다는 것을 눈치채고, 읽다 만 『고후도키』를 내려놓고 기다렸다. 쓰고 있던 안경을 벗고 사랑스러운 딸의 얼굴을 보는 날은 영감에게 축제와도 같았다. 그는 딸이 오면 반드시 안경을 벗었다. 안경을 쓰고 보는 게 더 잘 보이지만 아무래도 안경 너머로는 거리감이 느껴져 마음이 불편하기 때문이었다. 딸에게 하고픈 이야기가 언제나 많았는데, 그만 깜빡하고 말 못한 이야기 한 자락이 언제나 딸이 돌아간 후 생각이 났다. 그러나 "남편은 잘 있느냐?" 하고 스에조의 안부를 묻는 것만은 잊지 않았다.

오타마는 오늘 기분이 좋아 보이는 아버지의 얼굴을 마주하고, 도쿠카와 이에야스의 첩인 아챠노쓰보네에 대한 이야기를 들으며 히로코지 거리에 생긴 오오센주의 분점에서 샀다는 사방 한 자나 되는 구운 과자를 맛있게 먹었다. 그리고 아버지가 "아직 돌아가지 않아도 되

---

* 옛사람들의 글씨를 탁본한 책.
** 목판에 인쇄용으로 문자나 그림을 새기는 일을 하는 사람.

니?" 하고 물을 때마다 "괜찮아요"라고 웃으며 말하고는 결국 정오가
다 될 때까지 놀았다. 그러면서 요전처럼 스에조가 갑자기 찾아오는
일이 있다는 것을 아버지에게 이야기하면 안 가봐도 되느냐는 재촉이
더욱 심해질 거라고 속으로 생각했다. 오타마는 어느새 꽤 뻔뻔스러
워져서 집을 비운 사이에 스에조가 찾아오면 안 되는데 하는 걱정조
차 하지 않게 되었다.

21

　　날씨가 점점 추워졌다. 오타마의 집 설거지대 앞에 놓인, 게다 신은
발을 디디고 서는 널빤지 위에 아침 서리가 하얗게 내려앉았다. 오타
마는 깊은 우물에 드리운 차가운 두레박줄을 잡아야 하는 우메가 안
쓰러워서 장갑을 사 주었지만, 우메는 그것을 일일이 꼈다 벗었다 하
며 부엌일을 할 수 없다고 생각해 받은 장갑을 소중히 넣어두고 여전
히 맨손으로 물을 길었다. 빨래를 하고 걸레질을 할 때 물을 끓여 더
운물을 쓰게 하는데도 우메의 손은 점점 거칠어졌다. 오타마가 마음
에 걸려 말했다. "무슨 일이든 손을 적신 후에 그대로 두는 게 안 좋은
거야. 물을 만지고 나선 잘 닦고 물기를 말리려무나. 일을 다 마치면
잊지 말고 비누로 손을 씻고." 비누까지 사 주었다. 그런데도 우메의
손이 점점 더 거칠어지는 것을 보고 오타마는 딱하게 생각했다. 그리
고 그 정도의 일은 자기도 했지만 우메처럼 손이 튼 적은 없었는데 이
상하다고도 생각했다.

평소 오타마는 아침에 눈을 뜨면 바로 일어나지만 요즘은 우메가 "오늘 아침은 설거지대에 얼음이 얼었어요. 좀 더 누워 계세요"라고 하면 그냥 이불 속에서 나오지 않았다. 교육자들은 망상을 일으키지 않도록 젊은이들에게 이부자리에 들어가면 바로 잠을 자고, 눈을 뜨면 바로 일어나라고 훈계한다. 젊고 혈기 왕성한 몸을 따뜻한 이불 속에 두면, 독초의 꽃을 불 속에서 피운 것처럼 사상(寫像)이 싹트기 때문이다. 오타마의 상상도 꽤 자유분방해질 때가 있었다. 그럴 때에는 눈에 어떤 빛이 나며 술에 취한 듯 눈꺼풀에서 볼까지 홍조가 넘쳐흘렀다.

밤하늘이 맑아 별이 반짝이더니 새벽에는 서리가 내린 어느 날의 일이었다. 오타마는 꽤 오랫동안 이불 속에서 뒹굴거리며 근래에 습관이 붙은 게으름을 피웠다. 그러다가 우메가 이미 덧문을 열어젖혀 둔 바깥 창으로 아침 햇살이 들어오는 것을 보고서야 겨우 일어났다. 넨네코반텐*을 걸쳐 입고 폭이 좁은 띠 하나로 둘러 묶은 다음 툇마루에 나가 이를 닦는데, 격자문을 드르륵 여는 소리가 났다. "어서 오세요"라는 애교 있는 우메의 목소리가 들렸다. 곧바로 방으로 올라오는 발소리가 났다.

"여, 늦잠꾸러기로군." 이렇게 말하며 화로 앞에 앉은 사람은 스에조였다.

"어머나 죄송해요. 너무 이른 것 아니세요?" 오타마는 입에 물고 있던 칫솔을 서둘러 뺀 다음, 침을 양동이에 뱉고 말했다. 좀 상기된 듯한 웃는 얼굴이 스에조의 눈에는 전에 없이 아름답게 보였다. 사실

____

* 솜으로 누빈 두루마기 모양의 옷.

오타마는 무엔자카로 이사 오고 난 후로 나날이 아름다워졌다. 처음에는 소녀 같은 귀여움이 마음에 들었지만 요즘은 그것이 어딘지 모르게 사람을 매혹시키는 듯한 모습으로 변했다. 스에조는 오타마의 변한 모습을 보고 오타마가 사랑을 알게 되었다고, 자신이 그렇게 만들었다고 생각하며 뿌듯해했다. 그러나 무슨 일이든 예리하게 간파하는 스에조의 눈이, 딱하게도 사랑하는 여자의 정신 상태는 제대로 파악하지 못한 것이다. 오타마는 처음에는 서방님을 깍듯이 모시는 여자였지만 주변 환경이 급격히 변하자 반문해보기도 하고 성찰해보기도 한 끝에 뻔뻔스럽다고 해도 좋을 만한 위치에 스스로를 놓고, 세상 여자들이 많은 남자와 접한 후에야 겨우 얻을 수 있는 냉정한 마음을 가지게 된 것이다. 이 마음에 농락당하는 것을 스에조는 유쾌한 자극으로 받아들였다. 또한 오타마는 뻔뻔스러워짐과 동시에 점점 방종해졌다. 스에조는 이 방종에 정욕이 더욱 솟아나 오타마에게 한층 더 빨려드는 느낌이었다. 이 모든 변화를 스에조는 눈치채지 못했다. 매혹되는 듯한 느낌은 바로 거기서부터 생겨났다.

오타마는 쪼그리고 앉아 놋대야를 끌어당기며 말했다. "당신, 잠깐만 저쪽을 보고 있어주시겠어요?"

"왜?" 스에조는 담뱃대에 불을 붙였다.

"왜라뇨? 세수를 해야 하니까요."

"괜찮아. 얼른 씻으라구."

"그래도, 보고 계시면 씻을 수가 없어요."

"참 까다롭네. 이제 됐나?" 스에조는 담배 연기를 내뿜으며 툇마루 쪽으로 등을 돌렸다. 그리고 마음속으로 정말 순진하고 귀여운 여자라고 생각했다.

오타마는 윗도리도 벗지 않고 단지 옷깃만 느슨히 풀어 서둘러 세수를 했다. 평소보다는 대충 하고 있었지만 화장의 힘을 빌려 결점을 숨기거나 아름다움을 가장하는 약점이 없었기에, 맨얼굴을 보여도 별로 곤란할 일은 없었다.

스에조는 처음에는 등을 돌리고 있었지만 잠시 후 오타마 쪽을 보고 앉았다. 세수를 하는 동안 스에조에게 등을 돌리고 있던 오타마는 그것을 모르고 있었는데 다 씻고 경대를 앞으로 당기니, 거기에 스에조의 궐련을 문 얼굴이 비쳤다.

"어머나, 너무하세요." 오타마는 말했지만 그대로 머리를 만졌다. 느슨해진 옷깃 밑으로 보이는 목덜미에서 등에 이르는 삼각형의 하얀 살결, 손을 높이 올리고 있어 팔꿈치 위 두세 치까지 보이는 통통한 팔이 스에조에게는 언제까지나 질리지 않는 볼거리였다. 스에조는 자기가 잠자코 기다리고 있으면 오타마가 무리하게 서두를지도 모른다고 생각해 일부러 태평하고 여유 있는 어조로 말을 꺼냈다.

"뭐 서두를 건 없어. 일이 있어서 일찍 온 건 아니니까. 실은 요전 날 자네가 묻기에 오늘 밤쯤 오게 될 것 같다고 말했는데, 잠깐 치바에 갈 일이 생겼어. 얘기가 잘 풀리면 내일 중으로 돌아오겠지만 어쩌면 모레가 될지도 모르겠어."

빗을 닦고 있던 오타마는 "어머나"라고 말하며 뒤를 돌아보았다. 얼굴에 불안한 듯한 표정이 보였다.

"얌전하게 기다리고 있어야 돼." 농담처럼 말하고 스에조는 궐련상자를 집어넣었다. 그리고 벌떡 일어나 문을 나섰다.

"어머, 차도 안 드렸는데." 던지듯 빗을 빗통에 넣은 오타마가 배웅하러 나왔을 때 이미 스에조는 격자문을 열고 있었다.

아침상을 부엌에서 들고 온 우메가 상을 내려놓고 "정말 죄송해요"라며 바닥에 손을 모으고 엎드렸다.

화롯가에 앉아 불 위에 덮인 재를 부젓가락으로 쑤석거리고 있던 오타마는 "응? 뭘 잘못했다고 그러니?"라며 빙긋 웃었다.

"차를 내드리는 게 늦어져서요."

"아, 그 일이었어? 그냥 내가 인사말로 한 거야. 서방님은 아무렇지 않게 생각하고 가셨어." 오타마는 젓가락을 집어 들었다.

아침밥을 먹는 주인의 모습을 우메가 살펴보니 원래도 좀처럼 언짢아하지 않는 성격이긴 하지만 여느 때보다 기뻐하는 듯 보였다. 아까 "뭘 잘못했다고 그러니?"라고 물으며 웃던 때부터 아련히 붉어진 볼에 아직도 미소의 그림자가 사라지지 않았다. 왜 그럴까 하는 의문이 우메의 머릿속에 떠올랐지만, 단순한 우메는 곧 잊어버렸다. 단지 좋은 기분이 전염되어 자기도 기분이 좋아졌을 뿐이었다.

오타마는 가만히 우메의 얼굴을 보더니 기분 좋아 보이는 얼굴을 한층 더 환하게 했다. "음, 너 집에 가고 싶지 않니?"

우메는 의아하다는 듯 눈을 크게 떴다. 메이지 십몇 년경인 당시에는 에도 시대 상가(商家)의 관습법이 그대로 남아 있어서, 같은 마을에서 같은 마을로 고용살이를 들어가도 야부이리날* 외에는 쉽게 집

---

* 정월과 7월 전후로 고용살이하는 사람들이 휴가를 얻어 고향으로 돌아가는 날.

에 돌아갈 수 없었다.

"오늘 밤은 서방님이 오시지 않을 것 같으니 집에 가서 자고 싶으면 자고 와도 괜찮아." 오타마는 다시 말했다.

"저, 정말이에요?" 우메는 의심스러워서 다시 물어본 게 아니었다. 과분한 은혜라고 생각해 말한 것이었다.

"내가 거짓말을 하겠어? 그렇게 몰인정하게 너를 놀리지는 않아. 밥 먹고 설거지는 안 해도 되니 곧 가도 좋아. 오늘은 마음껏 놀고, 하룻밤 자고, 대신 내일은 일찍 돌아와야 한다."

"예." 우메는 대답하며 기쁨으로 얼굴을 붉혔다. 인력거꾼인 아버지로 인해 항상 인력거가 두세 대 늘어선 집 입구의 정경, 장롱과 화로 사이 겨우 방석 한 장 정도를 깔 수 있는 곳에, 일하러 나가지 않을 때 앉아 있는 아버지와 아버지가 없을 때 앉아 있는 어머니, 머리카락이 항상 한쪽 볼에 흘러내려와 있고 어깨에서 다스키를 벗은 적이 거의 없는 어머니의 모습 등이 작은 머릿속에 주마등처럼 스쳐갔다.

식사가 끝나고 우메는 상을 물렸다. 치우지 않아도 된다고 했지만 설거지만은 해야 한다고 생각해서 통에 더운물을 담아 밥공기와 접시를 달그락거리고 있는데 오타마가 종이에 싼 것을 가지고 나왔다. "어머, 역시 설거지를 하고 있구나. 그 정도 닦는 건 간단하니까 내가 할게. 너 머리는 어젯밤에 땋았으니 됐지? 빨리 옷을 갈아입으렴. 그리고 선물이 아무것도 없으니 이걸 가져가렴." 이렇게 말하며 종이에 싼 것을 건네주었다. 그 안에는 화투장 모양의 50전짜리 푸른색 지폐가 들어 있었다.

우메를 재촉해 내보낸 오타마는 바지런하게 다스키를 걸치고 옷자락을 걷어 올린 뒤 부엌으로 나갔다. 그리고 자못 재미있는 일을 하는 듯 우메가 씻다 만 밥공기와 접시를 닦기 시작했다. 이런 일은 오타마가 옛날에 익힌 솜씨라서 우메가 따를 수 없을 만큼 신속하게, 그리고 더욱 빈틈없이 할 수 있지만 오늘은 어린아이가 장난감을 갖고 노는 것보다 굼뜨게 닦고 있었다. 집어 든 접시 하나가 5분이나 손에서 떠나지 않았다. 오타마의 얼굴은 활기 있는 담홍색으로 빛나고 눈은 허공을 바라보았다.

머릿속에는 극히 낙천적인 생각이 교차했다. 대체로 여자들은 무슨 일이든 결심하기까지 답답할 정도로 갈피를 못 잡고 망설인다. 그러다가도 일단 결심만 하면 남자처럼 이리저리 따져보지 않고, 가리개로 눈 옆을 가린 말처럼 앞만 보고 맹진한다. 사려 깊은 남자들이 의구심을 품을 정도의 장애물이 눈앞에 가로놓여 있어도 여자들은 그것을 거들떠보지도 않는다. 그러므로 어쩌다가 남자들이 감히 하지 못하는 일도 과감히 해치우고 성공하는 경우가 있다. 오타마는 오카다에게 접근하려는 생각이 있었지만, 제삼자가 본다면 답답해서 견딜 수 없다고 할 정도로 머뭇거리고 있었다. 그러나 오늘 아침 스에조가 치바로 간다고 알려준 다음부터는 순풍에 돛을 단 돛단배처럼 목적지를 향해 달려갈 마음이 생겼다. 그래서 서둘러 우메를 집으로 돌려보냈던 것이다. 방해가 되는 스에조는 치바에서 자고 온다. 하녀인 우메도 부모님 집에 돌아가 머문다. 지금부터 내일 아침까지는 누구에게도 간섭받을 일이 없는 몸이라는 생각에 오타마는 기뻐 어쩔 줄 몰랐다. 그리고 이렇게 박자가 잘 맞게 진행되어가는 것이 결국 목적지까지 쉽게 도달할 수 있는 전조처럼 생각되었다. 오늘 오카다 씨는 분명히 집 앞을 지날 것이다. 오고 가며 두 번이나 지나는 날도 있으니까 어쩌다 한 번 못 만난다 해도 두 번 다 놓쳐버릴 리는 없다. 오늘은 어떤 희생을 치르더라도 말을 건네겠어. 과감히 말을 건네는 이상 그분도 발걸음을 멈추지 않을 리 없어. 나는 천한 첩의 몸이야. 게다가 고리대금업자의 첩이지. 하지만 처녀였을 때보다 예뻐졌으면 예뻐졌지, 추해지지는 않았어. 더구나 어떻게 해야 남자의 마음에 드는지도, 불행한 일로 인한 뜻밖의 행운처럼 점차 알게 되었지. 설마 오카다 씨도 무조건 싫은 여자라고 생각하진 않겠지. 아니, 절대 그럴 리 없어. 혹시 싫은 여자라고 생각하신다면 얼굴이 마주칠 때마다 인사를 하실 리 없어. 언젠가 뱀을 잡아주셨던 것도 그래. 다른 집에 일어난 일이었다면 반드시 도와주셨을 거라고는 말할 수 없어. 우리 집이 아니었다면 모르는 체 지나가버리셨을지도 몰라. 게다가 내가 이토록 그리워하고 있으니 전부는 아니더라도 어느 정도는 이 마음이 전해졌겠지. 그래, 어쩌면 의외로 쉬울지 몰라. 이런 생각을 하는 사이 통 속의 따뜻한 물이 완전히 식어버렸는데도 오타마는 차갑다고 느끼지 못했다.

상을 선반 위에 올려놓고 화롯가로 돌아와 앉은 오타마는 왠지 마음이 들떠 가만히 있을 수 없었다. 그래서 오늘 아침 우메가 깨끗하게 털어낸 화로 안의 재를 부젓가락으로 두세 번 휘젓다가 벌떡 일어나서 옷을 갈아입기 시작했다. 도보초 거리의 미장원에 가려는 것이었다. 평소에 집으로 찾아오는 마음씨 좋은 미용사가, 나들이할 때 머리를 손질하러 가라며 소개해주었지만 지금까지 한 번도 가본 적이 없는 집이었다.

22

서양의 동화책에 「못 하나」라는 이야기가 있다. 잘 기억이 나진 않지만 아마도 수레바퀴의 못이 하나 빠져서 수레를 타고 나갔던 농부의 아들이 여러 가지 곤란한 일을 당한다는 내용이었던 것 같다. 내가 시작한 이 이야기에서는 고등어된장조림이 마치 못 하나 같은 효과를 냈다.

나는 하숙집이나 학교 기숙사의 '요리사'가 해주는 음식을 먹으며 견디던 중에, 몸에 소름이 돋을 정도로 싫어하는 반찬이 생겼다. 아무리 통풍이 잘되는 객실에서, 아무리 깨끗한 상 위에 올려 내와도, 내 눈이 그 음식을 볼 때면 내 코는 말로 표현할 수 없는 기숙사 식당의 악취를 맡게 된다. 조린 생선에 녹미채와 밀기울이 곁들여 나오면 벌써 슬슬 이 악취의 환각에 시달리기 시작한다. 그리고 고등어된장조림에 이르면 극한에 달한다.

어느 날, 고등어된장조림이 가미조 하숙집의 저녁 식사 상에 올라왔다. 언제나 밥이 나오면 곧장 젓가락을 드는 내가 주저하고 있으니 하녀가 나를 쳐다보며 말했다.

"고등어 싫어하세요?"

"글쎄, 고등어는 싫어하지 않아. 구운 것은 잘 먹지만 된장조림은 정말 싫어서."

"어머, 아주머니가 잘 모르셨나봐요. 그럼 계란이라도 가져올까요?" 하녀가 말하며 일어서려 했다.

"잠깐만." 내가 말했다. "실은 아직 배도 고프지 않으니 산책이나 하고 오지. 아주머니에게는 적당히 말해줘. 반찬이 마음에 들지 않아서라는 말은 하지 마. 쓸데없이 걱정을 끼치고 싶지 않으니까."

"하지만 왠지 마음에 걸리네요."

"쓸데없는 소리."

내가 일어서서 하카마를 입기 시작하니 하녀는 상을 들고 복도로 나갔다. 나는 옆방에 말을 걸었다.

"이봐, 오카다 군. 방에 있는가?"

"있는데, 무슨 일인가?" 오카다는 또렷한 목소리로 대답했다.

"뭐 특별한 용무는 아니고. 산책 나갔다 오는 길에 도요쿠니야*에라도 갈까 해서. 같이 가지 않겠나?"

"가지. 마침 자네에게 할 얘기도 좀 있으니."

나는 못에 걸린 모자를 집어 쓰고 오카다와 함께 가미조를 나왔다. 오후 네시가 지났을 것이다. 어디로 가자는 이야기도 없이 가미조의 격자문을 나선 두 사람은 문 앞에서 오른쪽으로 꺾었다.

무엔자카를 내려갈 때 나는 팔꿈치로 오카다를 치며 말했다. "이봐, 있다."

"뭐가?" 입으로는 말하면서도 오카다는 내 말뜻을 알았기 때문에 왼쪽에 있는 격자문 집을 바라보았다.

집 앞에는 오타마가 서 있었다. 오타마는 여위어도 아름다운 여자였다. 더군다나 젊고 건강한 미인이 보통 그러하듯 화장도 했다. 여느 때와 어디가 어떻게 다른지는 알 수 없었지만, 어쨌든 여느 때와는 전

---

* 당시 전골 요리로 유명했던 식당.

혀 다른 아름다움이 있었다. 여자의 얼굴이 아름답게 빛나는 듯해서 나는 왠지 눈부심을 느꼈다.

오타마의 눈은 넋을 잃은 듯 오카다의 얼굴을 응시하고 있었다. 오카다는 당황한 듯이 모자를 벗어 인사를 하고 엉겁결에 발걸음을 빨리했다.

나는 흔히 제삼자에게 보이는 뻔뻔한 태도로 간간이 뒤를 돌아보았는데, 오타마의 시선은 아주 오랫동안 오카다를 쫓아왔다.

오카다는 약간 고개를 숙이고 잰걸음을 늦추지 않은 채 언덕을 내려갔다. 나도 잠자코 따라 내려갔다. 나의 가슴속에서는 갖가지 감정이 부딪쳤다. 이 감정에는 나를 오카다와 같은 지위에 놓고 싶다는 마음이 깔려 있었다. 그러나 나의 머리는 그것을 인식하기를 피했다. 나는 마음속으로 '아니, 내가 그런 비열한 사내란 말인가'라고 외치며 생각을 지워버리려 했다. 그리고 자제력이 효력을 발휘하지 못함에 분개했다. 나를 오카다의 지위에 놓고 싶다는 것이 그 여자의 유혹에 몸을 던지고 싶다는 뜻은 아니었다. 단지 오카다처럼 아름다운 여자에게 사랑을 받으면 얼마나 좋을까 하는 생각이었다. 그렇다면 사랑받아 어쩔 셈인가? 나는 그 점에 대해서는 의지의 자유를 보류해두고 싶다. 다만 나는 오카다처럼 도망치지는 않겠다. 만나서 이야기를 하겠다. 나의 깨끗한 몸은 더럽히지 않겠지만 만나서 이야기는 하겠다. 그리고 그녀를 여동생처럼 사랑하겠다. 그녀의 힘이 되어주겠다. 그녀를 진흙탕 속에서 구해내겠다. 내 상상은 점점 종잡을 수 없는 곳으로 흘러갔다.

언덕 아래 네거리까지 오카다와 나는 말없이 걸었다. 곧장 걸어 파출소 앞을 지날 때 내가 겨우 말을 꺼냈다.

"이봐, 심각한 상황이지 않았나?"

"아니, 뭐가?"

"뭐가라니, 자네도 아까부터 그 여자를 생각하며 걷고 있잖아. 내가 종종 뒤돌아보았는데 그 여자는 줄곧 자네의 뒷모습만 보고 있더군. 아마 아직도 이쪽을 보고 서 있을 걸세. 『좌전』에 '눈으로 맞이하고 눈으로 전송한다'는 문구가 있는데 딱 그 말이로군.* 그것을 반대로 여자 쪽에서 하고 있는 거야."

"그런 이야기는 이제 그만하게. 자네에게는 이야기를 다 털어놓았으니 더 이상 나를 놀리지 않아도 되잖나."

이렇게 말하는 동안 연못가에 이르렀기 때문에 두 사람 다 잠시 걸음을 멈췄다.

"저쪽으로 돌아가볼까?" 오카다가 연못 북쪽을 가리켰다.

"그러지." 나는 왼쪽으로 연못을 따라 돌았다. 그리고 열 걸음 정도 걸었을 때, 왼편에 늘어선 이층집을 보며 혼잣말처럼 말했다. "여기가 오우치 선생님과 스에조 군의 저택일세."

"이상한 대조 같지만 오우치 거사도 그리 청렴한 편은 아니라더군." 오카다가 말했다.

나는 별다른 생각 없이 반박 비슷한 말을 했다. "그야 정치가가 되면 아무리 잘해도 트집을 잡히기 마련이지." 아마 후쿠치 씨와 스에조의 차이를 가능한 한 크게 벌리고 싶은 생각이었을 것이다.

---

*『좌전(左傳)』의 '송나라 화보독(華父督)이 공보(孔父)의 아내를 길에서 보고는 눈으로 맞이해 눈으로 보내면서 아름답고 곱구나 하고 감탄하였다'라는 문장에 빗댄 표현.

후쿠치 저택의 판자 울타리를 벗어나 북쪽에 두세 채의 작은 집이 있었는데, 바로 이 무렵 '가와우오(川魚)'라는 간판을 내걸었다. 나는 그것을 보며 말했다. "이 간판을 보니 어쩐지 시노바즈 연못에서 잡은 물고기로 장사를 하는 것 같군."

"나도 그렇게 생각했네. 하지만 뭐, 양산박*의 호걸들이 가게를 냈을 리도 없으니."

이런 이야기를 하며 연못 북쪽으로 가는 작은 다리를 건넜다. 학생처럼 보이는 청년이 연못가에 서서 뭔가를 바라보고 있었다. 우리가 다가가자 "어이" 하고 말을 걸었다. 이시하라였다. 유도에 빠져 전공 이외의 책은 전혀 읽지 않는다는 생각을 가진 사람이라 오카다도 나도 친하지는 않았지만, 그렇다고 싫어하지도 않았다. "이런 곳에서 뭘 보고 있었나?" 내가 물었다.

이시하라는 말없이 연못 쪽을 가리켰다. 우리는 잿빛으로 흐려진 저녁 공기 속에서 그가 가리키는 방향을 바라보았다. 그 무렵에는 네즈 쪽으로 통하는 작은 도랑에서 우리가 서 있는 물가까지 그 일대가 온통 갈대로 무성하게 덮여 있었다. 연못 가운데로 갈수록 마른 갈대 잎은 점차 드문드문해지고, 말라버린 연꽃의 누더기 같은 잎과 해면 같은 씨방이 여기저기 흩어져 있었다. 잎이나 씨방의 줄기는 들쑥날쑥 각각 다른 높이로 꺾여서 뾰족하게 치솟아 저녁 풍경에 황량한 느낌을 더했다. 암갈색 줄기 사이로 거무스름하고 희미하게 반사되는 수면 위로 십여 마리의 기러기가 천천히 오가고 있었다. 그중에는 멈

---

*『수호전』에 나오는 중국 산동성의 한 지명으로 주인공 송강을 비롯해 다양한 영웅호걸들이 천하를 제패하기 위해 모여든 곳.

춘 채 움직이지 않는 것도 있었다.

"저기까지 돌멩이가 닿을까?" 이시하라가 오카다의 얼굴을 보며 말했다.

"닿기는 하겠지만 맞을지 안 맞을지는 모르겠네." 오카다는 대답했다.

"해보게나."

오카다는 주저했다. "저건 이미 잠든 것 같은데. 돌을 던지기는 불쌍한걸."

이시하라는 웃었다. "그렇게 불쌍해하면 곤란하지. 자네가 못 던지겠으면 내가 던지지."

오카다는 마지못해 돌을 주워들었다. "그렇다면 내가 쫓아주지." 돌멩이는 핑 하는 희미한 소리를 내며 날아갔다. 돌멩이가 날아간 쪽에서, 한 마리의 기러기가 쳐들고 있던 머리를 축 떨어뜨렸다. 동시에 두세 마리의 기러기가 날개를 퍼덕거리며 울면서 수면을 미끄러지듯 흩어졌다. 그러나 날아가지는 않았다. 머리를 떨어뜨린 기러기는 움직이지 않고 그 자리에 있었다.

"맞았다." 이시하라는 잠시 연못 위를 보고 있다가 말을 이었다. "저 기러기는 내가 가지고 올 테니 자네들도 좀 거들어주게."

"어떻게 가지고 오나?" 오카다가 물었다. 나도 무심결에 귀를 기울였다.

"지금은 때가 아니야. 이제 30분쯤 지나면 어두워질 걸세. 어두워지기만 하면 내가 간단히 가져와 보이겠네. 자네들은 같이 안 가도 되지만, 함께 있다가 내 지시를 들어주게. 기러기 고기를 대접할 테니."

이시하라가 말했다.

"재미있겠군." 오카다가 말했다. "하지만 30분 동안 뭘 하고 있지?"

"나는 이 근처를 어슬렁거리고 있겠네. 자네들은 아무 데나 다녀오게. 셋이 다 여기에 있으면 수상해 보이니까."

나는 오카다에게 말했다. "그럼 둘이서 연못을 한 바퀴 돌고 올까?"

"좋지." 우리는 곧 걸음을 옮겼다.

23

나는 오카다와 같이 하나조노초 거리의 끝을 가로질러 도쇼구* 돌계단 쪽으로 향했다. 두 사람 사이에는 한동안 대화가 없었다. "불행한 기러기도 있군." 오카다가 혼잣말처럼 말했다. 내 머리에는 아무 논리적 연계도 없이 무엔자카의 여자가 떠올랐다. "나는 그냥 기러기가 있는 쪽을 향해 던진 것뿐이었는데." 이번에는 나를 향해 오카다가 말했다. "응." 대답하면서도 나는 여전히 여자를 생각했다. "하지만 이시하라가 그 기러기를 가지러 가는 걸 보고 싶어." 잠시 뒤 내가 말했다. 이번에는 오카다가 무언가를 생각하며 "응" 하고 대답했다. 아마 기러기가 마음에 걸렸을 것이다.

돌계단을 내려가 남쪽에 있는 벤텐 신사 쪽을 향해 걷는 두 사람의

---

* 우에노 공원 안에 있는 도쿠가와 이에야스를 기리는 신사.

마음에는 어쨌든 기러기의 죽음이 어두운 그림자를 드리웠기 때문에 대화가 자주 끊겼다. 벤텐 신사의 도리이* 앞을 지날 때 오카다는 억지로 생각을 다른 방향으로 돌리려는 듯 "자네에게 할 말이 있네"라고 말을 꺼냈다. 전혀 생각지도 못했던 이야기였다.

　이야기는 이러했다. 원래는 오늘 밤 내 방에 와서 말하려고 했는데 마침 내가 불러내서 함께 밖으로 나왔다. 식사를 할 때 이야기하려고 했지만 그때도 왠지 말을 꺼낼 수 없을 것 같으니 걸으면서 대충 이야기하겠다. 오카다는 졸업을 기다리지 않고 서양으로 유학을 가기로 결정해, 이미 외무성에서 여권을 받고 대학에는 자퇴서를 냈다. 동양의 풍토병을 연구하러 온 독일 교수 W씨가 왕복 여비 4천 마르크와 월급 2백 마르크를 주기로 하고 오카다를 고용했기 때문이다. 독일어를 할 줄 아는 학생 중 한문을 잘 읽는 사람을 보내달라는 제안을 받고 벨츠 교수**가 오카다를 소개했다. 오카다는 쓰키지로 W씨를 찾아가 테스트를 받았다. 『소문』과 『난경』을 두세 줄씩, 그리고 『상한론』과 『병원후론』을 대여섯 줄씩 번역했다.*** 『난경』에서는 공교롭게도 '삼초(三焦)'의 한 구절이 나와서 어떻게 번역하면 좋을까 망설이다가 '차오(chiao)'라고 음역을 하고 끝냈다. 어쨌든 시험에 합격하여 그 자리에서 계약을 했다. W씨는 벨츠 교수가 재직하고 있는 라이프치히 대학의 교수라서 오카다를 라이프치히로 데리고 가면 의사 시

---

* 일본 신사 앞에 세워진 기둥 문.
** Baelz, 일본 근대의학의 확립에 공헌한 독일의 의학자. 당시 도쿄대 의학부에는 독일인 교수들이 초빙되어 와서 강의를 했다.
*** 『소문』『난경』『상한론』『병원후론』 모두 중국의 의학서다.

험은 W씨가 책임지고 도와주기로 했다. 졸업 논문에는 W씨를 위해 번역한 동양의 문헌을 사용해도 좋다고 했다. 오카다는 내일 가미조 하숙집을 떠나 쓰키지에 있는 W씨의 집으로 옮겨 가서 W씨가 중국과 일본에서 사들인 서적들의 짐을 싸고 W씨를 따라 함께 규슈를 시찰한 후, 규슈에서 곧바로 프랑스 해운회사 메사주리 마리팀(Messagerie Maritime)의 배를 타는 것이었다.

나는 가끔 멈춰 서서 "놀랍군"이라든가 "자네는 결단력이 있네"라고 말했고, 아주 천천히 걸으면서 이야기를 들었다. 그러나 다 듣고 나서 시계를 보니 이시하라와 헤어지고 아직 10분밖에 지나지 않은 시각이었다. 그런데도 벌써 연못 주위를 거의 3분의 2 정도 돌아, 나카초 뒤편의 연못가를 벗어나고 있었다.

"이대로 가다가는 너무 이르겠는걸." 나는 말했다.

"렌교쿠안에 들러 메밀국수를 한 그릇 먹고 갈까?" 오카다가 제의했다.

나는 곧 동의하고 함께 렌교쿠안을 향해 되돌아갔다. 그 당시에는 시타야와 혼고 사이에서 가장 유명한 메밀국숫집이었다.

메밀국수를 먹으면서 오카다는 말했다. "모처럼 지금까지 공부했는데 졸업을 하지 않는 건 유감스럽지만, 나는 어차피 국비유학생*이 될 수 없으니 이번 기회를 놓치면 유럽에 가볼 수 없을 것 같아서."

"그렇고말고, 기회를 놓칠 수는 없지. 졸업이 다 뭔가. 그쪽에서 의사가 되면 같은 거지. 또 의사가 못 된다 해도 한탄할 필요는 없지 않

---

* 당시 도쿄 대학 의학부는 석차 3등까지 국비유학생으로 유럽에 파견했다.

겠나?"

"나도 그렇게 생각해. 단지 자격을 갖추면 되지. 흔히 하는 말로, 어떻게든 되겠지."

"준비는 어떤가? 꽤나 어수선하게 바삐 떠나는 것 같은데."

"뭐 난 이대로 갈 거야. W씨가 그러는데 일본에서 양복을 맞춰 가 봤자 그쪽에서는 못 입는다더군."

"그런가? 언젠가 『가게쓰신시』에서 읽었는데 나루시마 류호쿠*도 요코하마에서 갑자기 결심을 하고 배를 탔다더군."

"응, 나도 읽었네. 류호쿠는 집에 편지도 보내지 않고 떠났다고 하지만 나는 집에다 자세한 얘기를 해주었네."

"그런가? 부럽군. W씨를 따라 가니까 도중에 허둥대는 일은 없겠지. 여행은 어떨까. 나는 상상도 못 하겠는걸."

"나도 잘 모르겠어. 어제 시바타 쇼케이** 씨를 만났는데, 지금까지 신세를 진 것도 있고 해서 이번 일을 얘기했더니 직접 쓰신 서양 안내 책자를 주시더군."

"아, 그런 책이 다 있었군."

"응, 비매품이야. 시골뜨기들에게 나누어 주는 것이라더군."

이런 이야기를 하는 사이에 시계를 보니 이제 30분까지는 5분밖에 남지 않았다. 오카다와 나는 서둘러 렌교쿠안을 나와 이시하라가 기다리는 곳으로 갔다. 이미 연못은 어둠에 묻혀 주홍색 칠을 한 벤텐 신사의 사당이 희미하게 안개 속으로 보였다.

---

* 『가게쓰신시』의 발행인이자 문학가.
** 독일에서 유학하고 도쿄 대학 교수를 지낸 화학자.

기다리고 있던 이시하라는 오카다와 나를 끌고 연못가로 갔다. "시간은 딱 좋아. 약삭빠른 기러기들은 모두 딴 데로 가버렸어. 나는 곧 작업에 들어가겠네. 자네들은 여기에 있다가 신호를 보내야 해. 보게나. 저기 16미터 정도 앞쪽에 연꽃 줄기가 오른쪽으로 꺾인 게 보이지? 그 앞으로 좀 작은 줄기가 왼쪽으로 꺾여 있고. 나는 그 연장선으로 쭉 나아가야 해. 그러니 내가 길을 벗어날 것 같으면 자네들이 여기에서 오른쪽이라든가 왼쪽이라든가 하며 소리쳐 수정해 알려주는 거야."

"그렇군. 파락스*와 같은 이치로군. 하지만 깊지 않을까?" 오카다가 말했다.

"뭐. 한 길도 안 되니 걱정 없어." 이렇게 말하고 이시하라는 재빨리 옷을 다 벗었다.

이시하라가 발을 들여놓는 것을 보니 진흙은 무릎 높이까지밖에 오지 않았다. 그는 백로처럼 발을 들었다가 내디디며 철퍽철퍽 들어갔다. 좀 깊어지는가 하면 다시 얕아졌다. 보고 있는 사이에 이시하라는 두 개의 연꽃 줄기보다 앞쪽으로 나아갔다. 조금 있다가 오카다가 "오른쪽"이라고 외쳤다. 이시하라는 오른쪽으로 갔다. 오카다가 "왼쪽"이라고 외쳤다. 이시하라가 너무 오른쪽으로 갔기 때문이다. 갑자기 이시하라는 발을 멈추고 몸을 숙였다. 그리고 곧 뒤돌아 나왔다. 먼 쪽의 연꽃 줄기 근처를 지날 때 오른손에 들고 있는 물건이 보였다.

이시하라는 허벅지 반쯤까지 진흙에 더러워졌을 뿐 연못가에 무사히 도착했다. 의외로 커다란 기러기였다. 이시하라는 대강 발을 닦고

---

* Parallaxe, '관측 위치에 따른 물체의 위치나 방향의 차이'라는 뜻의 프랑스어.

옷을 입었다. 그 무렵 이 근방은 아직 인적이 드물어서 이시하라가 연못에 들어가고 다시 나올 때까지 아무도 지나간 사람이 없었다.

"어떻게 가져가지?" 내가 묻자 이시하라가 하카마를 입으면서 말했다.

"오카다 군의 외투가 제일 크니까 그 안에 넣어 가지고 가세. 요리는 내 집에서 하기로 하고."

이시하라는 여염집에 방 한 칸을 빌려 살고 있었다. 주인 할머니는 그다지 사람이 좋지 않은 것이 오히려 장점이어서 잡은 것을 나눠주면 입을 막을 수 있을 것 같았다. 집은 유시마기리도시에서 이와사키 저택의 뒤편으로 나가는 골목길의 구불구불 구부러진 곳의 가장 안쪽에 있었다. 이시하라는 기러기를 집으로 가지고 가는 방법을 간단히 설명했다. 우선 이곳에서 이시하라의 집으로 가는 길은 두 갈래가 있다. 즉 남쪽에서 기리도시 길을 지나는 길과 북쪽에서 무엔자카를 지나는 길로, 두 길은 이와사키 저택을 중심으로 노선이 갈린다. 거리의 차이는 별로 없다. 이런 건 문제가 아니었다. 장애물은 파출소인데, 어느 쪽 길에나 하나씩 있었다. 득실을 비교한 끝에 번잡한 기리도시 길을 피하고 한적한 무엔자카 길을 택하기로 했다. 기러기는 오카다의 외투 밑에 넣어 가고 나머지 두 사람이 좌우에 나란히 서서 오카다의 몸을 가리고 가는 게 가장 좋은 방법이라는 결론이 났다.

오카다는 쓴웃음을 지으면서도 기러기를 받아들었다. 아무리 잘 넣어도 외투자락 밑으로 날개가 두세 치 삐져나왔다. 게다가 외투자락이 보기 흉하게 벌어져서 오카다의 모습은 원뿔형으로 보였다. 이시하라와 나는 그것을 눈에 띄지 않게 해야만 했다.

24

"자, 이런 식으로 걷는 거야." 이시하라와 나는 둘이서 오카다를 가운데 두고 걷기 시작했다. 세 사람이 처음부터 걱정했던 것은 무엔자카 밑 네거리에 있는 파출소였다. 그곳을 빠져나갈 때의 유의점이라면서 이시하라가 열성으로 설명하기 시작했다. 대충 내가 알아들은 바로는 마음이 동요되어서 안 된다, 동요되면 허점이 생긴다, 허점이 생기면 기회가 포착된다는 것이었다. 이시하라는 호랑이는 술 취한 사람을 잡아먹지 않는다는 예를 들었다. 아마 유도 선생에게 들은 말을 그대로 되풀이한 게 아닐까 싶었다.

"그러고 보니 순경이 호랑이이고, 우리 세 사람이 술 취한 사람이군." 오카다가 놀렸다.

"질렌티움!*" 이시하라가 외쳤다. 이미 무엔자카 쪽으로 돌아가는 길모퉁이에 다다랐기 때문이었다.

모퉁이를 돌면 가야초의 상가와 연못가의 저택들이 서로 등을 맞대고 있는 골목길로, 그 무렵에는 양쪽으로 짐수레 같은 것이 놓여 있었다. 네거리에 서 있는 순경의 모습은 모퉁이에서 벌써 보였다.

돌연 오카다의 왼편에 바싹 붙어 걷던 이시하라가 오카다에게 말했다. "자네, 원뿔의 부피를 내는 공식을 알고 있나? 뭐, 모른다고? 그건 간단해. 밑넓이에 높이를 곱한 것의 3분의 1이니까. 만일 밑면이 원으로 되어 있다면 $\frac{1}{3}r^2\pi b$가 부피가 되지. $\pi=3.1416$이라는 것만 기

---

* Silentium. '침묵'이라는 뜻의 독일어.

억하면 문제없어. 나는 π를 소수점 이하 여덟 자리까지 기억해. π =3.14159265지. 실제로 그 이상의 숫자는 불필요하다네.”

이런 말을 하는 사이에 세 사람은 네거리를 빠져 나왔다. 순경은 우리가 지나는 골목 왼쪽의 파출소 앞에 서서, 가야초에서 네즈 쪽으로 달려가는 인력거를 보고 있다가 우리에게는 그저 무의미한 시선을 한 번 던졌을 뿐이었다.

“어째서 원뿔의 부피 같은 걸 계산하기 시작했지?” 나는 이시하라에게 물었다. 그와 동시에 내 눈은 언덕 중턱에 서서 이쪽을 바라보는 여자의 모습을 발견하고 마음에 왠지 이상한 격동을 느꼈다. 나는 연못 북쪽 끝에서 되돌아올 때부터 파출소 순경보다는 이 여자를 생각했다. 왠지 모르지만 이 여자가 오카다를 기다리고 있을 것 같다는 생각을 했다. 과연 나의 상상은 틀리지 않았다. 여자는 자신의 집에서 두세 채 앞까지 마중 나와 있었다.

나는 이시하라의 눈을 피해 여자의 얼굴과 오카다의 얼굴을 번갈아 보았다. 언제나 엷은 홍조를 띤 오카다의 얼굴은 분명히 한층 더 붉게 물들어 있었다. 그는 우연히 모자를 만지는 척하면서 모자의 차양에 손을 올렸다. 여자의 얼굴은 돌처럼 굳어 있었다. 아름답게 지켜보는 눈 깊은 곳에는 무한한 아쉬움이 담겨 있는 듯했다.

그때 이시하라가 나에게 한 대답은 그 울림이 귀에 들어왔을 뿐 의미는 마음까지 전달되지 않았다. 아마 오카다의 외투 아랫부분이 불룩해져 원뿔 모양으로 보인 데서 문득 원뿔의 부피라는 말을 꺼내게 되었다고 변명했을 것이다.

이시하라도 여자를 봤지만 그저 아름다운 여자라고 생각했을 뿐 마음에 두지 않는 듯했다. 이시하라는 아직도 떠들어대고 있었다. "나는 자네들에게 절대 실패하지 않는 비결을 설명해주었지만 자네들은 수양이 모자라서 다급한 상황이 되면 제대로 해낼 수 없을 것 같았어. 그래서 나는 자네들의 마음을 다른 쪽으로 돌리려고 머리를 쓴 거야. 문제야 아무거나 상관없지. 지금 말한 원뿔의 공식이 그래서 나온 거야. 어쨌든 내 시도가 좋았던 거지. 자네들은 원뿔 공식 덕분에 운베판겐*한 태도를 유지하고 순경의 앞을 통과할 수 있었던 거야."

세 사람은 이와사키 저택을 따라 동쪽으로 꺾이는 곳까지 왔다. 일인용 인력거도 지나갈 수 없는 좁은 골목길로 들어왔기 때문에 위험은 이제 전혀 없다고 해도 좋았다. 이시하라는 오카다 옆에서 떨어져 안내자처럼 앞서 걸어갔다. 나는 다시 한 번 뒤돌아보았지만 이미 여자의 모습은 보이지 않았다.

나와 오카다는 그날 이시하라의 집에 밤늦게까지 있었다. 기러기를 안주 삼아 술을 마시는 이시하라의 상대역이라고 해도 과언이 아니었다. 오카다가 서양 유학에 관한 이야기를 전혀 입 밖에 내지 않았기 때문에 나도 여러 가지 이야기하고 싶은 것을 참고 이시하라와 오카다 사이에 오가는 조정 경험담 등에 귀를 기울였다.

가미조 하숙집에 돌아왔을 때, 나는 피로와 취기로 오카다와 이야기를 나누지도 못하고 헤어져 잠자리에 들었다. 다음 날 학교에서 돌아와 보니 이미 오카다는 없었다.

---

* unbefangen. '자연스러운'이라는 뜻의 독일어.

못 하나 때문에 큰 사건이 일어나는 것처럼, 고등어된장조림이 가미조 하숙집 저녁상에 올라왔기 때문에 오카다와 오타마는 영원히 서로 볼 수 없게 되고 말았다. 그뿐만이 아니었다. 그러나 그 이상의 것은 기러기라는 이야기의 범위 밖에 있다.

지금 이 이야기를 다 쓰고 나서 손꼽아 세어보니 벌써 그 일로부터 35년이라는 세월이 흘렀다. 이야기의 일부는 오카다와 교제하면서 본 것이지만, 다른 나머지는 오카다가 떠난 후 우연히 오타마와 알게 되어 들은 것이다. 예컨대 입체안경을 쓰고 밑에 있는 좌우 두 장의 그림을 하나의 영상으로 보듯이, 전에 본 것과 후에 들은 것을 비춰가며 조합해 만든 것이 이 이야기이다. 독자들은 나에게 물을지도 모른다. "오타마와는 어떻게 알게 되었고 어떤 상황에서 그 이야기를 들었는가?" 그러나 이에 대한 대답도 앞에서 말했던 것처럼 이야기의 범위 밖에 있다. 단지 내가 오타마의 연인이 될 조건을 갖추지 못했음은 새삼 논할 여지도 없으니, 독자들은 쓸데없는 억측을 삼가기 바란다.

다카세부네

다카세부네는 교토의 다카세 강을 오르내리는 조그마한 배이다. 도쿠가와 시대 교토에서는 죄인이 유배형을 받으면, 그를 유배지인 섬으로 보내기 전에 가족들을 감옥으로 불러 면회를 할 수 있게 허락했다. 그런 다음 죄인을 다카세부네에 태우고 오사카를 향해 출발했다. 이들을 호송하는 책임을 맡은 사람들은 교토 관청에 속한 하급 관리였다. 이 관리들은 죄인의 가족 중 대표자 한 명이 오사카까지 함께 동승하는 것을 허락했는데, 이런 관례는 상부의 허락을 받은 것은 아니었고 소위 관대하게 눈감아주는 것이었다. 알고도 모르는 척 묵인하는 것이다.

당시 먼 섬으로 유배당하는 죄인들은 물론 무거운 죄를 범했다고 모든 사람이 인정하는 이들이었다. 그러나 도둑질을 하려고 사람을 죽이거나 방화를 하는 그런 영악한 사람들이 대다수를 차지한 건 아니었다. 다카세부네에 타는 사람들의 과반수는 한순간 마음을 잘못 쓴 탓에 생각지도 못한 죄를 범한 자들이었다. 흔한 예로 사랑하는 남녀가 같이 죽으려고 정사(情死)를 기도하다가 여자만 죽고 남자만 살아남은 그런 경우였다.

다카세부네는 이런 죄인들을 태우고, 날이 저물 무렵 사찰의 종이 울릴 때쯤에야 출발했다. 어둠이 깔리기 시작하는 교토 거리의 가옥들을 양옆으로 바라보면서 동쪽으로 달리다가 가모 강을 가로질러 하류로 내려간다. 이 배 안에서 죄인과 그의 가족은 밤을 새워 일신상의 이야기들을 나눈다. 언제나 안타깝게 후회해도 돌이킬 수 없는 이야기들이다. 호송을 맡은 관리는 옆에서 그런 이야기들을 듣고 죄인의 가족들이 처한 비참한 사정들을 자세히 알 수 있었다. 마치부교*가 주관하는 법정에서 표면적인 진술을 듣거나 마치부교쇼**의 책상에 앉아 죄인의 공술서를 읽거나 하는 관리들은 도저히 생각할 수 없는 내용들이었다.

호송을 맡은 관리들도 성격이 다 달라서 죄인들과 가족들의 이야기를 듣고 시끄럽다고 귀를 막는 관리가 있는가 하면, 애절한 사정을 자기 일처럼 마음속 깊이 받아들이면서도 직분 때문에 차마 내색은 못하고 묵묵히 속으로 가슴 아파하는 관리도 있었다. 지극히 비참한 상황에 처한 죄인과 가족의 호송 임무를 특히나 마음 약하고 정 많은 관

______

* 에도 시대에 에도, 교토, 오사카 등 중요한 지역의 행정, 사법, 경찰 업무를 총괄하던 직책.
** 마치부교가 일하는 관청.

리가 맡게 되는 날에는 관리는 자신도 모르게 눈물을 흘리고 만다. 그래서 다카세부네 호송 임무는, 마치부교쇼의 관리들 사이에서도 그다지 맡고 싶지 않은 직무로 꺼려지고 있었다.

언제 적이었을까! 아마 다이묘 시라카와 라쿠오가 에도에서 정권을 잡고 있던 간세이(寬政, 1789~1801) 무렵이었을 것이다. 치온원*의 벚꽃이 저녁을 알리는 사찰의 종소리에 어우러져 떨어질 무렵, 이제껏 볼 수 없었던 기이한 죄인 한 사람이 다카세부네에 탔다.

죄인의 이름은 기스케, 서른 살 정도로 보였으며 사는 곳이 확실치 않은 사내였다. 감옥에 면회를 올 만한 가족이 처음부터 없었기 때문에 다카세부네에도 홀로 탔다.

기스케를 호송하라는 명령을 받고 함께 승선한 관리 하네다 쇼베에는, 단지 기스케가 동생을 살해한 죄인이라는 정도만 알고 있었다. 그런데 감옥에서 부두까지 죄인을 데리고 오는 동안 쇼베에는 마르고 창백한 얼굴의 기스케를 보면서 정말이지 신기하다는 생각이 들었다. 참으로 얌전하게 자신을 높은 관리를 대하듯 공손히 대하면서 무슨 일을 시켜도 고분고분하게 따랐다. 더구나 그런 행동은 죄인들 사이에서 왕왕 보이는, 온순함을 가장해서 권력에 아부하는 태도가 아니었다.

쇼베에는 왠지 이상하다는 생각이 들었다. 그래서 배에 오르고 나서도 단지 자신의 직무여서 지켜볼 뿐만 아니라, 다른 이유에서 계속

기스케의 거동에 세밀히 주의를 기울였다.

그날은 저녁 무렵부터 바람이 그쳤고, 하늘 한 면을 덮은 구름이 달의 윤곽을 흐릿하게 만들고 있었다. 마침내 다가오는 여름의 뜨거운 기운 때문에 강변의 흙에서도 강바닥의 흙에서도 아지랑이가 피어오르는 듯한 느낌이 드는 밤이었다. 교토 남쪽에 위치한 상인들의 거리를 지나 가모 강을 가로지를 무렵에는 주변이 고요해져 뱃머리에 부서지는 물소리만 들려왔다.

밤에 다카세부네를 타고 가는 죄인은 잠을 잘 수 있게 허락했지만 기스케는 잠을 청할 생각이 전혀 없는 듯했다. 그는 그저 구름이 흘러감에 따라 달빛이 밝아지거나 흐려지는 것을 올려다보면서 조용히 있을 뿐이었다. 그의 이마는 밝게 빛나고 눈에서는 희미한 광채가 났다.

쇼베에는 기스케를 정면으로 보고 있지는 않았지만 잠시도 기스케의 얼굴에서 눈을 떼지 않았다. 그러면서 마음속으로 이상하다는 생각을 떨칠 수가 없었다. 기스케의 얼굴은 이쪽저쪽으로 아무리 보아도 정말이지 기뻐 보여서, 관리를 대하는 어려움이 없었다면 휘파람이나 콧노래라도 부를 듯한 표정이었기 때문이다.

쇼베에는 마음속으로 생각했다. 그동안 다카세부네로 죄인을 호송하는 임무를 얼마나 많이 담당했는지 모른다. 그러나 지금껏 그가 이 배에 태워서 호송한 죄인들은 거의 모두 눈도 마주치기 민망할 정도로 가엾은 모습을 하고 있었다. 그런데 이 사내는 어떻게 된 일인가? 마치 유람선이라도 탄 듯한 표정을 하고 있다. 이 사내의 죄목은 동생을 살해한 것이라고 한다. 설령 동생이 나쁜 사람이었고 그런 동생을 어떤 사정이 있어 죽였다고 하더라도 육친의 정을 생각하면 기분이

224

좋을 리는 없을 것이다. 얼굴이 창백하고 여윈 이 사내가 인정이라고는 전혀 없는, 세상에서도 아주 보기 드문 악인인 걸까? 그러나 아무리 보아도 그렇게는 생각되지 않는다. 설마 머리가 돈 걸까? 그럴 리는 없을 것이다. 사리에 안 맞는 말이나 거동을 하지는 않기 때문이다. 도대체 이 사내는 어떻게 된 것이란 말인가? 생각하면 생각할수록 쇼베에는 기스케의 태도를 이해할 수 없었다.

얼마 동안 생각하던 쇼베에는 참지 못하고 말을 걸었다. "기스케! 자네 무슨 생각을 하고 있나?"

"예?" 기스케는 대답하고 주변을 살펴보더니, 자신이 호송을 맡은 관리의 눈에 거슬릴 행동이라도 한 게 아닐까 하고 걱정스러운 표정으로, 앉은 자세를 고치면서 쇼베에의 눈치를 살폈다.

쇼베에는 갑자기 그렇게 물어본 이유를 밝히고 이 질문이 자신의 직무와는 관계없음을 해명해야 한다고 생각했다. "아니, 따로 이유가 있어서 물어보는 건 아니야. 사실은 말이야, 아까부터 자네가 유배 가는 심정을 묻고 싶었어. 나는 지금까지 이 배로 많은 사람들을 섬으로 호송했지. 들어보면 정말 나름대로 사연이 많은 사람들이었어. 모두가 한결같이 유배지로 떠나는 걸 슬퍼했지. 배웅하러 와서 함께 배에 타고 가는 가족들과 밤을 새워 눈물을 흘리는 게 당연한 일이었지. 그런데 자네를 보니 유배지로 떠나는 걸 그다지 괴롭게 여기지 않는 것 같아. 대체 자네는 무슨 생각을 하고 있나?"

이 말을 들은 기스케는 미소를 지었다. "친절하게 말씀해주시니 고맙습니다. 역시 섬으로 유배를 떠난다는 사실은 다른 사람들로서는 슬픈 일이겠지요. 그 기분은 저도 알 수 있을 것 같습니다. 그러나 그들은 이 세상에서 즐겁게 지낸 사람들이겠지요. 교토는 정말 좋은 곳입니다만, 그 나무랄 데 없는 좋은 곳에서 지금까지 제가 겪었던 고통은 어디서도 찾을 수 없을 겁니다. 마치부교님이 자비를 베푸셔서 제 목숨을 살려주시고 섬으로 보내주셨습니다. 제가 가는 섬이 아무리 괴로운 곳이라도 도깨비들이 살지는 않겠지요. 지금까지 저에게는, 어떤 장소도 좋은 곳은 없었습니다. 그런 저에게 마치부교님께서 섬으로 가서 살라고 하셨지요. 그 섬에 우선 제 삶의 터전이 생긴다는 게 저에게는 무엇보다 고마운 일입니다. 게다가 저는 비록 잔약한 몸이지만 여태껏 한 번도 병에 걸려본 적이 없습니다. 섬에 가서 어떤 힘든 일을 한다 해도 몸이 상하거나 하는 일은 없을 겁니다. 거기다 이번에 섬으로 보내주시면서 엽전 200문*까지 받았습니다. 그 돈은 여기 이렇게 가지고 있습니다." 기스케는 가슴에 넣어둔 돈에 손을 가져가며 말했다. 당시 법에는 멀리 섬으로 유배 보내는 죄인들에게 200문의 엽전을 주고 쓸 수 있게 하는 것이 정해져 있었다.

기스케는 말을 이었다. "부끄러운 말씀입니다만, 저는 지금까지 200문이라는 돈을 이렇게 주머니에 넣어본 적이 없습니다. 어디서든 일을 해야겠기에 일을 찾아 이리저리 떠돌아다녔습니다. 그러다 일이 생기면 몸을 아끼지 않고 열심히 일했습니다. 그렇게 번 돈은 언제나 오른쪽 손에서 왼쪽 손으로 건네지듯 즉시 다른 사람들 손으로 넘어갔지요. 그래도 돈을 내고 밥을 사 먹은 건 일이 잘 풀려서 형편이 좋

---

* 에도 시대에 쓰이던 동전인 관영통보(寬永通寶)의 단위. 200문(文)은 현재 우리 돈으로 3만 원 정도다.

을 때였습니다. 대체로 돈을 벌면 빚을 갚고 다시 돈을 빌리곤 했지요. 그러던 것이 감옥에 수감되고 나서부터는 일을 하지 않고도 밥을 먹을 수 있었습니다. 이것만으로도 저는 마치부교님에게 송구스러울 따름입니다. 게다가 감옥을 나올 때 200문이라는 돈을 받았습니다. 이렇게 앞으로도 마치부교님이 먹여주신다면 이 200문이라는 돈은 쓰지 않고 갖고 있을 수 있습니다. 돈을 제 것으로 지녀본 것은 저에게는 처음 있는 일입니다. 물론 섬에 가보기 전에는, 어떤 일이 저를 기다리고 있을지 잘 모르지만, 저는 이 200문을 밑천 삼아 섬에서 무슨 일이든 해보려는 생각으로 희망에 부풀어 있습니다." 말을 마친 기스케는 입을 다물었다.

"음, 그런가?" 쇼베에는 대답했지만 기스케의 말 한 마디 한 마디가 너무나 의외였기 때문에 잠시 말문이 막히고 가만히 생각에 잠겼다.

쇼베에는 살다 보니 어쩌다 벌써 초로에 접어들었다. 아내와 아이 넷을 두었고, 노모가 살아 있어서 일곱 식구가 같이 살고 있다. 그는 인색하다는 말을 들을 정도로 검약한 생활을 했다. 입는 옷이라고는 직무를 위한 제복 외에는 잠옷 정도밖에 갖추고 있지 않았다. 그러나 불행하게도 그의 아내는 좋은 집안 상인의 딸이었다. 그녀는 남편이 받는 급료로 살아보려 노력했지만 부유한 가정에서 귀여움을 받고 자란 탓인지 남편이 만족할 만큼 검약하게 가계를 꾸려나가지는 못했다. 어쩌다 보면 월말이 되어 생활비가 부족해진다. 그러면 아내는 남편 몰래 친정에서 돈을 가지고 와 부족한 액수를 메우곤 했다. 아내가 이렇게 하는 것은 남편이 돈을 빌리는 것을 몹시 싫어하기 때문이었다. 그러나 이런 일들은 결국 남편에게도 알려지게 된다. 쇼베에는 처가에서 명절마다 선물을 보내오는 일, 아이들이 컸다고 축하 선물을 보내오는 일에도 마음이 편치 않았기 때문에, 부족한 생활비를 처가에서 메워준 사실을 알게 될 때면 좋은 얼굴이 될 수가 없었다. 특별히 평화가 깨질 일 없는 하네다 쇼베에의 집에 때때로 풍파가 일어나는 건 이런 일 때문이었다.

쇼베에는 기스케의 말을 듣고 그와 자신의 처지를 비교해보았다. 기스케는 일을 해서 급료를 받아도 금방 다른 사람 손으로 넘어가 없어진다고 했다. 과연 딱한 사정임에 틀림없다. 그러나 바꿔 생각해보면 기스케와 자신 사이에 과연 차이점이 있는 것일까? 자신도 마치부교쇼에서 받는 급료를 오른손에서 왼손으로 건네듯 바로 써버리면서 겨우 생활하는 것에 불과했다. 기스케와 자신의 차이점은 이른바 주판의 자릿수가 다를 뿐, 기스케가 고마워하는 200문이라는 돈조차 자신에게는 없었다.

금액의 단위에 대해 달리 생각해보면, 엽전 200문을 가지고도 기스케가 저금이라고 기뻐하는 건 무리가 아니다. 그런 기스케의 기분은 이해할 수 있었다. 그러나 아무리 숫자가 다르다고 해도 신기한 것은 기스케의 욕심이 없는 행동, 즉 만족할 줄 아는 점이었다.

세상에 있을 때 기스케는 일자리를 찾기 어려웠다. 일만 할 수 있으면 몸을 아끼지 않고 열심히 일해서, 겨우 입에 풀칠만 해도 만족했다. 그렇게 온갖 고생을 하면서 겨우 배를 채울 수 있었는데, 감옥에 수감되고부터는 마치 하늘에서 은혜를 내린 듯 일하지 않고도 먹을 수 있다는 사실에 놀라웠다. 태어나서 처음으로 만족을 알게 된 것이다.

쇼베에는 단위를 달리해서 어떻게 생각한다 해도 기스케와 자신 사이에는 커다란 차이가 있음을 알았다. 자신의 급료로 꾸려가는 생활은 가끔 부족함이 있다 해도 대체로는 수입과 지출이 맞아떨어진다. 빠듯한 생활이다. 그러나 이런 생활을 하면서 만족을 느낀 적은 거의 없다. 행복이나 불행을 느끼지조차 못하고 그저 살 뿐이다. 그러나 마음 밑바닥에는 이렇게 살다가 마치부교쇼에서 해고라도 되면 어떻게 해야 할지, 큰 병이라도 나면 어떻게 해야 할지 하는 조바심이 항상 내재되어 있었다. 가끔 아내가 친정에서 돈을 가져와 생활비를 메운 것을 알게 되면 이런 걱정이 의식의 밑바닥에서 머리를 들고 올라왔다.

대체 이런 조바심은 왜 생기는 걸까? 단순히 기스케에게는 가족이 없는데 자신에게는 가족이 있기 때문이라고 말해버리면 그뿐일지 모른다. 그러나 그 말은 거짓이다. 설사 자신이 홀몸이라 해도 도저히 기스케 같은 마음은 낼 수 없을 것이다. 쇼베에는 그 근원에 좀 더 깊은 사연이 있으리라고 생각했다.

쇼베에는 그저 막연하게 인간의 일생을 생각해보았다. 사람들은 몸에 병이 생기면, 병에 걸리지 않았더라면 하고 생각한다. 그날그날의 식량이 없으면, 먹고 살 수만 있다면 하고 생각한다. 만일을 대비해 저축한 돈이 없으면, 조금이라도 저축한 돈이 있으면 좋겠다고 생각한다. 저축한 돈이 있더라도, 저축한 돈이 더 많기를 바란다. 이렇게 계속 이어지는 생각을 보면, 어디까지 가야 그런 바람을 멈출 수 있을지 알 수가 없다. 그런 욕구를 지금 자신의 눈앞에서 멈춰 보여준 사람이 기스케라고 쇼베에는 생각했다.

쇼베에는 새삼 놀라운 마음에 눈을 크게 뜨고 기스케를 바라보았다. 그 순간 쇼베에는 하늘을 쳐다보는 기스케의 머리에서 호광(毫

光)[*]이 빛나는 것 같다고 생각했다.

쇼베에는 기스케의 얼굴을 지켜보다가 문득 "기스케 씨!" 하고 불렀다. '씨'라고 정중하게 호칭을 붙여 불렀지만 의식적으로 호칭을 바꾼 건 아니었다. 그 말이 자신의 입에서 나와 귀에 들렸을 때, 쇼베에는 자신의 입장에서 말하기에는 적절치 않은 호칭이라는 생각이 들었다. 그러나 이미 뱉은 말을 바꿀 수도 없었다.

"예?" 하고 대답한 기스케 역시 '씨'라고 불린 것이 이상한 듯 조심스럽게 쇼베에의 기색을 살폈다.

쇼베에는 조금 전의 어색함을 진정시키고 입을 열었다. "여러 가지를 물어봐서 미안하네. 자네가 이번에 섬으로 유배 가는 건 사람을 죽였기 때문이지. 말이 나온 김에 내게 그 사정을 이야기해주지 않겠나?"

기스케는 진정으로 황송하다는 표정으로 "알겠습니다"라고 대답하고는 작은 목소리로 이야기를 시작했다. "정말이지 갑작스러운 마음의 동요로 무서운 일을 저질러버렸기 때문에, 뭐라고 말씀을 드려야 할지 모르겠습니다. 아무리 생각해도 왜 그런 일이 일어났는지 스스로도 이상할 뿐입니다. 완전히 꿈속에서 일어난 일 같아요. 저는 어렸을 때 부모님이 유행병으로 돌아가셔서 동생과 둘만 남았습니다. 처음에는 처마 밑에서 태어난 주인 없는 강아지처럼, 우리를 불쌍히 여긴 마을 사람들이 보살펴주었지요. 동생과 저는 인근에 심부름을 하

---

[*] 부처의 두 눈썹 사이에 있는 흰털에서 나는 빛. 지혜를 상징한다.

거나 하면서 서로 떨어지지 않고 성장했습니다. 그때는 굶거나 추위에 떠는 일은 없었지요. 점차 나이가 들어 일자리를 찾아야 할 때에도 될 수 있는 한 떨어지지 않고 도우며 일했습니다. 작년 가을의 일입니다. 저는 동생과 같이 니시진에 있는 직물 공장에 들어가서, 옷에 문양을 넣는 기계를 다루게 되었습니다. 그러던 중 동생이 병에 걸려 일을 할 수 없게 되었지요. 그 무렵 저희들은 기타야마에 있는 움막 같은 곳에 살면서 가미야 강에 놓인 다리를 건너 공장에 다녔습니다. 날이 저물어 제가 먹을거리를 사 들고 돌아가면, 동생은 저를 맞이하며 혼자 일하게 해서 미안하다고 말하곤 했습니다. 그러던 어느 날의 일이었지요. 아무 생각 없이 평소처럼 집에 돌아왔는데 동생이 이불 위에 고꾸라져 있고 주변은 피범벅이었습니다. 저는 깜짝 놀라 손에 들고 있던 죽순 껍질로 싼 음식을 그 자리에 내동댕이치고, 곁으로 다가가 어떻게 된 일이냐고 소리쳤습니다. 동생은 두 뺨에서 턱까지 피로 얼룩진 창백한 얼굴을 들어 저를 쳐다보았지만 말을 하지 못했습니다. 동생이 숨을 쉴 때마다 상처에서 '휴! 휴!' 하는 소리가 날 뿐이었습니다. 도대체 어떻게 된 거냐고, 피를 토했느냐고 물으면서 제가 옆으로 다가가려니까 동생은 오른손을 바닥에 짚고 겨우 몸을 일으켜 세웠습니다. 왼손으로는 턱 아랫부분을 꼭 누르고 있었는데 그 손가락 사이로 검은 핏덩이가 쏟아져 나오고 있었습니다. 동생은 저에게 옆에 다가오지 말라는 눈짓을 보내며 입을 열었습니다. 겨우 말을 할 수 있게 된 것이지요. '미안해! 부디 용서해줘! 어차피 나을 수 없는 병이라면 빨리 죽어서 형을 좀 편하게 해주고 싶었어. 숨통을 끊으면 바로 죽을 줄 알았는데, 숨이 그 자리에서 샐 뿐 죽지 않아! 온 힘을 다해 더 깊게 찌르려다가 옆으로 넘어져버렸어. 칼날이 비껴나지는 않은 것 같아. 지금 내 목에 박힌 칼을 잘 뽑아주면 지금 당장 죽을 수 있을 거야. 말하는 게 괴로워 견딜 수가 없어. 부디 내가 죽을 수 있게 칼을 좀 뽑아줘!' 동생이 왼손을 좀 느슨하게 하면 또다시 숨이 새어 나왔습니다. 저는 뭔가 말하려 했지만 목소리가 나오지 않았습니다. 그래서 가만히 동생의 상처 난 목을 들여다보니, 오른손으로 면도칼을 잡아 옆으로 숨통을 그었는데, 그렇게 해도 숨이 끊어지지 않으니까 그 상태에서 칼로 후벼 파듯 깊이 찔러 넣은 것처럼 보였습니다. 칼 손잡이가 상처 입구에 겨우 두 치 정도 나와 있었습니다. 저는 이 상태를 본 것만으로도 머릿속이 새하얘져서, 동생의 얼굴을 보았습니다. 동생은 지그시 저를 응시했습니다. 저는 간신히 '잠시 기다려! 의사를 불러올 테니까'라고 말했습니다. 제 말에 동생은 원망스런 눈빛을 보이다가 다시 왼손으로 목을 꼭 누르면서 '의사가 무슨 필요 있어? 아! 정말 괴로워! 빨리 이 칼 좀 뽑아줘! 제발 부탁이야'라고 말했습니다. 저는 어찌할 바를 몰라 경황없이 동생의 얼굴만 보았습니다. 이럴 때는 신기하게도 눈이 말을 합니다. 동생의 눈은 '빨리 해줘, 빨리!'라고 말하며 원망하는 듯 저를 보고 있었습니다. 제 머리 속에서는 왠지 수레바퀴 같은 것이 빙글빙글 돌아가는 듯했으나 동생의 눈빛은 무서운 재촉을 멈추지 않았습니다. 그리고 그 원망스러운 눈빛은 점점 험악해지면서 마침내 원수의 얼굴이라도 노려보듯이 증오스럽게 변해갔습니다. 그걸 보면서 저는 결국 동생의 말대로 해주지 않으면 안 되겠다고 생각했습니다. 저는 "그래, 달리 도리가 없구나. 네 말대로 빼주지"라고 말했습니다. 그러자 동생의 눈빛이 바뀌고 구름이 갠 듯 맑아지면서 한결 기뻐 보였습니다. 저는 어쨌든 결정을 내려야 한다고 생각해 무릎걸음으로 앞으로 다가갔습니다. 동생은 방을 짚었던 오른손을 떼고, 그때까지 목을 누르고 있었던 왼손 팔꿈치를 바닥에 대고 누웠습니다. 저는 동생의 목에 꽂힌 칼의 손잡이를 꽉 움켜쥐고 단숨에 뽑았습니다. 이때 제가 닫아둔 대문을 열고, 근처에 사는 할머니가 들어왔습니다. 제가 집에 없을 때 동생에게 약을 먹여 주거나 다른 것들을 도와달라고 부탁해두었던 할머니였습니다. 이미 상당히 방 안이 어두워져 있어서 할머니가 어느 정도로 상황을 파악했는지는 모르겠지만, 어쨌든 할머니는 비명을 지르면서 문을 열어둔 채 뛰쳐나가버렸습니다. 저는 칼을 신속하고 정확하게 뽑으려고 정신을 집중했지만, 아무래도 뺄 때의 감촉으로 봐서 그때까지 베이지 않았던 곳을 벤 것 같았습니다. 칼날이 바깥쪽을 향하고 있었으니 바깥쪽에 새로 상처가 났겠지요. 저는 칼을 쥔 채 할머니가 들어오고 또 뛰쳐나가는 것을 멍하니 보고만 있었습니다. 할머니가 사라진 뒤 정신을 차리고 동생을 보았는데, 벌써 숨이 끊어진 후였습니다. 칼을 뽑은 곳에서 많은 피가 흘러나왔습니다. 관리들이 오고 야쿠바*에 끌려갈 때까지 저는 칼을 옆에 버려둔 채, 눈을 반쯤 뜬 상태로 죽은 동생의 얼굴을 지켜보았습니다."

고개를 약간 숙이고 쇼베에의 얼굴을 올려다보며 이야기하던 기스케는 말이 끝나자 시선을 무릎 위로 떨구었다.

기스케의 이야기는 조리에 맞다. 지나치게 조리에 맞다고 해도 과

언이 아닐 정도다. 아마 반년 정도 사건의 조사가 이루어지는 동안 당시의 일을 몇 번이나 다시 생각해보았을 것이다. 야쿠바에서 심문을 당하고, 다시 마치부교쇼에서 조사를 받으며 매번 주의에 주의를 거듭해 진술한 경험 때문일 것이다.

쇼베에는 사건 현장의 상황을 눈앞에서 보는 듯 생각하며 듣고 있었으나, 과연 기스케가 동생을 죽였다고 할 수 있을지, 살인이라고 할 수 있을지 의문을 떨칠 수가 없었다. 기스케의 이야기를 반쯤 들었을 때부터 생긴 의문이 이야기를 다 듣고 나서도 풀리지 않았다. 기스케의 동생은 칼을 뽑아주면 죽을 수 있으니 뽑아달라고 했다. 형은 그것을 뽑아주어 죽게 했다. 죽였다고 말할 수는 있다. 그러나 그냥 내버려두었다고 해도 어차피 동생은 죽을 수밖에 없었다. 빨리 죽고 싶어 한 것은 고통을 견딜 수 없었기 때문이다. 기스케는 동생의 고통을 가만히 참고 볼 수 없었다. 고통에서 벗어나게 해주려고 목숨을 끊어주었다. 그게 죄일까? 물론 사람을 죽인 것은 틀림없는 죄이다. 그러나 그것이 동생을 고통에서 구하기 위해서였다고 생각하니, 거기서부터 의문이 생겨 도저히 풀 수가 없었다.

쇼베에는 이 문제를 여러모로 생각한 끝에 자기보다 상부의 판단에 맡길 수밖에 없다는, 즉 오토리테*에 따를 수밖에 없다는 결론을 내렸다. 쇼베에는 마치부교님이 내린 판결을 그대로 수용하기로 했다. 하지만 그렇게 생각하고 나서도 어딘지 납득이 가지 않는 부분이 남아, 왠지 마치부교님에게 다시 물어보고 싶은 생각이 들었다.

---

* autorité. '권위'라는 뜻의 프랑스어.

점점 깊어가는 으스름달밤에 말 없는 두 사람을 태운 다카세부네가
검은 수면을 미끄러져 갔다.

모리 오가이와 근대적 자아

성장 과정과 독일 유학

모리 오가이는 1862년 시마네현 가노아시군 쓰와노번에서 전의(典醫)로 봉사해온 모리 가문의 장남으로 태어났다.

오가이는 메이지 유신 후 가문의 재흥을 위해 장남으로서 엄격한 교육을 받으면서 성장했다. 당시 모리가의 가풍에 대해 오가이의 여동생 고카네이 기미는 다음과 같이 말한다.

모리가의 가풍이라는 것은 엄격하다고 할까요, 구식이라고 할까요, 부모가 자식에게도, 자식이 부모에게도, 말해야 할 것과 말하지 말아야 할 것이 확실히 정해져 있었습니다. (중략) 장남을 정말이지 소중히 여

겨서 부모님도 항상 특별히 대하셨습니다. (「모리 오가이의 계족(森鷗
外の系族)」)

오가이는 시골 무사 가문에서 태어나 전통적인 가풍 속에서 장남으
로서 각별한 배려와 사랑을 받으면서 성장했다. 당시의 공부는 한학
(漢學)을 바탕으로 한 유학(儒學)으로, 그는 다섯 살 때부터 아버지
에게 논어를 배우기 시작했다. 그리고 일곱 살에는 쓰와노번의 교육
시설인 요로칸에 다니면서 아홉 살이 되던 1871년, 요로칸이 폐교될
때까지 사서오경 및 네덜란드어를 공부했다.

오가이가 학업을 시작할 무렵, 일본은 메이지라는 새로운 시대가
도래하여 사회가 급격히 변화하고 있었다. 봉건 사회가 붕괴되기 시
작하고 그에 따라 제도도 바뀌어갔다. 이러한 시대의 전환점에서, 모
리 가문 역시 대대로 지켜오던 전의라는 직업을 상실할 위험에 처해
있었다.

오가이의 아버지 시즈오가 비교적 명리에 담담한 인품이었다면, 어
머니 미네는 이치에 밝은 성품이었다. 가문에 대한 의식이 중요시되
던 시대에 미네는 집안의 가장과 같은 역할을 했다. 여성은 배울 필요
가 없었던 봉건 사회에서, 전통적인 학문을 배우지 못한 미네는 기울
어져가는 가문을 다시 일으키기 위해 스스로 한학을 배우면서 장남
오가이를 엄격히 감독했다. 오가이의 뛰어난 성적은 한 번도 어머니
의 기대를 저버리는 일이 없었다. 오가이는 다른 생도들이 두 번 세
번 반복해도 잘 모르는 것을 단 한 번에 이해할 정도로 어릴 때부터
총명했다. 미네는 1916년 70세(오가이 나이 54세)의 나이로 세상을

떠나지만, 육군 군의총감, 육군성 의무국장의 지위에까지 오른 오가이를 마지막까지 곁에서 보호하고 격려했다. 오가이도 그런 어머니를 경애해서 평생 절대복종이라고 말해도 좋을 만큼 순종했다.

오가이는 1872년, 열 살이 되던 해에 아버지를 따라 도쿄에 상경한다. 그는 아버지의 권유로 도쿄 의학교(도쿄 대학 의학부의 전신)에 진학하기 위해 진문학사에 다녔다. 당시 도쿄 의학교의 교수진은 독일인들로 이루어져 있었기 때문에 진문학사에서는 독일어를 공부했다.

오가이는 1881년 7월, 19세라는 젊은 나이로 도쿄 대학 의학부를 최연소 졸업했다. 그리고 동급생인 고이케 마사노리의 추천과 양친의 뜻에 따라 육군 군의부에 들어간다. 그는 도쿄 대학 의학부 졸업생으로 문부성 국비유학을 희망했으나, 하숙집에 불이 나 강의노트가 불에 타는 등 불운이 겹쳐 졸업성적이 3등 안에 들지 못하고 서구로 가는 국비유학생의 꿈을 이루지 못했다. 쓰와노번이라는 작은 시골의 전의였던 모리 가문은 오가이가 문부성 국비유학생이 되는 것보다 육군이라는 국가조직 안에 들어가 '입신출세'의 길을 걷는 것을 더 원했다. 그의 육군 입대는 집안을 안정시키는 것뿐만 아니라 어머니의 기대와 가문의 요구에 보답하는 길이기도 했다.

오가이는 육군 입대 후 1883년 3월경에 쓴 「자기 재료」에 '26일 하시모토 쓰나쓰네 씨를 찾아가 유럽 여행을 수행하고 싶다고 부탁했다. 들어주지 않았다'고 밝혔다. 하시모토는 당시 도쿄 육군 병원장이었는데, 육군경(陸軍卿) 오야마의 수행원으로 유럽으로 파견 명령을 받은 상태였다. 육군에 들어간 후에도 유학의 꿈을 버리지 않았던 오가이의 열의를 알 수 있는 자료이다.

1884년 7월 7일, 육군은 오가이에게 독일 유학을 정식으로 명령했다. 육군 위생제도의 조사와 전쟁터에서의 군대 위생학 연구를 위한 것이었다. 당시 일본 육군은 콜레라 등 위생학에 대한 중요성을 인지하고, 연구를 위해 유능한 인재를 외국에 파견했다. 오가이는 이러한 국가의 요청과 개인의 입신출세 그리고 가문을 다시 일으키기 위해 8월 23일, 당시 청년들이 동경하던 서구 유학의 길에 올랐다.

오가이가 독일에서 유학한 시기는 스물두 살부터 스물여섯 살까지로, 감수성이 예민한 나이였다. 그는 독일 라이프치히 대학의 호프만 교수, 뮌헨 대학의 페텐코헨 교수, 베를린 대학의 코호 교수 등 석학들과 교류하며 원래의 목적인 육군 위생제도를 연구하는 데 힘썼을 뿐 아니라 유럽의 사회, 문화, 사상, 철학, 문학, 미술 등 각 분야를 깊이 탐구했다. 그는 독일에서 유학하며 전공인 의학 분야에서도 큰 성과를 냈지만, 일본으로 돌아와서는 사토 하루오가 '근대 일본문학의 기원' 혹은 '근대 일본 낭만주의 문학의 시작'이라고 표현할 정도로 일본 근대문학 발전에도 중요한 역할을 했다.

무희 : 근대적 자아의 자각과 좌절

1888년 7월 25일, 오가이는 상관 이시쿠로 군의관과 함께 베를린을 출발해 런던과 파리를 거쳐 9월 8일 귀국했다. 그리고 며칠 후 9월 12일, 엘리제라는 독일 여성이 오가이를 쫓아 일본에 왔으나 오가이의 가족이 돌려보내는 사건이 있었다. 이 독일 여성이 오가이와 어떤

240

관계였는지 확실하게 밝혀진 것은 아무것도 없다. 그러나 일본 근대 문학 연구가인 야마자키 구니노리와 나루세 마사카쓰는 엘리제가 수천 리 떨어진 독일에서 일본까지 혼자 여행을 할 수 있을 정도의 경제력과 상식과 능력을 갖춘 여성이었으며, 오가이 역시 양친만 허락한다면 엘리제와 결혼할 생각이었다고 관계를 추측한다. 학자들의 추론에 의하면, 오가이에게 엘리제는 특별한 여성이었음에 틀림없다.

엘리제가 돌아가고 약 한 달 후 모리가에서는 니시 아마네를 중심으로 오가이가 귀국하기 전부터 이야기가 오갔던 문벌 아카마쓰가와의 혼담을 추진했다. 니시 아마네는 오가이와 먼 친척이며 같은 쓰와노번의 전의로, 일찍이 네덜란드에 유학해서 메이지 정부의 육군 창설에도 기여한 계몽 사상가이다. 아카마쓰가와의 혼담은 지금까지 모리 가문이 오가이에게 걸었던 기대의 실현, 즉 입신출세의 출발점이라는 면에서 대단히 고무적인 일이었다. 가문의 재흥을 위해 그리고 지금까지 오가이의 성공을 위해 희생했던 집안의 대표자격인 어머니에 대한 보답이기도 했다. 오가이는 1889년 3월 6일, 해군중장 남작 아카마쓰 노리요시의 장녀 도시코와 결혼한다. 그러나 장남 오토가 태어나고, 첫 작품 「무희」를 발표하면서 그는 바로 이혼한다.

오가이는 가문에서 어렵게 추진한 혼인을 왜 파국으로 몰고 갔을까? 독일 여성 엘리제와 무슨 관련이 있는 건 아닐까? 이 문제는 오가이의 독일 유학 체험을 소재로 한 그의 초기작 「무희」를 통해 살펴볼 수 있다.

1890년 1월에 발표된 「무희」는 「우타카타노기」 「후미즈카이」와 함께 오가이의 '독일 삼부작'으로 꼽힌다. 유학 당시의 베를린을 무대로 한 이 작품에는 주인공 오타 도요타로가 자아에 눈뜨는 과정과 좌절이 그려져 있고, 그것은 오가이 자신의 자서전이라고 생각될 정도로 구체적으로 묘사되어 있다.

오타가 홀어머니 손에 길러졌다는 구성도 오가이가 소년 시절 주로 어머니의 교육을 받으며 성장했다는 점과 유사하다. 입신출세를 지향하는 메이지 시대의 관료로서 독일에 유학해 독일 여성과 연애를 하는 장면에서는 작가 오가이의 분신으로까지 느껴진다.

가문을 위해, 입신출세를 위해 열심히 달려온 오타의 내면은 '개인을 위한 자아'라기보다 '가문과 공명심을 위한 자아'였다. 그는 자신을 위해 살아온 것이 아니었다. 가문을 위해, 어머니 혹은 친족들의 기대에 부응하기 위해 학문을 배우고 국가의 관료가 되었던 것이다. 오타는 서구의 자유를 접하면서 지금까지의 자신은 관장의 기계적인 도구에 불과했다는 것을 인식하고, 자신의 내부에 숨겨져 있던 '진정한 자아'를 발견한다. 그리고 그것은 새로운 생의 욕구가 된다. 오가이 역시 어머니의 지지하에 가문과 이름을 빛내기 위해 학문을 했다. 그러던 중 독일의 자유로운 분위기를 접하면서 지금까지 자신을 지탱하던 기존의 가치관, 즉 어린 시절부터 배양되었던 '출세 지향적인 자아', '기존의 자아'에서 벗어나 서구의 '근대적 자아'에 대한 자각에 도달했던 것이다.

오가이가 독일 유학을 통해 얻은 것은 서구 합리주의 정신이었다. 청년 오가이에게 도시코와의 결혼은 사랑이 없는 문벌과의 결혼이며, 엘리제와의 관계를 생각하면 자기모순에 빠지는 상황이 아니었을까?

그는 1891년 4월 『위생료병지』에 게재한 「대학의 자유를 논함」에서 독일 대학의 자유로운 분위기가 학문 발전의 기반이 되었다고 언급한다. 오타가 경험한 학문, 사상, 예술, 그리고 대학의 자유는 작가 오가이의 체험이라고 해도 좋을 것이다.

독일 유학에서 돌아온 오가이는 전공인 의학뿐만 아니라 문학 분야에서도 활발히 활동했다. 그는 일본 최초의 문예평론 잡지인 『시가라미조시』를 창간하면서 전투적이라고 해도 좋을 만큼 날카로운 평론을 펼쳤다. 그는 작품을 직접적으로 비평하기보다는 비평을 위한 비평을 함으로써 문예이론의 계몽에 노력하고, 독일 철학자 하르트만의 무의식 철학을 기반으로, 예술에서의 미의식을 강조하고자 했다. 쓰보우치 쇼요와 벌인 몰이상 논쟁은 쇼요의 실증적인 문학론에 대해 그의 이러한 미적 이념을 전개한 것이라고 볼 수 있다.

오가이는 이후 청일전쟁 종군, 규슈 고쿠라로 전근, 전처 도시코의 죽음, 아라키 히로오미의 장녀 시게와 재혼, 다시 러일전쟁 종군 등 다양한 체험을 했다. 그리고 1906년 러일전쟁의 종군을 마치고 도쿄로 돌아와 다음해 11월 45세의 나이로 육군 군의로서는 최고 지위인 군의총감에 취임한다.

기러기: 슬픈 운명

1909년 오가이는 점차 생활이 안정되면서 「이타·섹스아리스」「청년」「기러기」 등의 소설을 발표하기 시작한다. 그러나 안정된 지위에 올랐어도 그의 지식인으로서의 고뇌는 청춘 시절과 다르지 않았다. 독일 유학을 통해 서구 합리주의 사상을 몸에 익힌 그는 자유로운 사상과 종교가 통하지 않는 사회, 관료주의와 권력의 횡포에 대해 끊임없이 고민했다. 문예잡지 『스바루』에 발표한 「이타·섹스아리스」는 성욕을 주제로 한 작품으로, 풍속문란의 이유로 잡지가 판매 금지 처분을 받는다. 현직 육군 고위 관료가 발표한 작품이 판매 금지된 이 사건은 육군 내부나 문단뿐 아니라 사회 전반에 걸쳐 센세이션을 일으켰다. 1910년 5월에는 메이지 왕 암살 계획에 관련된 고토쿠 슈스이 등 열두 명이 사형에 처해지는 사건이 일어나는데, 그는 절대주의 국가의 육군 고위 관료라는 위치에 있으면서도 소설 「침묵의 탑」을 통해 사상과 언론의 자유를 옹호하며 국가 권력의 횡포를 우려했다.

「기러기」는 1911년, 오가이의 나이 49세 때 『스바루』에 24회에 걸쳐 연재된 작품이다. 도쿄 대학 의학생인 오카다는 매일 같은 코스로 산책을 나가면서 무엔자카에 사는 오타마에게 마음이 끌린다. 오타마는 빈곤한 가정 사정으로 인해 고리대금업자의 애첩이 되었지만 점점 자신의 자아에 눈뜨면서 오카다를 연모하며 자신이 처한 상황에서의 탈출을 꿈꾼다. 그러나 오타마의 꿈은, 이야기 주체인 의대생 '나'의 사소한 취향 때문에, 우연히 던진 돌에 맞아 죽는 기러기의 운명과도 같이 오카다에게 고백도 못 해보고 안타깝게 좌절된다. 한편 오카다는 그때 이미 독일 유학이라는 청운의 꿈이 정해져 있었다. 「무희」의 주인공 오타가 입신출세를 위해 엘리스를 버리고 귀국하는 것처럼 오카다도 청운의 꿈을 위해 떠날 수밖에 없는 상황이었던 것이다.

244

오가이는 1880년, 도쿄 대학 의과생이었던 18세 때 늑막염으로 학교 기숙사를 나와 혼고 다쓰오카초의 하숙집 가미조로 옮겼다. 그리고 다음 해에는 하숙집에 불이 나 강의노트가 모두 불에 탄 경험이 있다. 「무희」와 같이 회상체로 쓰인 이 작품에는 우에노에서 시노바즈 연못에 이르기까지의 당시 거리 모습이 의대생이었던 오가이의 기억을 통해 생생히 묘사된다. 그런 실제적인 묘사는 청년 시절 오가이의 꿈이 되살아난 듯한 현실감을 준다.

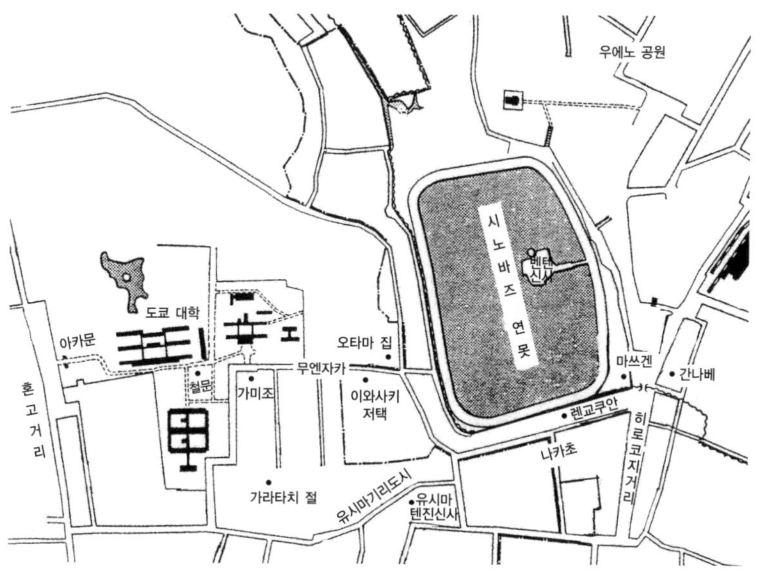

「기러기」의 배경 지도: 1887년경

이 작품이 연재되는 동안 일본은 메이지에서 다이쇼로 연호가 바뀌면서 사회가 급격히 변해갔다.

아베 일족 : 봉건 시대의 무사도 정신

1912년 9월 13일, 메이지 유신 이래 근대 일본을 건설하는 데 구심점이 되었던 메이지 천황이 죽자 육군대장 노기 마레스케 부부가 왕을 따라 순사하는 사건이 일어났다. 평소 노기 대장을 존경했던 오가이는 순사 소식을 듣자 큰 충격을 받는다. 그리고 그 사건을 계기로 순사를 주제로 한 역사 소설 「오키쓰 야고에몬의 유서」 「아베 일족」 등을 집필했다. 이미 메이지 천황 암살 모의 사건을 통해 지식인으로서의 심리적 압박을 경험한 오가이는 현재에도 여전히 사람들 사이에 남아 있는 역사적 전통을 새롭게 인식했다. 그러면서 그의 내면에 자리한 지식인으로서의 고뇌를 역사 소설을 통해 분출하기 시작했다.

오가이의 역사 소설은 사료에 충실한 사실을 근거로 하고 있다. 그의 역사 소설론이라고 할 수 있는 수필 「역사적 사실 그대로와 역사에서 벗어남」에서 그는 다음과 같이 쓰고 있다.

나는 사료(史料)를 조사해보고 그 안에 엿보이는 '자연스러움'을 존중해야겠다고 생각했다. 그것을 외람되이 변경하는 것이 싫었다. (중략) 또한 현재 사람들이 자신들의 생활을 있는 그대로 적는 것을 보고, 과거의 일도 그대로 적는 것이 좋을 것이라고 생각했다.

역사적 사실에서 사건, 배경, 등장인물 등은 모두 이미 정해져 있어서 변경할 수가 없다. 또한 지금 우리가 살고 있는 현실이 그렇듯이 거슬러 올라간 과거에도 인간이 살아가는 근본 모습은 변할 수 없다.

그 시대에는 그 시대대로 지켜야 할 모럴(moral)이 있다. 그러한 인간 군상들을 있는 그대로 묘사하는 것이 오가이가 말하는 '역사적 사실의 자연스러움'이다. 역사적 사실을 소재로 한 그의 작품들과 '역사 소설론'이라고 할 수 있는 「역사적 사실 그대로와 역사에서 벗어남」은 일본에서 오늘날까지도 역사 소설 집필의 모델처럼 여겨지고 있다. 오가이로부터 일본 근대 역사 소설의 방향이 설정되었다고 해도 과언이 아니다. 오가이는 1913년 1월 『중앙공론』에 「아베 일족」을 발표한 후, 같은 해 「오키쓰 야고에몬의 유서」 「사하시 진고로」와 묶어 『의지』라는 역사 소설집으로 간행했다.

「아베 일족」은 봉건 시대의 무사도 정신을 주제로 한 작품이다. 「아베 일족」에 등장하는 무사들은 어떤 형태로든 자신의 의지를 관철한다. 주인공 아베 야이치에몬미치노부는 자신의 의지로 죽음을 택한다. 오가이는 아베 사건의 역사적 사실이 기록된 「아베 차사담(阿部茶事談)」을 근거로 해서 사실을 그대로 기술하는 듯한 방법으로 역사 소설 「아베 일족」을 창작했다.

아베 야이치에몬은 주군을 모시며 성실히 임무를 수행했지만, 순사 허락을 받지 못했다는 이유로 아무 죄도 없이 주위의 험담을 듣는다. 스스로 부끄럽지 않게 살아온 아베 야이치에몬은 무사로서의 수치를 참을 수 없다. 그는 죽음을 두려워하는 인물이 아니다. 자신이 주군의 허락을 받지 않고 할복하면 자식들에게 좋지 않다는 것을 알면서도 죽음을 택한다. 죽음을 앞에 두고 자식들과 웃음으로 화답하는 것이나, 아버지의 죽음을 담담하게 받아들이는 자식들의 모습은 오늘날의 상식으로는 이해할 수 없는 풍경이다. 아베 가문을 토벌하러 주군의 병사들이 몰려올 때도 아베 가문은 담담하게 당연한 것처럼 죽음을 받아들인다.

아베 일족의 비극의 원인은 첫번째로, 주군 다다토시가 아베 야이치에몬에게 순사를 허락하지 않은 데 있다. 아베 야이치에몬이 성심껏 주군을 보필했음에도 불구하고 주군은 아베의 순사를 허락하지 않고 자신의 아들 미쓰히사에게 봉사하라고 말한다. 소설에서는 주군 다다토시의 죽음에 미물인 매조차 순사를 하는데, 바로 옆에서 주군을 모셨던 아베 야이치에몬은 순사를 할 수 없는 모습이 대조적으로 그려진다.

두번째 원인은 다다토시의 1주기 제례식에서 아베가의 장남 곤베에가 상속에 관한 불만을 표한 데 대해 새 주군 미쓰히사가 적절치 못한 대응을 한 것이다. 미쓰히사는 아베 야이치에몬을 순사자로 인정했으면서도 측근 하야시의 말만 듣고 그 후계자인 곤베에에게 마땅한 보상을 해주지 않았다. 그로 인한 곤베에의 반발에 자신의 실수를 알았으면서도 권력자의 의지로 아베 일족을 멸족시키고 만다. 「아베 일족」에는 의(義)와 충(忠)으로 무사의 명예를 지키려는 쓰카모토, 다케우치 그리고 주인공 아베 야이치에몬과 같은 인물도 있지만 권력자를 좇아서 음모를 꾸미는 하야시 같은 인물도 등장한다. 하야시는 새 주군인 미쓰히사에게 아베가의 장남 곤베에의 상속을 방해하는 책략을 써서 결국은 아베 일족이 멸족되는 결과로 이끈다. 다다토시, 미쓰히사 모두 봉건 체제에서의 절대 권력자이다. 「아베 일족」의 주인공 아베 야이치에몬은 이러한 절대 권력에 희생된 의지가 강한 무사이다. 그의 일족은 권력에 굴하지 않고 무사로서의 명예를 위해 당당하게 죽음을 맞이한다.

오가이는 아베 일족이 멸망에 이르는 참혹한 과정을 담담하게 사실적으로 묘사하고 있다. 또한 아베가의 토벌 부분에 많은 양을 할애해 절대 권력의 봉건 시대에서도 무사로서의 명예를 지키려는 쓰카모토, 다케우치의 활약상과 죽음 앞에서도 굴하지 않는 아베 일족의 의기 있는 모습을 그려낸다. 오가이는 「아베 일족」을 통해 봉건 사회의 전통인 주군에 대한 충성과 용기 그리고 그 시대에 살았던 의리로 무장된 무사들의 모습을 보여준다.

다카세부네 : 인간의 삶과 행복

오가이는 이후 「고지인가하라의 복수」 「오시오 헤하치로」에 이어 1914년 2월 「사카이 사건」, 1915년 1월 「산쇼 대부」를 발표했다. 「산쇼 대부」를 쓸 때는 역사적 사실에 충실했던 기존의 역사 소설과는 달리 작가의 주관적인 해석에 중점을 두는 집필 방법을 모색했다. 다음 해인 1916년 1월 『중앙공론』에 발표한 역사 소설 「다카세부네」는 「무희」 「기러기」와 함께 오가이의 소설 중에서 가장 널리 읽히는 작품이다.

다카세부네는 교토에서 오사카로 죄인을 호송해 가는 배이다. 동생을 죽인 혐의로 배에 탄 기스케를 호송해 가는 하네다 쇼베에는 기스케의 욕심 없는 마음에 놀라며 동생의 마지막 고통을 덜어주다가 죄인이 된 사정을 듣는다. 오가이는 「다카세부네 연기(緣起)」에서 이 이야기의 출전인 『오키나구사(翁草)』를 소개하며 돈이라는 관념과 안

락사에 흥미를 느껴 집필했다고 밝히고 있다. 기스케의 만족할 줄 아는 마음가짐은 인간의 보편적인 행복에 관한 문제이다. 그리고 안락사는 의학, 형법, 도덕 등에 관계되는, 의사인 작가 자신의 현실적인 고민이 느껴지는 소재이다. 「다카세부네」는 오가이의 이러한 문제의식을 담담한 필체로 그려냈다.

모리 오가이와 문학

오가이가 살던 시대는 오랜 쇄국상태에서 벗어난 일본이 당시 동양을 압박해오던 서구열강을 좇아 서둘러 근대화를 이룩해야 했던 시대였다. 메이지 정부는 부국강병이라는 국가적 과제를 공리주의라는 이데올로기를 바탕으로 실현하려 했다. 그러나 사회 현실은 아직 봉건적 의식에서 완전히 벗어나지 못한 상태여서 급격한 서구화는 많은 모순이 나타날 수밖에 없었다.

오가이는 입신출세와 가문의 재흥을 위해 독일로 유학을 떠났고 서구의 학문을 배우고 사회를 살아가며 자신의 내면에 숨겨져 있던 자아를 발견했다. 오가이가 독일 유학에서 돌아온 때의 각오는 1911년에 발표한 「망상」에서 확인할 수 있다.

나는 일본에서 열린 학술의 과실을 구라파에 수출할 때도 언젠가는 올 것이라고 생각하고 있었다. 나는 자연과학을 키울 수 있는 편리한 이 나라를 뒤로하고 꿈에 그리던 고국으로 떠났다. 물론 처음부터 떠나

야만 되었지만, 떠나지 않으면 안 된다는 의무 때문에 떠난 것은 아니었다.

독일은 「망상」의 주인공이 자연과학 연구를 하기에 좋은 나라였으며, 정신적 조국이라고도 할 수 있는 나라이다. 「망상」의 주인공이 오가이라고 가정한다면 그는 독일에서 그저 의무 때문에 돌아온 것이 아니라 언젠가는 일본의 발전된 학문, 예술을 유럽으로 수출할 날이 올 것이라고 믿고 그것을 실현하기 위해 귀국했다고 볼 수 있다. 오가이의 국가관은 '새로운 일본은 아직 세상에 익숙지 않아 어린아이같이 어리석은 행동을 했을지 모른다. 하지만 어린아이에게는 발전할 수 있는 능력이 있다'고 주장했던 지질학자 나우만과의 논쟁에 잘 나타나 있다.

오가이에게는 지식인으로서의 사명과 자각이 있었다. 그런 그에게 일본의 근대화는 일생의 과제였다. 그는 독일 여성 엘리제를 돌려보냈다. 그리고 온갖 불리함을 감수할 각오를 하고 첫 부인 도시코와의 결별을 선언한다. 이와 같이 그는 자기모순의 문제에 적극적으로 대처하는, 국가의식과 자아의식이 강한 지식인이었다. 그러나 당시 일본의 현실은 그의 이러한 사명을 실현하기에는 역부족이었다.

오가이의 초기 작품 「무희」「우타카타노기」「후미즈카이」는 어느 작품이나 자아의 좌절이라는 공통된 주제를 안고 있다. 「무희」의 주인공 오타가 고민한 자아의 문제는 「기러기」의 오타마에게서도 찾아볼 수 있으며, 그의 후기 작품인 역사 소설 「아베 일족」과 「사카이 사건」의 주인공에게서도 발견할 수 있다. 만년의 작품 「다카세부네」와

「한산 습득」의 주인공은 세속적 욕심을 초월한 불교의 보살 같은 인간이다. 오가이는 만년에 이르러 완성된 자아의 인간, 즉 인간의 이상적인 삶을 발견한 것은 아니었을까?

오가이는 군의라는 국가 공무원 신분을 유지하면서도 문학자로서의 활동을 멈추지 않았다. 그리고 자신이 몸담고 있던 비합리적인 관료사회에 대처하며 일본의 근대화를 위해 노력했다. 그는 비록 적극적이지는 못했지만 문학을 통해 시종 관료주의와 절대 권력을 비판했다. 그에게 문학은 자아를 실현하는 공간이면서 현실의 모순에 대한 정신적인 탈출구였다.

오가이는 1922년 그의 나이 60세로 생을 마감했다. 묘비에는 그의 본명인 '모리 린타로의 묘'라고 쓰여 있다. 육군성과 궁내성의 모든 관직명을 묘비에 남기는 것을 사양한다는 그의 유언에 따라 관직명을 쓰지 않았던 것이다.

권태민

1862년	1월 19일 시마네현 쓰와노의 모리 집안에서 아버지 시즈오와 어머니 미네의 장남으로 출생. 본명은 린타로(林太郎).
1867년	논어와 맹자를 배움.
1869년	요로칸에 입학해 한학을 배우고, 아버지에게 네덜란드어를 배움.
1872년	아버지를 따라 도쿄에 와서 니시 아마네 집에 기거. 독일어를 배우기 위해 진문학사에 입학.
1873년	쓰와노에 있던 할머니, 어머니, 형제들이 모두 상경하여 도쿄 생활 시작.
1874년	도쿄 의학교 예과에 입학.
1877년	도쿄 의학교와 도쿄 개성학교가 합병해 도쿄 대학 의학부로 이름이 바뀌고, 본과생이 됨. 동창으로 가코 쓰루도, 고이케 마사노리, 오가타 슈지로 등이 있었다.
1880년	늑막염으로 학교 기숙사를 나와 혼고 다쓰오카초의 하숙집 가미조에 들어감.
1881년	도쿄 대학 의학부를 최연소로 졸업. 졸업성적이 3등 안에 들지 못해(8등) 국비유학생의 꿈이 좌절됨. 집안의 권유와 동창생 고이케 마사노리의 추천으로 육군성 군의가 되다.
1884년	군대 위생학 연구와 육군 위생제도 조사를 위해 육군성으로부터 독일 유학을 명령받음. 독일 라이프치히 대학에서 호프만 교수의 지도를 받음.
1885년	「일본병식론」「일본가옥론」을 독일어로 집필. 드레스덴에서 군대 위생학 연구에 종사.

| 1886년 | 뮌헨 대학으로 옮겨 페텐코헨 교수의 지도를 받음. 지질학자 나우만에 대한 반론으로 「일본에 관한 진상」을 발표. |

1886년 뮌헨 대학으로 옮겨 페텐코헨 교수의 지도를 받음. 지질학
자 나우만에 대한 반론으로 「일본에 관한 진상」을 발표.

1887년 베를린 대학으로 옮겨 코호 교수의 위생시험소에 들어감.
만국적십자 제4회 총회에 이시쿠로 다다노리 군의감 등을
수행하여 출석, 일본 대표로 연설.

1888년 7월 25일 베를린을 출발. 런던, 파리를 거쳐 9월 8일 귀국.
9월 12일 독일 여성 엘리제가 오가이를 쫓아 일본에 왔으나
가족들이 돌려보냄. 육군 군의학교 교관이 됨.

1889년 니시 아마네의 중매로 해군중장 아카마쓰 노리요시의 장녀
도시코와 결혼. 번역시집 『오모카게』 발표. 오가이의 계몽
적 평론을 중심으로 한 문예잡지 『시가라미조시』, 의학잡지
『의사신론』을 창간.

1890년 1월, 처녀작 「무희(舞姬)」 발표. 8월, 「우타카타노기(うたか
たの記)」 발표. 장남 오토가 태어난 후 도시코와 이혼.

1891년 의학박사 학위를 받음. 「후미즈카이(文づかひ)」 「산방논문
(山房論文)」 발표. 쓰보우치 쇼요와 몰이상 논쟁을 벌임.

1892년 안데르센의 「즉흥시인」 번역 시작.

1894년 청일전쟁에 병참군의부장으로 출정.

1895년 대만총독부 육군국 군의부장에 부임. 귀국 후, 육군 군의학
교 교장에 복직.

1896년 문예잡지 『메사마시구사』 창간. 아버지 시즈오 사망.

1897년 의학잡지 『공중의사』 창간. 여동생 기미와 번역 평론집 『가
게구사』 간행.

1898년 「지혜주머니(知慧袋)」 연재 시작. 니시 집안의 부탁으로
『니시 아마네 전(西周傳)』 출판.

1899년 육군 군의감이 되어 고쿠라 제12사단 군의부장으로 부임.

1900년 「오가이 어사는 누구냐((鷗外漁史とは誰ぞ)」 발표. 미학이

론집『심미신설』간행. 이혼한 부인 도시코가 결핵으로 사망. 불교의 유식론(唯識論)을 청강하다.

1902년　아라키 히로오미의 장녀 시게와 재혼. 제1사단 군의부장에 임명되어 도쿄로 부임.

1903년　장녀 마리 출생. 「혜어(慧語)」 연재 시작. 『인종철학 경개』 『전쟁론』 번역 출판.

1904년　러일전쟁 출전. 「우타 일기(うた日記)」를 쓰기 시작.

1906년　도쿄로 부임. 야마가타 아리토모를 중심으로 한 시모임 도키와 회(常磐會) 발족. 소설 「아사네(朝寢)」 발표.

1907년　시 모임 간초로 가회(觀潮樓歌會) 발족. 차남 후리쓰 출생. 『우타 일기』 간행. 육군 군의 계통의 최고 지위인 육군 군의 총감이 되어 육군성 의무국장으로 부임.

1908년　동생 도쿠지로 사망. 차남 후리쓰 사망.

1909년　문예잡지 『스바루』 창간. 차녀 안누 출생. 소설 「한나절(半日)」 「이타·섹스아리스(ヰタ·セクスアリス)」 「가면(假面)」 「대발견(大發見)」 「곤피라(金比羅)」 등을 발표. 「이타·섹스아리스」가 판매 금지됨. 문학박사 학위를 받음.

1910년　게이오 대학 문학과 고문이 되어 나가이 가후를 교수로 추천. 소설 「청년(靑年)」 「후신추(普請中)」 발표. 고토쿠 슈스이 등이 체포된 사건에 기인하여 「침묵의 탑(沈默の塔)」 발표.

1911년　소설 「뱀(蛇)」 「망상(妄想)」 발표. 「기러기(雁)」 「가이진(灰燼)」 연재 시작.

1912년　메이지 천황이 죽자 육군대장 노기 마레스케 부부가 순사한 사건을 계기로 「오키쓰 야고에몬의 유서(興津弥五右衛門の遺書)」 발표.

1913년　「아베 일족(阿部一族)」 「사하시 진고로(佐橋甚五郎)」 「고지

인가하라의 복수(護持院原の敵討)」발표. 괴테의 『파우스
트』번역 간행. 역사 소설집 『의지(意地)』간행.

1914년   「오시오 헤하치로(大塩平八郎)」「사카이 사건(堺事件)」「야
스이 부인(安井夫人)」등을 발표.

1915년   「산쇼 대부(山椒大夫)」발표. 번역집 『제국이야기』간행. 수
필「역사적 사실 그대로와 역사에서 벗어남(歷史其儘と歷史
離れ)」발표.「교겐키(魚玄機)」「마지막 한마디(最後の一
句)」등을 발표.

1916년   「다카세부네(高瀬舟)」「한산 습득(寒山拾得)」「이자와 란
켄(伊澤蘭軒)」등을 발표. 어머니 미네 사망. 공직에서 사퇴
하여 예비역에 편입됨.

1917년   「도코 다헤에(都甲太兵衛)」「호조 카테이(北条霞亭)」등을
신문에 연재. 궁내성 제실박물관 총장 겸 도서책임자로 취
임함.

1918년   역사 소설집 『다카세부네』간행.

1919년   국사교정 준비위원장 및 제국 미술원 초대원장에 취임.

1921년   천황의 호(號)에 관한 고증서 『데시코(帝謚考)』간행.

1922년   7월 9일 폐결핵으로 사망. 유언은 가코 쓰루도가 받아 기술
했다. 종2위(從二位)에 서위되었다. 장례는 불교식으로 거
행되어 화장해서 무코지마 구후쿠지(弘福寺)에 안장되었
다. 비석에는 유언대로 일체의 관명은 기술하지 않고 '모리
린타로의 묘(墓)'라고 썼다. 1927년 10월 이장하여 현재 미
타카시 젠린사(禪林寺)에 안장되어 있다.

세계문학은 국민문학 혹은 지역문학을 떠나 존재하는 문학이 아니지만 그것들의 총합도 아니다. 세계문학이라는 용어에는 그 나름의 언어와 전통을 갖고 있는 국민문학이나 지역문학의 존재를 인정하면서 그것을 넘어서는 문학의 보편적 질서에 대한 관념이 새겨져 있다. 그 용어를 처음 고안한 19세기 유럽인들은 유럽문학을 중심으로 그 질서를 구축했지만 풍부한 국민문학의 전통을 가지고 있는 현대의 문학 강국들은 나름의 방식으로 세계문학을 이해하면서 정전(正典)의 목록을 작성하고 또 수정한다.

한국에서도 세계문학 관념은 우리 사회와 문화의 변화 속에서 거듭 수정돼왔다. 어느 시기에는 제국 일본의 교양주의를 반영한 세계문학 관념이, 어느 시기에는 제3세계 민족주의에 동조한 세계문학 관념이 출현했고, 그러한 관념을 실천한 전집물이 출판됐다. 21세기 한국에 새로운 세계문학전집이 필요하다는 것은 명백하다. 우리의 지성과 감성의 기준에 부합하는 세계문학을 다시 구상할 때가 되었다.

문학동네 세계문학전집은 범세계적으로 통용되는 고전에 대한 상식을 존중하면서도 지난 반세기 동안 해외 주요 언어권에서 창작과 연구의 진전에 따라 일어난 정전의 변동을 고려하여 편성되었다. 그래서 불멸의 명작은 물론 동시대 세계의 중요한 정치·문화적 실천에 영감을 준 새로운 작품들을 두루 포함시켰다.

창립 이후 지금까지 한국문학 및 번역문학 출판에서 가장 전문적이고 생산적인 그룹을 대표해온 문학동네가 그간 축적한 문학 출판 경험을 바탕으로 새로운 세계문학전집을 펴낸다. 인류가 무지와 몽매의 어둠 속을 방황하면서도 끝내 길을 잃지 않은 것은 세계문학사의 하늘에 떠 있는 빛나는 별들이 길잡이가 되어주었기 때문이다. 우리가 자부심과 사명감 속에서 그리게 될 이 새로운 별자리가 독자들의 관심과 애정에 힘입어 우리 모두의 뿌듯한 자산이 되기를 소망한다.

문학동네 세계문학전집 편집위원
민은경, 박유하, 변현태, 송병선, 이재룡, 홍길표, 남진우, 황종연

지은이 **모리 오가이**

본명은 모리 린타로. 1862년 시마네현에서 태어났다. 도쿄 대학 의학부를 졸업하고 육군성 군의로 일하던 중 독일 유학을 떠나 의학을 연구하는 한편 서양 철학과 문학에서도 큰 영향을 받았다. 귀국 후 독일 유학 체험을 소재로 한 첫 소설『무희』를 발표했으며, 이후『기러기』『청년』『아베 일족』『산쇼 대부』『다카세부네』등 많은 작품을 썼다. 일본 근대문학을 대표하는 문학가로 자리매김했으며 1922년 폐결핵으로 사망했다.

옮긴이 **권태민**

한남대학교 일어교육과를 졸업하고 일본 리쓰메이칸 대학교에서 석사와 박사 과정을 수료했다. 현재 한서대학교 일본학과 교수로 재직 중이다. 논문으로「모리 오가이의 자아의식에 관한 연구」「모리 오가이의 역사소설 고찰」등이 있고, 저서로『일본 근대와 근대문학』『21세기 일본문학 연구』(공저) 등이 있다.

세계문학전집 085

아베 일족

1판 1쇄 2011년 12월 23일
1판 4쇄 2021년 11월 25일

지은이 모리 오가이 | 옮긴이 권태민

책임편집 김수현 | 편집 오동규 | 독자모니터 강명규
디자인 김선미 최미영 | 저작권 박지영 이영은 김하림
마케팅 정민호 정진아 김혜연 정유선 | 홍보 김희숙 함유지 김현지 이소정 이미희
제작 강신은 김동욱 임현식 | 제작처 영신사

펴낸곳 (주)문학동네 | 펴낸이 염현숙
출판등록 1993년 10월 22일 제406-2003-000045호
주소 10881 경기도 파주시 회동길 210
전자우편 editor@munhak.com | 대표전화 031) 955-8888 | 팩스 031) 955-8855
문의전화 031) 955-8869(마케팅), 031) 955-2691(편집)
문학동네카페 http://cafe.naver.com/mhdn
문학동네트위터 http://twitter.com/munhakdongne
북클럽문학동네 http://bookclubmunhak.com

ISBN 978-89-546-1684-3 04830
      978-89-546-0901-2 (세트)

잘못된 책은 구입하신 서점에서 교환해드립니다.
기타 교환 문의 031) 955-2661, 3580

www.munhak.com

1, 2, 3 안나 카레니나 레프 톨스토이 | 박형규 옮김

4 판탈레온과 특별봉사대 마리오 바르가스 요사 | 송병선 옮김

5 황금 물고기 르 클레지오 | 최수철 옮김

6 템페스트 윌리엄 셰익스피어 | 이경식 옮김

7 위대한 개츠비 F. 스콧 피츠제럴드 | 김영하 옮김

8 아름다운 애너벨 리 싸늘하게 죽다 오에 겐자부로 | 박유하 옮김

9, 10 파우스트 요한 볼프강 폰 괴테 | 이인웅 옮김

11 가면의 고백 미시마 유키오 | 양윤옥 옮김

12 킴 러디어드 키플링 | 하창수 옮김

13 나귀 가죽 오노레 드 발자크 | 이철의 옮김

14 피아노 치는 여자 엘프리데 옐리네크 | 이병애 옮김

15 1984 조지 오웰 | 김기혁 옮김

16 벤야멘타 하인학교 – 야콥 폰 군텐 이야기 로베르트 발저 | 홍길표 옮김

17, 18 적과 흑 스탕달 | 이규식 옮김

19, 20 휴먼 스테인 필립 로스 | 박범수 옮김

21 체스 이야기 · 낯선 여인의 편지 슈테판 츠바이크 | 김연수 옮김

22 왼손잡이 니콜라이 레스코프 | 이상훈 옮김

23 소송 프란츠 카프카 | 권혁준 옮김

24 마크롤 가비에로의 모험 알바로 무티스 | 송병선 옮김

25 파계 시마자키 도손 | 노영희 옮김

26 내 생명 앗아가주오 앙헬레스 마스트레타 | 강성식 옮김

27 여명 시도니가브리엘 콜레트 | 송기정 옮김

28 한때 흑인이었던 남자의 자서전 제임스 웰든 존슨 | 천승걸 옮김

29 슬픈 짐승 모니카 마론 | 김미선 옮김

30 피로 물든 방 앤절라 카터 | 이귀우 옮김

31 숨그네 헤르타 뮐러 | 박경희 옮김

32 우리 시대의 영웅 미하일 레르몬토프 | 김연경 옮김

33, 34 실낙원 존 밀턴 | 조신권 옮김

35 복낙원 존 밀턴 | 조신권 옮김

36 포로기 오오카 쇼헤이 | 허호 옮김

37 동물농장 · 파리와 런던의 따라지 인생 조지 오웰 | 김기혁 옮김

38 루이 랑베르 오노레 드 발자크 | 송기정 옮김

39 코틀로반 안드레이 플라토노프 | 김철균 옮김

40 어두운 상점들의 거리 파트릭 모디아노 | 김화영 옮김

41 순교자 김은국 | 도정일 옮김

42 젊은 베르테르의 슬픔 요한 볼프강 폰 괴테 | 안장혁 옮김

43 더블린 사람들 제임스 조이스 | 진선주 옮김

44 설득 제인 오스틴 | 원영선, 전신화 옮김

45 인공호흡 리카르도 피글리아 | 엄지영 옮김

46 정글북 러디어드 키플링 | 손향숙 옮김

47 외로운 남자 외젠 이오네스코 | 이재룡 옮김

48 에피 브리스트 테오도어 폰타네 | 한미희 옮김

49 둔황 이노우에 야스시 | 임용택 옮김

50 미크로메가스 · 캉디드 혹은 낙관주의 볼테르 | 이병애 옮김

51, 52 염소의 축제 마리오 바르가스 요사 | 송병선 옮김

53 고야산 스님 · 초롱불 노래 이즈미 교카 | 임태균 옮김

54 다니엘서 E. L. 닥터로 | 정상준 옮김

55 이날을 위한 우산 빌헬름 게나치노 | 박교진 옮김

56 톰 소여의 모험 마크 트웨인 | 강미경 옮김

57 카사노바의 귀향·꿈의 노벨레 아르투어 슈니츨러 | 모명숙 옮김

58 바보들을 위한 학교 사샤 소콜로프 | 권정임 옮김

59 어느 어릿광대의 견해 하인리히 뵐 | 신동도 옮김

60 웃는 늑대 쓰시마 유코 | 김훈아 옮김

61 팔코너 존 치버 | 박영원 옮김

62 한눈팔기 나쓰메 소세키 | 조영석 옮김

63, 64 톰 아저씨의 오두막 해리엇 비처 스토 | 이종인 옮김

65 아버지와 아들 이반 투르게네프 | 이항재 옮김

66 베니스의 상인 윌리엄 셰익스피어 | 이경식 옮김

67 해부학자 페데리코 안다아시 | 조구호 옮김

68 긴 이별을 위한 짧은 편지 페터 한트케 | 안장혁 옮김

69 호텔 뒤락 애니타 브루크너 | 김정 옮김

70 잔해 쥘리앵 그린 | 김종우 옮김

71 절망 블라디미르 나보코프 | 최종술 옮김

72 더버빌가의 테스 토머스 하디 | 유명숙 옮김

73 감상소설 미하일 조셴코 | 백용식 옮김

74 빙하와 어둠의 공포 크리스토프 란스마이어 | 진일상 옮김

75 쓰가루·석별·옛날이야기 다자이 오사무 | 서재곤 옮김

76 이인 알베르 카뮈 | 이기언 옮김

77 달려라, 토끼 존 업다이크 | 정영목 옮김

78 몰락하는 자 토마스 베른하르트 | 박인원 옮김

79, 80 한밤의 아이들 살만 루슈디 | 김진준 옮김

81 죽은 군대의 장군 이스마일 카다레 | 이창실 옮김

82 페레이라가 주장하다 안토니오 타부키 | 이승수 옮김

83, 84 목로주점 에밀 졸라 | 박명숙 옮김

85 아베 일족 모리 오가이 | 권태민 옮김

86 폭풍의 언덕 에밀리 브론테 | 김정아 옮김

87, 88 늦여름 아달베르트 슈티프터 | 박종대 옮김

89 클레브 공작부인 라파예트 부인 | 류재화 옮김

90 P세대 빅토르 펠레빈 | 박혜경 옮김

91 노인과 바다 어니스트 헤밍웨이 | 이인규 옮김

92 물방울 메도루마 슌 | 유은경 옮김

93 도깨비불 피에르 드리외라로셸 | 이재룡 옮김

94 프랑켄슈타인 메리 셸리 | 김선형 옮김

95 래그타임 E. L. 닥터로 | 최용준 옮김

96 캔터빌의 유령 오스카 와일드 | 김미나 옮김

97 만(卍)·시게모토 소장의 어머니 다니자키 준이치로 | 김춘미, 이호철 옮김

98 맨해튼 트랜스퍼 존 더스패서스 | 박경희 옮김

99 단순한 열정 아니 에르노 | 최정수 옮김

100 열세 걸음 모옌 | 임홍빈 옮김

101 데미안 헤르만 헤세 | 안인희 옮김

102 수레바퀴 아래서 헤르만 헤세 | 한미희 옮김

103 소리와 분노 윌리엄 포크너 | 공진호 옮김

104 곰 윌리엄 포크너 | 민은영 옮김

105 롤리타 블라디미르 나보코프 | 김진준 옮김

106, 107 부활 레프 톨스토이 | 백승무 옮김

108, 109 모래그릇 마쓰모토 세이초 | 이병진 옮김

110 은둔자 막심 고리키 | 이강은 옮김

111 불타버린 지도 아베 고보 | 이영미 옮김

112 말라볼리아가의 사람들 조반니 베르가 | 김운찬 옮김

113 디어 라이프 앨리스 먼로 | 정연희 옮김

114 돈 카를로스 프리드리히 실러 | 안인희 옮김

115 인간 짐승 에밀 졸라 | 이철의 옮김

116 빌러비드 토니 모리슨 | 최인자 옮김

117, 118 미국의 목가 필립 로스 | 정영목 옮김

119 대성당 레이먼드 카버 | 김연수 옮김

120 나나 에밀 졸라 | 김치수 옮김

121, 122 제르미날 에밀 졸라 | 박명숙 옮김

123 현기증. 감정들 W. G. 제발트 | 배수아 옮김

124 강 동쪽의 기담 나가이 가후 | 정병호 옮김

125 붉은 밤의 도시들 윌리엄 버로스 | 박인찬 옮김

126 수고양이 무어의 인생관 E. T. A. 호프만 | 박은경 옮김

127 맘브루 R. H. 모레노 두란 | 송병선 옮김

128 익사 오에 겐자부로 | 박유하 옮김

129 땅의 혜택 크누트 함순 | 안미란 옮김

130 불안의 책 페르난두 페소아 | 오진영 옮김

131, 132 사랑과 어둠의 이야기 아모스 오즈 | 최창모 옮김

133 페스트 알베르 카뮈 | 유호식 옮김

134 다마세누 몬테이루의 잃어버린 머리 안토니오 타부키 | 이현경 옮김

135 작은 것들의 신 아룬다티 로이 | 박찬원 옮김

136 시스터 캐리 시어도어 드라이저 | 송은주 옮김

137 고독한 산책자의 몽상 장자크 루소 | 문경자 옮김

138 용의자의 야간열차 다와다 요코 | 이영미 옮김

139 세기아의 고백 알프레드 드 뮈세 | 김미성 옮김

140 햄릿 윌리엄 셰익스피어 | 이경식 옮김

141 카산드라 크리스타 볼프 | 한미희 옮김

142 이 글을 읽는 사람에게 영원한 저주를 마누엘 푸익 | 송병선 옮김

143 마음 나쓰메 소세키 | 유은경 옮김

144 바다 존 밴빌 | 정영목 옮김

145, 146, 147, 148 전쟁과 평화 레프 톨스토이 | 박형규 옮김

149 세 가지 이야기 귀스타브 플로베르 | 고봉만 옮김

150 제5도살장 커트 보니것 | 정영목 옮김

151 알렉시 · 은총의 일격 마르그리트 유르스나르 | 윤진 옮김

152 말라 온다 알베르토 푸겟 | 엄지영 옮김

153 아르세니예프의 인생 이반 부닌 | 이항재 옮김

154 오만과 편견 제인 오스틴 | 류경희 옮김

155 돈 에밀 졸라 | 유기환 옮김

156 젊은 예술가의 초상 제임스 조이스 | 진선주 옮김

157, 158, 159 카라마조프가의 형제들 표도르 도스토옙스키 | 김희숙 옮김

160 진 브로디 선생의 전성기 뮤리얼 스파크 | 서정은 옮김

161 13인당 이야기 오노레 드 발자크 | 송기정 옮김

162 하지 무라트 레프 톨스토이 | 박형규 옮김

163 희망 앙드레 말로 | 김웅권 옮김

164 임멘 호수 · 백마의 기사 · 프시케 테오도어 슈토름 | 배정희 옮김

165 밤은 부드러워라 F. 스콧 피츠제럴드 | 정영목 옮김

166 야간비행 앙투안 드 생텍쥐페리 | 용경식 옮김

167 나이트우드 주나 반스 | 이예원 옮김

168 소년들 앙리 드 몽테를랑 | 유정애 옮김

169, 170 독립기념일 리처드 포드 | 박영원 옮김

171, 172 닥터 지바고 보리스 파스테르나크 | 박형규 옮김

173 싯다르타 헤르만 헤세 | 권혁준 옮김

174 야만인을 기다리며 J. M. 쿳시 | 왕은철 옮김

175 철학편지 볼테르 | 이봉지 옮김

176 거지 소녀 앨리스 먼로 | 민은영 옮김

177 창백한 불꽃 블라디미르 나보코프 | 김윤하 옮김

178 슈틸러 막스 프리슈 | 김인순 옮김

179 시핑 뉴스 애니 프루 | 민승남 옮김

180 이 세상의 왕국 알레호 카르펜티에르 | 조구호 옮김

181 철의 시대 J. M. 쿳시 | 왕은철 옮김

182 카시지 조이스 캐럴 오츠 | 공경희 옮김

183, 184 모비 딕 허먼 멜빌 | 황유원 옮김

185 솔로몬의 노래 토니 모리슨 | 김선형 옮김

186 무기여 잘 있거라 어니스트 헤밍웨이 | 권진아 옮김

187 컬러 퍼플 앨리스 워커 | 고정아 옮김

188, 189 죄와 벌 표도르 도스토옙스키 | 이문영 옮김

190 사랑 광기 그리고 죽음의 이야기 오라시오 키로가 | 엄지영 옮김

191 빅 슬립 레이먼드 챈들러 | 김진준 옮김

192 시간은 밤 류드밀라 페트루솁스카야 | 김혜란 옮김

193 타타르인의 사막 디노 부차티 | 한리나 옮김

194 고양이와 쥐 귄터 그라스 | 박경희 옮김

195 펠리시아의 여정 윌리엄 트레버 | 박찬원 옮김

196 마이클 K의 삶과 시대 J. M. 쿳시 | 왕은철 옮김

197, 198 오스카와 루신다 피터 케리 | 김시현 옮김

199 패싱 넬라 라슨 | 박경희 옮김

200 마담 보바리 귀스타브 플로베르 | 김남주 옮김

201 패주 에밀 졸라 | 유기환 옮김

202 도시와 개들 마리오 바르가스 요사 | 송병선 옮김

203 루시 저메이카 킨케이드 | 정소영 옮김

204 대지 에밀 졸라 | 조성애 옮김

205, 206 백치 표도르 도스토옙스키 | 김희숙 옮김

● 문학동네 세계문학전집은 계속 출간됩니다